O BARQUEIRO
CLAIRE MCFALL

O BARQUEIRO

CLAIRE MCFALL

Tradução
Luisa Geisler

Copyright © 2013 by Claire McFall
Copyright da tradução © 2018 by Editora Globo S.A.

Todos os direitos reservados. Nenhuma parte desta edição pode ser utilizada ou reproduzida — em qualquer meio ou forma, seja mecânico ou eletrônico, fotocópia, gravação etc. — nem apropriada ou estocada em sistema de banco de dados sem a expressa autorização da editora.

Título original: *Ferryman*

Editora responsável: **Veronica Armiliato Gonzalez**
Assistente editorial: **Júlia Ribeiro**
Capa: **Renata Zucchini**
Preparação: **Monise Martinez**
Diagramação: **Estúdio Dito e Feito**
Projeto gráfico original: **Laboratório Secreto**
Revisão: **Daniel Austie** e **Vanessa Sawada**

Texto fixado conforme as regras do Acordo Ortográfico da Língua Portuguesa (Decreto Legislativo no 54, de 1995).

CIP-BRASIL. CATALOGAÇÃO NA FONTE
SINDICATO NACIONAL DOS EDITORES DE LIVROS, RJ

M429b
    McFall, Claire
        O barqueiro / Claire McFall ; tradução Luisa Geisler. - 1. ed. -
São Paulo : Globo Alt, 2018.
        352 p. ; 21 cm.

    Tradução de: Ferryman
    ISBN 978-85-250-6610-7

    1. Ficção inglesa. I. Geisler, Luisa. II. Título.

18-52448
                                      CDD: 823
                                    CDU: 82-3(410.1)

Vanessa Mafra Xavier Salgado – Bibliotecária - CRB-7/6644

1ª edição, 2018

Direitos de edição em língua portuguesa para o Brasil adquiridos por Editora Globo S.A.
Rua Marquês de Pombal, 25
20230-240 — Rio de Janeiro — RJ — Brasil
www.globolivros.com.br

*Para Clare, por ser a primeira, e para Chris,
por me deixar sumir dentro da minha cabeça.*

PRÓLOGO

Ele se sentou na encosta da colina e esperou.

Mais um dia, mais um trabalho. Diante dele, trilhos enferrujados desapareciam nas profundezas do túnel. Na melancolia cinza do dia nublado, a luz mal ultrapassava o arco de pedra da abertura. Seus olhos não desviavam da entrada. Ele estava ansioso, mas entediado.

Não havia arrepios de empolgação ou tremores de interesse. Ele deixara de ser curioso há muito tempo. Agora, a única coisa que importava era completar a tarefa. Seus olhos frios e analíticos estavam sem vida.

O vento se agitou, soprando um ar gelado ao seu redor, mas ele não o sentiu. Estava focado, atento.

A qualquer momento, agora.

CAPÍTULO UM

As primeiras gotas pesadas de chuva se revelaram, batucando um ritmo desencontrado no teto de aço sobre a plataforma de trem. Dylan suspirou e mergulhou o rosto ainda mais em seu grosso casaco de inverno, tentando aquecer o nariz congelado. Ela conseguia sentir seus pés ficando dormentes, então bateu as botas no concreto rachado para fazer o sangue circular. A garota olhou entediada para os trilhos escuros e escorregadios do trem, sujos com pacotes de batatas chips, latas enferrujadas de refrigerante Irn Bru e pedaços de guarda-chuvas quebrados. O trem estava quinze minutos atrasado e, ansiosa, ela tinha chegado dez minutos antes. Não havia nada a fazer além de ficar parada, observar e sentir o calor do corpo escapar lentamente.

Conforme a chuva começava a aumentar, o estranho ao lado dela tentava, em vão, continuar lendo seu jornal gratuito, absorto em uma história sobre uma série de assassinatos pavorosos no West End. A cobertura do telhado era fraca, e as gotas caíam com peso no papel, explodindo e expandindo, fazendo a tinta escorrer em uma bagunça manchada. Resmungando alto, ele dobrou o jornal e o enfiou embaixo do braço. O estranho espiou os arredores, procurando uma nova distração, e Dylan olhou para longe na hora. Ela não estava a fim de ter que bater papo.

Não havia sido um bom dia. Por motivos desconhecidos, o despertador não tinha tocado e, de verdade, tudo tinha descido ladeira a baixo desde então.

— Acorda! Levanta! Você vai se atrasar. Você ficou naquele computador de novo ontem à noite? Se não conseguir se organizar, vai me ver muito mais ativa na sua vida social, e não vai gostar!

A voz de sua mãe ressoou, invadindo um sonho que envolvia um estranho atraente. Os berros tinham potência para quebrar um vidro, então o subconsciente de Dylan parecia um desafio minúsculo para eles. Sua mãe continuou a reclamar enquanto marchava, descendo pelo longo corredor de seu apartamento, mas Dylan não estava mais prestando atenção. Estava tentando se lembrar do sonho, fixar alguns detalhes para devanear mais tarde. Caminhando devagar... Uma mão quente ao redor da dela... O cheiro de folhagem e terra molhada inebriantes no ar. Dylan sorriu, sentindo uma bolha de calor no peito, mas o frio da manhã dissolveu a imagem antes que ela pudesse gravar o rosto dele em sua mente. Suspirando, ela se forçou a abrir os olhos, espreguiçou-se, deleitando-se no calor aconchegante de seu edredom grosso e, então, piscou os olhos, desviando-os para seu relógio de cabeceira à esquerda.

Ah, Deus.

Ela ia se atrasar tanto. Revirando o quarto, tentou juntar roupas limpas o suficiente para criar um uniforme escolar completo. Uma escova em seus cabelos castanhos, na altura dos ombros, criou a bagunça cheia de frizz de sempre. Dylan nem mesmo espiou seu reflexo no espelho enquanto pegava o elástico que esconderia uma vida de cabelo rebelde em um coque discreto. Como as outras garotas conseguiam criar penteados artísticos e perfeitos era um mistério para ela. Mesmo quando fazia um esforço para secar e alisar o seu cabelo, dois segundos do lado de fora eram suficientes para que ele voltasse ao seu desalinhado estado natural.

Ficar sem banho estava fora de questão, mas hoje ela teve que se contentar com uma chuveirada rápida com a água escaldante de quente como sempre, independentemente de quais torneiras fossem giradas ou botões apertados. Ela esfregou uma toalha áspera contra a pele e vestiu a saia preta, a camisa branca e a gravata verde que faziam parte de seu uniforme. Na pressa, prendeu uma unha quebrada na sua última meia-calça e abriu um rasgo imenso nela. Cerrando os dentes, jogou a meia no lixo e correu pelo corredor, fazendo barulho e com as pernas nuas, até a cozinha.

Sair sem café da manhã também era altamente indesejável, mas uma espiada na geladeira — e outra desesperadamente otimista na despensa — não revelou nada que pudesse ser comido às pressas. Se ela tivesse acordado mais cedo, poderia ter passado em uma cafeteria no caminho da escola e comprado um folhado de bacon, mas não havia tempo para isso agora. Ela teria que ficar com fome. Ao menos ela ainda tinha dinheiro suficiente no cartão de jantar da escola para uma refeição decente. Era sexta-feira, o que geralmente queria dizer peixe e fritas — apesar de, claro, não levar sal, vinagre ou ketchup. *Não na nossa escola obcecada com saúde*, Dylan pensou, revirando os olhos.

— Fez as malas?

Dylan se virou e encontrou sua mãe, Joan, parada na porta da cozinha, já de uniforme para o seu difícil plantão de doze horas no hospital.

— Não, vou fazer depois da aula. O trem só saí às cinco e meia, tem bastante tempo. — *Controladora como sempre*, Dylan pensou. Às vezes parecia que sua mãe simplesmente não conseguia se segurar.

As sobrancelhas de Joan se ergueram em reprovação, acentuando as rugas que atravessavam sua testa apesar das loções e poções caras que ela aplicava de forma laboriosa todas as noites.

— Você é tão desorganizada — ela começou. — Deveria ter feito isso na noite passada, em vez de perder tempo no Skype…

— Tudo bem! — Dylan estourou. — Vou dar um jeito.

Joan a olhou como se tivesse muito mais a dizer, mas em vez disso, apenas balançou a cabeça e se afastou. Dylan escutou seus passos ecoarem pelo corredor. Era fácil adivinhar o motivo do mau humor de sua mãe. Ela reprovava vigorosamente a viagem de fim de semana de Dylan para ver o pai, o homem a quem, certa vez, Joan prometeu amar e respeitar até que a morte – ou, neste caso, a vida – os separasse.

Prevendo que Joan não desistiria da questão, Dylan calçou os sapatos rapidamente, pegou a mochila da escola e atravessou o corredor a passos pesados, tentando ignorar as queixas que já vinham de seu estômago. Seria uma longa manhã. Ela parou diante da porta para gritar uma despedida obrigatória, que foi respondida com silêncio, antes de caminhar sem vontade sob a chuva.

O BARQUEIRO **11**

Depois de quinze minutos andando, o casaco de inverno barato que ela vestia havia desistido de lutar contra a garoa, e ela já sentia a umidade alcançando a sua camiseta. Um pensamento súbito e horrível a fez parar no caminho, apesar do aguaceiro. Camisa branca. Chuva. Camisa molhada. Ela se lembrou de ter remexido a gaveta de calcinhas à procura de um sutiã limpo e acabar achando só um, azul-marinho.

Uma palavra que com certeza faria sua mãe colocá-la de castigo se estivesse por perto escapou de sua boca, entredentes. Uma olhada rápida no relógio revelou que não havia tempo para correr para casa. Na verdade, apesar de se apressar, ela ainda se atrasaria.

Perfeito.

Cabeça baixa sob a chuva, ela seguiu a passos pesados pela rua comprida, passando por brechós, sonhos malsucedidos vedados com tapumes, cafés com mobília barata e bolos caros, e por uma ou duas obrigatórias casas de aposta. Não fazia mais sentido tentar evitar as poças, já que seus pés estavam encharcados — elas agora eram as menores de suas preocupações. Por um momento, ela considerou atravessar a rua e se esconder no parque até Joan sair para o trabalho, mas Dylan se conhecia bem o suficiente. Ela simplesmente não tinha coragem. Resmungando uma enorme quantidade de xingamentos misturados com obscenidades, ela saiu da rua principal e atravessou os portões da Kaithshall Academy.

Três andares de caixas uniformes em variados estágios de descuido, Dylan tinha certeza de que a escola havia sido planejada para podar qualquer entusiasmo, criatividade e, acima de tudo, espírito. A aula naquele dia era na sala da srta. Parson, no último andar: mais um cubículo com aspecto cansado que a professora havia tentado animar com pôsteres e quadros. Estranhamente, seus esforços apenas haviam deixado o cômodo mais deprimente, em especial agora, lotado com trinta clones tagarelando alguma bobagem irrelevante como se fosse um drama de vida ou morte.

A chegada atrasada de Dylan lhe garantiu um olhar de reprovação. Assim que se sentou, a voz esganiçada da professora disparou através dos ruídos da sala de aula. Outra voz que conseguia partir vidro.

— Dylan. Casaco.

Incrível como alunos têm que ser educados com professores, mas o contrário não acontece, Dylan pensou.

— Estou com frio. Está congelando lá fora. — *E aqui dentro*, ela pensou, mas não acrescentou.

— Não importa. Casaco.

Dylan considerou resistir, mas sabia que seria em vão. Além disso, quaisquer outras reclamações chamariam atenção para si, algo que ela normalmente tentava evitar. Suspirando, ela lutou contra o zíper barato e tirou o casaco. Uma olhada para baixo confirmou seus medos: a blusa encharcada estava transparente e, sob ela, seu sutiã parecia brilhar como um farol. Ela se encurvou na cadeira e se perguntou por quanto tempo poderia torcer para permanecer invisível.

A resposta foi revelada cerca de 45 segundos depois. Começou com as garotas: risinhos irromperam em algum lugar à sua esquerda.

— O quê? O que é? — A voz dura e maliciosa de David "Dove" MacMillan atravessou as zombarias. Dylan olhou de forma determinada para o quadro à frente, mas na sua mente ela construiu uma imagem perfeitamente clara de Cheryl e seu grupinho rindo com alegria enquanto apontavam suas unhas feitas, impecáveis, em sua direção. Dove era tão burro

O BARQUEIRO **13**

que demoraria mais alguns segundos para perceber que estavam apontando para ela, e ele nunca desvendaria a piada sem uma pista óbvia. Cheryl faria esse serviço, mexendo os lábios na frase "Olha o sutiã dela", ou talvez fazendo um gesto adequadamente obsceno. Linguagem gestual era algo mais no nível dos garotos imbecis daquela aula.

— Há! — De novo, outra imagem mental do cuspe e do Irn Bru misturados que estariam caindo na mesa agora que ele finalmente tinha captado a mensagem. — Há, Dylan, eu consigo ver seus peitos! — Dylan se retorceu e afundou um pouco mais para baixo na cadeira enquanto as risadinhas se tornavam gargalhadas altas, e até mesmo a professora ria. Vaca.

Desde que Katie havia ido embora, não havia ninguém na escola que desse a mínima impressão de estar no mesmo planeta que Dylan, quanto mais ser da mesma espécie que ela. Eles eram ovelhas, todos eles. Os garotos usavam moletons, ouviam hip hop e passavam suas noites nas pistas de skate, mas não *andando* de skate, apenas vandalizando coisas e tomando qualquer bebida alcoólica que conseguissem encontrar. As garotas eram piores. Cinco camadas de maquiagem as deixavam laranjas, e elas reproduziam as vozes estridentes e maliciosas das reprises dos dramas adolescentes da TV. As doze latas de spray para cabelo que seus "visuais" necessitavam pareciam ter transformado seus cérebros em purê, porque elas não conseguiam manter uma conversa que não fosse sobre bronzeamento artificial, música pop horrível ou — o mais perturbador — qual dos Casanovas de moletom era o mais atraente. É claro que existiam outras pessoas estranhas, mas elas tendiam a ser solitárias também, apenas tentando seguir em frente e evitando ser um alvo da multidão.

Katie tinha sido sua única companheira. Elas se conheciam desde a escola primária e passavam o tempo zombando silenciosamente de seus companheiros de turma, planejando fugir daquele lugar. No último ano, tudo tinha mudado. Os pais de Katie decidiram que, como se detestavam, era hora de se separarem. Eles se odiavam desde que Dylan conhecera Katie, então ela não conseguia entender por que a separação tinha que acontecer justo agora. Mas aconteceu. Katie tinha sido forçada a escolher entre morar com o pai alcoólatra em Glasgow ou se mudar para longe com a mãe obsessiva. Dylan não invejara sua escolha. Presa entre a cruz e a espada, ela havia escolhido ir com sua mãe para Lesmahagow, um pequeno vilarejo em Lanarkshire. Poderia muito bem ter sido do outro lado do mundo. Desde que ela havia partido, a vida tinha se tornado muito mais difícil, e muito mais solitária. Dylan sentia falta de sua amiga. Para começo de conversa, ela não teria rido da sua camisa transparente.

Embora a camisa já estivesse seca na metade do primeiro período de aulas, o estrago já estava feito. Para qualquer lugar que fosse, os garotos do ano dela — e alguns que ela nem conhecia — a seguiam, rindo e fazendo comentários sarcásticos e tentando puxar a alça de seu sutiã (apenas para ter certeza de que ainda estava lá). Pela hora do almoço, Dylan já havia aguentado o suficiente. Ela estava exausta dos garotos imaturos fazendo piada dela, cansada das garotas metidas com seus olhares maldosos e cansada dos professores idiotas que fingiam ser surdos e cegos. Quando o sinal soou ao final da quarta aula, ela atravessou a cantina, passou pelas portas duplas ignorando as dores de estômago e o cheiro de peixe com fritas, e saiu pelos portões da escola com o resto da multidão que ia para alguma lanchonete ou padaria do bairro. Ao chegar ao final da fila de lojas, ela só continuou andando.

Quando chegou nas ruas para as quais os pupilos nunca ousavam ir na hora do almoço — a não ser, é claro, que estivessem planejando fazer exatamente o que ela estava fazendo —, seu coração batia rápido. Ela nunca tinha matado aula antes, nunca tinha sequer considerado a possibilidade. Ela era a aluna tímida e séria. Quieta, diligente, mas não particularmente inteligente. Todos os seus sucessos tiveram de ser conquistados por meio de trabalho duro, o que era fácil quando não se tinha amigos em nenhuma de suas aulas, ou na escola inteira. Mas hoje ela estava se tornando uma rebelde. Quando a chamada da quinta aula fosse feita, haveria um "A" de ausente ao lado de seu nome. Mesmo se ligassem para Joan no hospital, ela não poderia fazer nada a respeito. Até a hora do fim de seu turno, Dylan estaria na metade do caminho para Aberdeen. Ela lançou a inquietação que sentia para fora de sua mente. Hoje ela tinha coisas mais importantes para pensar.

Ao chegar em sua rua, ela ficou um pouco mais cautelosa, mas não encontrou ninguém. Marchando pelas escadas em direção ao segundo andar, Dylan sacou suas chaves, que fizeram um barulho alto na escadaria, fazendo-a prender a respiração. A última coisa que precisava era da sra. Bailey do outro lado do corredor colocando o nariz para fora. Ela iria querer saber o que Dylan estava aprontando ou, pior, iria convidá-la para entrar e botar a conversa em dia. Ela ouviu com atenção, mas não escutou nenhum agito de passos de idosos, então destrancou com rapidez a fechadura dupla — Joan era paranoica com ladrões — e se esgueirou para dentro.

A primeira coisa que fez foi arrancar a camisa da escola responsável por criar toda a vergonha daquele dia. Ela atirou a peça no cesto de roupa suja no banheiro, caminhou até o guarda-roupa dentro do quarto e ficou parada em frente a ele, examinando suas roupas com atenção. Qual seria uma roupa apropriada para ver o seu pai pela primeira vez? Ela tinha que causar o tipo certo de primeira impressão: nada revelador demais, nada com personagens de desenho animado que a fizessem parecer infantil. Algo bonito e adulto. Ela olhou para a esquerda, para a direita e, então, colocou algumas de suas roupas de lado e se inclinou para ver o que estava escondido nos fundos. Enfim, foi forçada a admitir que não tinha nada que se encaixasse na descrição que queria. No fim das contas, vestiu uma camiseta azul desbotada, estampada com o nome de sua banda favorita, e cobriu isso com um casaco cinza, com zíper e capuz. Ela trocou a saia escolar por uma calça jeans confortável e completou o visual com um tênis Nike velho.

Dylan se olhou no espelho de corpo inteiro no quarto de Joan. Teria que bastar. Em seguida, pegou uma mochila velha no armário do corredor, jogou-a na cama e enfiou outro jeans, um par de camisetas, algumas calcinhas, seus sapatos pretos da escola e uma saia verde, para o caso de o pai querer levá-la para jantar ou algo assim. O celular, ipod e carteira ela guardou no bolso da frente, junto de alguns itens de higiene. Ela então pegou um último item importante da cama: Egbert, seu ursinho. Com a idade, ele estava acinzentado, bastante gasto, com um olho faltando e um leve rasgo perto da costura das costas, do qual o estofamento tentava escapar com desespero. Ele nunca venceria um concurso de beleza, mas estavam juntos desde que ela era bebê, e tê-lo por perto fazia com que ela se sentisse segura e amparada.

Dylan queria levá-lo, mas se o pai visse Egbert pensaria que ela ainda era uma criança. Então o abraçou no peito, indecisa, colocou-o de volta na cama, afastou sua mão e o observou. Ele pareceu encará-la, indesejado e abandonado. Sentindo-se culpada, ela o pegou e o colocou com gentileza no topo de suas roupas. Fechou o zíper da mochila, abriu-o novamente até a metade e tirou o ursinho de lá. Desta vez ele caiu de cara para baixo e não podia encará-la em desamparo com seu único olho acusador. Ela fechou o zíper da mochila e caminhou para fora do quarto com determinação. Egbert estava deitado, descartado no meio da cama. Exatamente vinte segundos depois, ela disparou de volta e o agarrou.

— Desculpa, Egbert — ela sussurrou, beijando-o rapidamente antes de enfiá-lo sem cerimônia para dentro da mochila enquanto saía pela porta.

Se ela se apressasse, poderia pegar o trem mais cedo e surpreender seu pai. Esse pensamento a acompanhou escada abaixo e pela rua. Havia um café no caminho para a estação de trem; talvez ela pudesse parar e pegar um hambúrguer que a sustentasse até o jantar. Dylan apressou o passo, a boca já salivando em antecipação, mas assim que passou pelos portões altos de metal do parque, algo a parou do nada. Ela observou a confusão das folhagens através das barras sem ter muita certeza do que estava vendo.

Déjà vu.

Ela piscou, tentando decifrar o que havia disparado aquele sentimento. Um vislumbre loiro desgrenhado surgiu de trás dos galhos de um carvalho grosso. Por um segundo,

Dylan tivera um flash daquele mesmo cabelo ao redor de um rosto redondo, sem traços marcantes, exceto pelos olhos de um azul-cobalto perturbador. O sonho.

Dylan respirou fundo, seu pulso acelerando subitamente, mas a gargalhada de um menino destruiu a ilusão. Enquanto ela observava, a cabeça se virou para revelar um sorriso cínico, abrindo-se levemente para emanar uma nuvem de fumaça, com um cigarro balançando nos lábios. Era MacMillan, com seus amigos. Dylan franziu o nariz com nojo e deu um passo para trás antes que ele pudesse vê-la.

Balançando a cabeça para afastar as últimas sensações do sonho para longe, ela atravessou a rua com os olhos fixados na placa pintada à mão sobre o café barato.

CAPÍTULO DOIS

— **É revoltante. Escandaloso.** — O estranho havia decidido claramente que, já que ler estava fora de questão, ele se concentraria na segunda melhor coisa: reclamar. Dylan fitou-o com dúvida. Ela não queria mesmo entrar em uma discussão com esse homem de meia-idade, encolhido num casaco de tweed, e acabar sendo sugada para uma conversa esquisita durante todo o caminho até Aberdeen. Ela deu de ombros, um gesto quase imperceptível sob seu casaco pesado.

Ele continuou, um pouco perturbado com a falta de entusiasmo dela:

— Quero dizer, pelo preço que estão cobrando, você imagina que eles vão chegar na hora. Mas ah, não. Revoltante. Estou esperando faz vinte minutos, e você sabe que quando o trem chegar aqui não vai ter nenhum assento sobrando. Péssimo serviço.

Dylan olhou ao redor. Apesar de um bom número de pessoas estar amontoado sob os diversos pontos de abrigo, a plataforma não estava lotada o suficiente para que ela pudesse apenas se confundir com a multidão e desaparecer.

O homem vestido com tweed se virou para olhar para ela.

— Você não acha?

Forçada a dar uma resposta direta, Dylan tentou se comprometer o mínimo possível.

— Uhum.

Ele pareceu assumir isso como um convite para continuar seu discurso.

— Era melhor quando o serviço era público, operado pela National Rail. Com eles, você sabia onde estava. Homens bons e honestos trabalhavam nos trens naquela época. Agora tudo está indo ladeira abaixo. Gerenciado por um bando de charlatões. Revoltante.

Onde é que está *o trem?*, pensou Dylan, desesperada para se ver livre daquele jogo social. E lá vinha ele, com tudo, como um cavaleiro em armadura enferrujada. Uma faísca de esperança em um dia de vergonha e tormenta.

Ela abaixou para pegar a mochila aos seus pés, desbotada e com sinais de uso e desgaste, como a maioria das coisas que ela tinha. Assim que pegou as alças nas mãos e fez força para erguê-la do chão e colocá-la nos ombros, um fraco som de rasgo a fez rir. Seria uma forma de manter o tom do dia se a costura abrisse e um vento fantasma passasse levando suas calcinhas pela estação. Piedosamente, ela aguentou, e Dylan se amontoou em meio aos passageiros cansados que rumavam para o trem enquanto ele diminuía o ritmo. Ele sinalizou a parada total com um apito, deixando-a igualmente distante de duas portas de entrada. Ela olhou rapidamente a direção em que o estranho de tweed seguia e correu, o mais rápido que podia com o seu fardo, para a outra porta.

Já no vagão, ela olhou de relance para a esquerda e para a direita, tentando identificar os malucos — bêbados, esquisitões, pessoas que queriam contar suas histórias de vida (que com frequência envolviam abduções alienígenas estranhas) e filosofar a respeito do sentido da vida e outras teorias. Essas pessoas pareciam inexplicavelmente atraídas por ela em transportes públicos, e hoje, que ela tinha tantas outras coisas em mente, estava ansiosa para evitá-las. Seu olhar localizou os assentos livres e não demorou muito para perceber por que permaneceram vagos no trem lotado. Uma mãe segurando um bebê gritando com o rosto vermelho, franzido e furioso estava sentada em uma das pontas com um carrinho e diversas sacolas cheias de tudo que um bebê talvez quisesse espalhadas ao redor deles. No outro lado do corredor, poucos assentos à frente, havia dois lugares diante de uma dupla de adolescentes bêbados vestindo camisetas dos Rangers. Eles cantavam desafinados em voz alta e bebiam algo que tentavam esconder de forma amadora em um saco de papel, mas que parecia ser uma garrafa de vinho tônico Buckfast.

A opção que restava era um assento no meio do vagão, apertado ao lado de uma mulher grande, com uma seleção de sacolas de compras ordenadas no outro assento a seu lado e em frente dela deixando descaradamente claro que ela não queria companhia. No entanto, com o olhar agressivo ou não, ela era a opção mais atraente.

— Com licença — Dylan murmurou, apressando-se até ela.

A mulher suspirou alto, em um desprazer óbvio, mas moveu as sacolas mesmo assim. Depois de tirar o casaco, dando de ombros, e guardá-lo, junto da mochila, na prateleira superior, Dylan se ajeitou. Na plataforma, enquanto esperava sua vez de entrar no trem, ela havia retirado o MP3 player e os fones. Enfiando-os de qualquer jeito nos ouvidos, fechou os olhos e aumentou o volume da música, deixando a batida dos tambores de sua banda indie favorita inundar o mundo ao seu redor. Ela imaginou a mulher das sacolas fuzilando-a com sua música horrenda, e a imagem a fez sorrir. Silencioso demais para Dylan ouvir, o trem apitou e distendeu sob os trilhos, ganhando velocidade conforme corria na direção de Aberdeen.

Mantendo os olhos fechados, ela pensou no fim de semana que viria. Nervosismo e empolgação competiam pelo controle das borboletas em seu estômago enquanto ela pensava em sair do trem e encontrar um homem que não era mais do que um desconhecido para ela. Foram meses de persuasão e adulação para que Joan lhe desse o número do próprio James Miller, seu pai. Dylan se lembrava como as suas mãos haviam tremido enquanto discava o número, desligava, discava de novo e, então, desligava. E se ele não quisesse falar com ela? E se ele tivesse sua própria família agora? E se, no pior dos casos, ele acabasse sendo uma decepção imensa? Um bêbado ou um criminoso? Sua mãe tinha sido incapaz de lhe dar qualquer outro detalhe. Eles não se falavam, nunca. Ele tinha ido embora a pedido de Joan e nunca incomodou nenhuma das duas de novo, também a pedido de Joan. Dylan tinha cinco anos na época, e na década que passou, o rosto dele tinha se tornado menos que uma memória.

Depois de dois dias de tumulto interno, Dylan encontrou um lugar silencioso, que já não estava tomado pelos fumantes, casais ou gangues no pátio da escola, e ligou para ele no meio do dia. Sua esperança era de que ele estivesse no trabalho e não atendesse. Funcionou. Depois de seis toques de parar o coração, a secretária eletrônica bipou e ela se deu conta de que não tinha pensado no que diria. Em pânico, deixou uma mensagem hesitante e enrolada.

— Oi, estou ligando para James Miller. É a Dylan. Sua filha. — *O que mais dizer?* — Eu... hum... peguei seu número com a minha mãe. Quero dizer, Joan. Pensei que, talvez, pudéssemos nos encontrar, talvez. E conversar. Se você quiser. — *Respire.* — Este é o meu telefone...

Assim que desligou, ela se retorceu de vergonha. Que idiota! Não conseguia acreditar que não tinha planejado uma mensagem. Ela tinha parecido completamente idiota. Bem, não havia nada a fazer além de esperar. E assim, esperou. A tarde inteira ela se sentiu nauseada a ponto de vomitar. As aulas de biologia e de inglês tinham passado como borrões. Em casa, assistiu entorpecida *Ready, Steady, Cook* e o noticiário, *sem trocar de canal*, nem mesmo quando as novelas idiotas começaram. E se ele não ligasse? Será que já tinha ouvido a mensagem? E se ele nunca recebesse a mensagem? Dylan tinha imaginado uma mão feminina erguendo o fone e ouvindo e, então, um dedo com unha pintada de vermelho pressionando devagar o botão de deletar. A imagem a tinha feito olhar para o telefone sem fio ao lado dela e morder o lábio inferior, indecisa. Assustada demais para ligar de novo, ela não tinha escolha além de cruzar os dedos e ficar a uma distância fácil do celular.

Demorou dois dias, mas ele de fato ligou. Às quatro horas, justo quando ela se arrastava para casa, atravessando outro dia chuvoso de aula com as meias molhadas e os ombros cada vez mais encharcados, seu celular vibrou e começou a tocar as notas de piano da música tema de *Once Upon a Time*. O momento tinha chegado. Seu coração pareceu parar de bater enquanto ela arrancava o celular do bolso. Uma olhada rápida para o identificador de chamadas confirmou: apesar de não ser um número que ela reconhecia, era o código de área de Aberdeen. Deslizando o dedão sobre a tela de vidro, ela pressionou o aparelho contra a orelha:

— Alô? — A voz dela soava áspera e sufocada. Ela tentou pigarrear discretamente.

— Dylan? Dylan, é o James. Miller. Quero dizer, seu pai.

Silêncio. *Diga alguma coisa, Dylan*, ela pensou. *Diga alguma coisa, pai.* O silêncio pairou entre eles, mas no estresse do momento, parecia que gritavam.

— Olha... — A voz dele quebrou o silêncio como se o derretesse. — Estou tão feliz que ligou. Queria entrar em contato com você há tanto tempo. Temos muito pra pôr em dia.

Dylan fechou os olhos e sorriu. Ela inspirou fundo e começou a falar.

Tinha sido tão fácil depois disso. Falar com ele era muito confortável, como se ela o conhecesse desde sempre. Falaram até o celular de Dylan ficar sem bateria. Ele queria saber tudo sobre ela: sua escola, hobbies, com quem ela saía, quais eram os seus filmes favoritos, quais livros ela gostava de ler e garotos — apesar de não haver muito o que dizer sobre isso, não pelas opções à disposição em Kaithshall. Em resposta, ele contou a ela sobre sua vida em Aberdeen, onde ele morava com Anna, sua cachorrinha. Não tinha esposa, nem filhos. Nenhuma complicação. E ele queria que ela o visitasse.

Isso fazia exatamente uma semana. Durante sete dias, Dylan havia batalhado com seu nervosismo e sua empolgação para conhecê-lo e havia tentado não brigar com Joan, que não escondia desaprovar o seu esforço em se conectar com o pai. Dylan não tinha com quem falar a respeito, apenas conversas fragmentadas no MSN com Katie sempre que a mãe maluca da amiga a deixava cinco minutos sozinha. Na noite anterior, elas haviam conseguido escapar para uma dessas conversas. A mãe de Katie tinha ido às compras no meio da noite — ela odiava ir quando havia a possibilidade de ter muita gente ao redor — e Katie a tinha convencido de que precisava dormir cedo para a aula. Dylan recebeu uma mensagem de texto e elas estavam conectadas dois minutos depois.

Ah, meu Deus, achei que ela não ia embora nunca! Deus abençoe os mercados 24h!
Eu sei! Como estão as coisas? A escola nova ainda está um saco?
Escola nova, idiotas de sempre. A única diferença é que esses são idiotas do interior. Tão feliz que ano que vem vamos começar a faculdade, mal consigo esperar pra dar o fora daqui! Como andam as coisas na gloriosa Kaithshall?
Uma droga. Mas tenho novidades!
Uuh, conta tudo!
Liguei pro meu pai.

Dylan havia clicado no botão de enviar e esperado. Seu coração havia disparado ridiculamente. Ela queria que Katie dissesse algo legal, queria que alguém dissesse que ela estava fazendo a coisa certa. Uma pausa que pareceu eterna aconteceu até a caixinha com "Katie está digitando" saltar.

E aí... como foi?

Uma resposta cautelosa. Sua amiga não quis fazer caso.

Na verdade, ótimo! Ele quer me conhecer! Pareceu realmente legal no telefone. Não sei por que a Joan odeia tanto ele.
Quem sabe? Pais são estranhos. Olha pros meus, dois loucos! Então ele vai vir te conhecer?
Não, eu vou pra lá. Amanhã.
O quê? Que rápido! Tá com medo?
Não, estou bem empolgada! Vou ter medo de quê?

A resposta veio no mesmo instante.

Mentirosa. Você tá cagando de medo!

Dylan riu alto e pôs a mão na boca. Joan enlouqueceria se soubesse que ela estava no computador até aquela hora. Típico da Katie, ela sempre a enxergava por trás de seu fingimento.

O.k., talvez um pouco. Tentando não pensar muito nisso... meio preocupada em amarelar se eu pensar muito no que tô fazendo!
Vai ser tranquilo. Você precisa conhecê-lo, de qualquer forma. E se sua mãe odeia tanto ele, então deixar os dois em cidades separadas pode ser uma boa ideia! Como você vai pra lá? Trem?
Sim, ele comprou uma passagem pra mim. Disse que quer compensar os quinze anos de tempo perdido.

Agora, Dylan segurava aquela mesma passagem de trem. Ela deveria mandar uma mensagem para o pai e avisá-lo de que estava a caminho. Estava impressionada que ele conseguia mandar mensagens, Joan mal conseguia fazer ligações no celular. Certa vez, quando o carro pifou, ela precisou pedir a um desconhecido para lhe mostrar como contatar a seguradora.

Mexendo no bolso, tarefa difícil por conta das sacolas da mulher enfezada, Dylan sacou seu telefone, abriu uma nova mensagem de texto e começou a digitar.

Pai, no trem. Não está muito atrasado até agora. Mal posso esperar pra te conhecer ☺ Dylan.

Assim que ela pressionou o botão de enviar, a janela ao lado dela ficou preta. *Fabuloso*, ela pensou, *um túnel*. O celular — um presente de Natal caro que Joan tinha pagado somando diversos turnos extras no trabalho — mostrava a palavra "Enviando" na tela. O termo apareceu e desapareceu três vezes antes que o pequeno telefone emitisse um bipe duplo: "Erro no envio".

— Droga — murmurou Dylan. Irracionalmente, ela tentou erguer o telefone acima de sua cabeça, sabendo que seria inútil. Eles ainda estavam no túnel, nenhum sinal atravessaria tanta pedra. Ela estava nessa postura, com o braço no ar como uma miniestátua da Liberdade, quando tudo aconteceu. A luz desapareceu, um som explodiu e o mundo acabou.

CAPÍTULO TRÊS

Silêncio.

Deveria haver gritos, choro, alguma *coisa,* pensou Dylan.

Mas havia apenas silêncio.

A escuridão era tão densa que parecia que um cobertor pesado a sufocava. Em um momento de pânico, ela pensou que tinha ficado cega. Desesperada, tentou acenar a mão na frente do rosto. Não viu nada, mas conseguiu se cutucar no olho. O choque da dor súbita a fez pensar por um momento: eles haviam passado por um túnel, por isso estava escuro.

Seus olhos não conseguiam definir nem mesmo o menor ponto de luz. Ela tentou alcançar a poltrona do lado, de onde tinha sido lançada, mas algo a estava prendendo. Revirando-se para a direita, ela conseguiu escorregar até o chão, entre os assentos. Sua mão esquerda pousou em algo quente e grudento. Ela a puxou na hora e a limpou rápido no jeans, tentando não pensar sobre o que aquela viscosidade poderia ser. Sua mão direita se fechou sobre um objeto pequeno: o celular que estava em sua mão quando o mundo virou de cabeça para baixo. Ansiosa, ela o pegou. Uma sensação de alívio a atravessou, mas foi rapidamente substituída por decepção. A tela estava em branco. Seus dedos apertaram o *touch screen*, a esperança sumindo rápido. Estava morto.

Depois de engatinhar para o corredor, Dylan se apoiou em seus pés e se levantou, batendo a cabeça com força em algo.

— Merda! Ai! — exclamou ela, abaixando-se outra vez. Sua mão alcançou a têmpora, que latejava com ferocidade. Não parecia estar sangrando, mas a dor era infernal. Desta vez, com cuidado, ela se endireitou de novo, usando as mãos para guiar a cabeça para um lugar seguro. Estava tão escuro que ela nem conseguia ver no que tinha batido.

— Olá? — chamou ela com timidez. Nenhuma voz respondeu, não houve nenhum som de farfalhar dos outros passageiros ao se moverem. O vagão estava lotado, então onde estava todo mundo? A imagem da poça de líquido no chão ao lado de seu assento voltou à sua mente, mas ela a empurrou para longe.

— Olá? — Mais alto desta vez. — Alguém está me ouvindo? Oi! — Sua voz oscilou um pouco na última palavra quando o pânico começou a mostrar as caras. Sua respiração acelerou e ela lutou para pensar além do medo que tomava conta dela. A escuridão era claustrofóbica, e Dylan agarrou a própria garganta, como se algo a estivesse estrangulando. Ela estava totalmente sozinha, cercada de... de... Ela não queria pensar no quê. Tudo o que sabia era que não aguentava ficar no vagão por nem um segundo a mais.

Sem pensar, ela saltou para frente, tropeçando e se lançando sobre objetos que estavam no seu caminho. Seus pés aterrissaram em algo macio e escorregadio. A sola do seu tênis não encontrou nenhuma fricção e escorregou. Horrorizada, ela tentou empurrar sua perna para cima e para longe do objeto estranhamente esponjoso, mas o outro pé não conseguia encontrar um lugar nivelado e seguro para se apoiar. Como se em câmera lenta, ela foi caindo rumo ao chão e às coisas assustadoras que se escondiam por ali. *Não!* Arfando, a garota jogou as mãos para frente para se proteger durante a queda. Seus braços agitados encontraram uma barra e seus dedos agarraram-na, levando-a a uma parada brusca que forçou os músculos de seu ombro. O impulso a empurrou para a frente, e ela bateu o pescoço de forma dolorosa contra o metal frio.

Ignorando seu pescoço latejante, Dylan segurou energicamente na barra, como se este fosse seu controle da realidade. *Barra*, seu cérebro disse a ela. *A barra está ao lado da porta. Você deve estar ao lado da porta.* O alívio a inundou e permitiu que pensasse com mais clareza. Era por isso que ela estava sozinha. O resto das pessoas já devia ter saído e a deixado para trás porque ela estava enterrada sob as sacolas daquela mulher idiota. *Eu deveria ter me sentado com os fãs dos Rangers*, ela pensou, rindo suavemente.

Sem confiar em seus pés na escuridão, ela alcançou a divisória conectada à barra, esperando entrar em contato com a dobradiça da porta aberta. As pontas dos seus dedos se estenderam, mas não encontraram nada. Contudo, deslizando um pouco mais adiante, ela enfim encontrou a porta. Estava fechada.

Que estranho, ela pensou, mas deu de ombros. *As pessoas devem ter saído pela porta do outro lado.* Típico, considerando a sorte que ela tinha. Seu raciocínio lógico a acalmou e a ajudou a pensar com clareza. Sem vontade de caminhar pelo vagão e arriscar pisar em outras coisas preocupantemente macias, ela apalpou os arredores do vagão à procura do botão de abrir a porta. Seus dedos encontraram os cantos salientes do botão e o apertaram, mas a porta permaneceu fechada.

— Droga — murmurou ela. A eletricidade provavelmente tinha sido cortada durante o acidente. Ela olhou para trás sobre o ombro, um exercício sem sentido, já que não conseguia ver nada. Sua imaginação preencheu as lacunas, atravessando o caminho através do vagão com assentos revirados, bagagem, vidro quebrado das janelas e itens molengas esmagáveis e escorregadios que, em sua mente, tomavam forma de pernas, braços e torsos. Não, ela não voltaria por aquele lado.

Colocando as duas mãos sobre a porta do trem, ela a empurrou com força. Apesar de ter se mantido fechada, ela sentiu ceder um pouco. Com esforço suficiente, Dylan imaginou que conseguiria forçá-la a abrir. Ela deu um passo para trás, respirou fundo e projetou-se para a frente, chutando a porta com toda a força que conseguia com a sola do pé esquerdo. A batida pareceu muito alta no espaço confinado, ecoando um pouco em seus ouvidos, e seu joelho e tornozelo reclamaram da força do impacto com pontadas dolorosas. Ainda assim, ela conseguia sentir o ar fresco contra seu rosto, o que lhe deu esperança. Suas mãos confirmaram: uma seção da porta tinha saído do eixo. Se ela conseguisse fazer o mesmo com a outra porta, teria um espaço grande o suficiente para se espremer para fora. Desta vez, ela recuou dois passos e se lançou contra a porta com o máximo de força que conseguiu reunir. A porta rangeu enquanto metal colidia com metal e, por fim, cedeu.

O vão não era muito grande, mas, por sorte, Dylan também não. Virando-se de lado, ela forçou seu corpo pela fresta que havia aberto. Houve um som de rasgo quando o zíper do seu casaco ficou preso entre o corpo e a porta, mas ela rapidamente se livrou, caindo na direção dos trilhos. Sentiu um instante de medo atravessá-la, mas depois de uma curta distância seus tênis esmagaram o cascalho e o sentimento de claustrofobia sumiu como se uma corrente tivesse se soltado da sua garganta.

O túnel estava tão escuro quanto o trem. O acidente devia ter acontecido bem no centro. Dylan olhou primeiro para um lado e, depois, para o outro. Não ajudou. Ela não conseguia ver luz alguma e, além do suave som do ar que circulava pelo espaço fechado, havia apenas o silêncio. *Minha mãe mandou eu escolher essa daqui...*, ela pensou. Suspirando, virou-se para a direita e seguiu em frente. Tinha que dar em algum lugar.

Sem uma luz para guiá-la, ela tropeçava com frequência, o que tornava seu progresso lento. Às vezes, alguma coisa passava pelos seus pés e debandava rápido. Ela esperava que não houvesse ratos no túnel — qualquer coisa menor que um coelho lhe causava rompantes irracionais de medo. Uma aranha no banheiro poderia provocar meia hora de histeria até que Joan fosse convencida a resgatá-la. Se algo passasse sobre seus tênis ali, ela sabia que seu instinto de fuga entraria em ação. Mas no escuro, com um terreno irregular, ela provavelmente cairia de cara no chão.

O túnel seguiu mais e mais. Dylan estava prestes a voltar pelo caminho percorrido e tentar o outro lado quando viu o que parecia ser um ponto de luz à frente. Esperando por um lugar para sair ou um membro de uma equipe de resgate equipado com uma lanterna, ela andou mais rápido, desesperada para estar do lado de fora, na luz, outra vez. Demorou um bom tempo, mas lentamente o ponto se tornou um arco. Além dele, ela conseguia ver apenas um pouco da luz do dia, mas já era o suficiente.

Quando finalmente saiu do túnel, garoava de leve, e ela sorriu com prazer ao erguer o rosto para o banho gentil. A escuridão do túnel a fizera se sentir suja, e as gotas nebulosas pareciam purificar alguns dos horrores. Respirando fundo, ela colocou as mãos nos quadris e analisou os arredores.

A paisagem estava vazia, exceto pelo trilho, que seguia em frente atravessando o cenário selvagem. Ela percebeu que Glasgow tinha ficado muito para trás. O horizonte era emoldurado por montanhas grandes e imponentes, e nuvens descansando baixo borravam suas bordas ao esfumaçarem sobre os picos mais altos. Era uma paleta de cores pastéis, urzes roxas disputando espaço junto com grandes faixas de vegetação marrom. Pequenos matagais de árvores cresciam em padrões irregulares nos gradientes inferiores das montanhas, escuros por conta das sempre-vivas. Os declives mais próximos do túnel eram montes mais gentis e ondulantes, costeados por grama comprida. Não havia uma cidade ou estrada à vista, nem mesmo uma fazenda isolada. Dylan mordeu o lábio enquanto estudava a cena. O local era indomado e pouco amistoso.

Ela esperava ver um amontoado de carros de polícia e ambulâncias estacionados em ângulos aleatórios em razão da pressa para chegar à cena. Deveria haver hordas de homens e mulheres em uniformes brilhantes, prontos para correr até ela, confortá-la, checar seus ferimentos e fazer perguntas. A área nos arredores do túnel deveria estar repleta de sobreviventes com rostos sujos, agrupados em cobertores para se proteger do vento cortante. Mas não havia nenhuma dessas coisas. Seu rosto virou uma máscara de confusão e ansiedade. Onde estava todo mundo?

Virando-se, ela olhou para a boca negra do túnel. Não havia nenhuma outra explicação: ela devia ter saído pelo lado errado. Todos deveriam estar na outra ponta do túnel. Lágrimas de frustração e exaustão surgiram em seus olhos. O pensamento de voltar à escuridão, de ter de caminhar de volta até passar pelo trem cheio, com os corpos flácidos e sem vida dos menos afortunados, era excruciante. Mas não havia outro jeito. No centro de uma fileira massiva de montanhas, o terreno coberto com mato erguia-se por ambos os lados de forma não menos intransponível do que um penhasco.

Ela olhou para os céus, como se tentasse negociar com Deus para mudar as coisas, mas tudo o que viu foram as nuvens cor de chumbo vagando em silêncio. Com um soluço silencioso, ela olhou para o horizonte sombrio à sua frente, desesperada por algum sinal de civilização que a poupasse de ter de retornar para o túnel escuro. Apoiando a mão na testa para proteger os olhos do vento e da chuva, ela analisou a paisagem mais uma vez.

Foi então que o viu.

CAPÍTULO QUATRO

Ele estava sentado em uma colina à esquerda da entrada do túnel. Com os braços ao redor dos joelhos, ele a encarava. Da distância em que estava, tudo o que Dylan conseguia ver é que ele era um garoto, provavelmente adolescente, com cabelos cor de areia esvoaçando. Ele não se levantou ou sorriu quando a viu olhando para ele, apenas continuou encarando.

Havia algo estranho na maneira como ele permanecia sentado ali, uma figura solitária em seu lugar isolado. Dylan não conseguia imaginar como ele tinha chegado lá, a não ser que também estivesse no trem. Ela acenou, aliviada por ter alguém com quem compartilhar esse horror, mas ele não acenou de volta. Ela pensou tê-lo visto se endireitar um pouco, mas ele estava tão longe que era difícil discernir.

Mantendo os olhos firmes no garoto para o caso de ele desaparecer, ela deslizou e se esgueirou, descendo o banco de cascalho dos trilhos do trem, e saltou uma pocinha cheia de água e ervas daninhas. Uma cerca de arame farpado separava os trilhos do campo aberto. Com cuidado, Dylan pegou o arame do topo, entre dois dos seus nós retorcidos, e o puxou para baixo com o máximo de força que tinha. Ela baixou a cerca apenas o suficiente para passar as pernas por cima de forma desajeitada e, enquanto puxava a segunda perna, prendeu o pé e quase caiu, mas conseguiu apoiar--se no arame e manter o equilíbrio. Os arames perfuraram a palma de sua mão, fazendo com que pequenas gotas de sangue escorressem. Ela examinou a mão rapidamente antes de esfregá-la na perna. Um borrão escuro em seu jeans a fez olhar pela segunda vez. Havia uma grande mancha vermelha na parte de fora de sua coxa. Ela a encarou por um momento antes de se lembrar de ter limpado a mão para se livrar das coisas pegajosas no chão do vagão. A compreensão a fez estremecer e seu estômago se contraiu de leve.

Balançando a cabeça para se livrar das imagens doentias que passavam na sua mente, ela se virou e fixou novamente os olhos no seu alvo. Ele estava sentado na encosta a cerca de cinquenta metros acima dela. Desta distância, ela conseguia ver o rosto dele, então o cumprimentou com um sorriso. Ele não retribuiu o gesto. Um pouco atrapalhada pela recepção fria, Dylan olhou para o chão ao começar a subir a colina na direção do garoto. Era uma escalada difícil, a colina era íngreme e a grama comprida estava úmida, difícil de ultrapassar. Em pouco tempo ela estava ofegando. Olhar para baixo, concentrando-se nos pés, lhe dava uma desculpa para não fazer contato visual, pelo menos até que fosse preciso.

Na colina, o garoto avaliava com olhos frios a garota que se aproximava. Ele a estivera observando desde que ela saiu do túnel, emergindo do escuro como um coelho assustado. Em vez de gritar para chamar sua atenção, ele apenas esperou que ela o visse. A certa altura, ele se preocupou com a possibilidade de ela voltar para o túnel e considerou chamá-la, mas ela mudou de ideia, então ele decidiu continuar sentado em silêncio. Ela o notaria.

Ele estava certo. Dylan o viu e ele notou o alívio inundar seus olhos enquanto acenava energicamente. Ele não acenou de volta. Apenas observou seu rosto vacilar de leve, mas ela deixou os trilhos do trem e se aproximou dele. Ela se movia de forma desajeitada, prendendo na cerca de arame farpado e tropeçando em moitas de grama úmida. Quando estava perto o suficiente para ler sua expressão, ele virou o rosto para longe, ouvindo o som de sua aproximação.

Contato feito.

Enfim, Dylan chegou ao local onde o garoto estava sentado e conseguiu observá-lo melhor. Seu palpite sobre a idade dele estava correto: ele não poderia ser mais do que um ano mais velho que ela, se muito. Vestia jeans, tênis e um suéter azul-marinho que parecia quente com a palavra "Broncos" em harmoniosas letras laranja. Curvado como estava, era difícil adivinhar a sua altura, mas ele não parecia pequeno ou magricelo. Estava bronzeado, com uma linha de sardas manchando a frente de seu nariz. Sua expressão era uma máscara rígida e desinteressada e, assim que ela se aproximou, ele começou a olhar para longe na paisagem desolada. Mesmo quando ela parou na sua frente, ele não mudou sua expressão ou a direção do olhar. Era muito desconcertante, e Dylan ficou ansiosa, incerta sobre o que dizer.

— Oi, sou a Dylan — balbuciou, olhando para o chão. Esperando por uma resposta, ela mudou o peso de um pé para o outro e olhou para a mesma direção que ele, perguntando-se o que ele tanto observava.

— Tristan — ele respondeu eventualmente, olhando-a brevemente e, depois, para longe de novo.

Aliviada por ele ter ao menos respondido, Dylan tentou conversar outra vez.

— Acho que você estava no trem também. Estou tão feliz de não ser a única aqui! Devo ter desmaiado no vagão e, quando acordei, estava sozinha. — Ela falou muito rápido, nervosa por conta da recepção gélida. — Todos os outros passageiros já tinham saído e, pelo visto, ninguém me notou lá. Tinha uma mulher idiota com um monte de sacolas e coisas, e fiquei presa embaixo delas. Quando saí, não consegui ver em que direção todo mundo tinha ido, mas acho que saímos do lado errado do túnel. Aposto que os bombeiros, a polícia e todo o resto do pessoal está do outro lado.

— Trem? — Ele se virou na direção dela, e ela viu os olhos dele pela primeira vez. Eram de um azul gélido, frio. Azul-cobalto. Dylan imaginou que eles poderiam congelar seu sangue se estivessem raivosos, mas naquele momento, estavam apenas curiosos. Eles a avaliariam por meio segundo antes de piscar para a entrada do túnel. — Certo. O trem.

Ela o olhou com expectativa, mas ele não parecia inclinado a dizer qualquer outra coisa. Mordendo o lábio, ela xingou sua sorte em razão da única outra pessoa ali ser um garoto adolescente. Um adulto saberia o que fazer. Além disso, apesar de ela odiar admitir, garotos como esse a deixavam nervosa. Eles pareciam tão descolados e confiantes que ela sempre acabava se enrolando nas palavras e se sentindo uma completa idiota.

— Talvez a gente devesse voltar por dentro do túnel? — sugeriu. Apesar de isso significar passar pelo trem outra vez, não parecia tão ruim assim fazê-lo com outra pessoa. Então eles poderiam encontrar todos os outros passageiros vivos, a equipe de resgate, e ela ainda conseguiria salvar o fim de semana com seu pai.

O garoto voltou a força de seu olhar a ela, que teve que se segurar para não dar um passo involuntário para trás. Seus olhos eram magnéticos e pareciam enxergar sua alma inteira, de cima a baixo. Dylan se sentiu exposta, quase nua, sob seu olhar. Inconscientemente, ela cruzou os braços sobre o peito.

— Não, não podemos passar por ali. — A voz de Tristan era desinteressada, como se não estivesse preocupado de forma alguma com a atual situação deles. Como se ele pudesse muito bem ficar sentado na colina para sempre. *Bom*, Dylan pensou, *eu não posso*. Depois de encará-la por outro momento longo, ele voltou a olhar para as colinas. Dylan mordeu o lábio inferior enquanto pensava em outra coisa para dizer.

— Bom, você tem um celular, então, pra gente poder ligar pra alguém, tipo a polícia ou algo assim? O meu morreu no acidente, e acho que eu deveria ligar para a minha mãe. Quando ela souber o que aconteceu, vai surtar. Ela é muito superprotetora e vai querer saber que estou bem só pra poder dizer "Eu avisei…" — Dylan parou.

Desta vez, ele nem olhou para ela.

— Celulares não funcionam aqui.

— Ah. — Ela estava ficando irritada agora. Eles estavam presos lá, no lado errado do túnel, sem adultos e sem um jeito de contatar pessoas, e ele não estava ajudando em nada. No entanto, ele *era* a única pessoa ali. — Bom, o que a gente deveria fazer, então?

Em vez de responder, Tristan se levantou subitamente. De pé, ele se revelou mais alto que ela, muito mais do que Dylan tinha imaginado. Ele baixou os olhos na direção dela, com um meio-sorriso brincando em seus lábios, e começou a ir embora.

A boca de Dylan abriu e fechou algumas vezes, mas nenhum som saiu. Ela estava transfixada, estagnada, muda, espantada e intimidada por esse garoto estranho. Ele ia simplesmente deixá-la ali? Ela obteve a resposta rápido. Ele andou cerca de dez metros, parou, virou-se e olhou de volta para ela.

— Você vem?

— Aonde? — perguntou Dylan, relutante em deixar a área do acidente. Ficar ali era mesmo a coisa mais inteligente a se fazer, não era? Como alguém os encontraria se eles saíssem andando? Além disso, como ele sabia para onde estava indo? Já estava no fim da tarde, e escureceria logo. O vento ficava cada vez mais forte, estava frio, e ela não queria se perder e ter que passar a noite toda dormindo ao relento.

Contudo, a autoconfiança dele a fez duvidar de si mesma. Ele pareceu ver a indecisão em seu rosto e lhe lançou um olhar paternalista, a voz denotando superioridade.

— Bom, eu não vou ficar sentado esperando. Pode ficar aqui se quiser.

Ele esperou o comentário surtir efeito, observando a reação dela.

Os olhos de Dylan arregalaram de medo quando ela pensou em ser deixada sozinha, esperando. E se a noite caísse e ninguém aparecesse?

— Acho que temos que ficar aqui, os dois — começou ela, mas ele já estava balançando a cabeça. Como se fosse um inconveniente extremo, ele caminhou de volta até ela e a encarou tão de perto que ela conseguia sentir o hálito dele em seu rosto. Dylan olhou em seus olhos e sentiu os arredores desaparecerem. Seu olhar era magnético, e ela não conseguiria desviar o olhar, mesmo que quisesse. Não havia outra palavra para isso — ela estava hipnotizada.

— Venha comigo — ele ordenou, seu tom deixando claro que não havia espaço para negociações. Era uma ordem, e ele esperava que ela a obedecesse.

Com a mente estranhamente vazia, não ocorreu a Dylan desobedecer. Assentindo vagamente com a cabeça, ela tropeçou para frente, na direção do rapaz.

Tristan nem esperou que ela o alcançasse antes de retomar a caminhada colina acima, longe do túnel. Ele havia ficado surpreso com sua obstinação: aquela ali tinha força interna. Contudo, de um jeito ou de outro, ela o seguiria.

CAPÍTULO CINCO

— **Espera, para! Pra onde estamos indo?** — Dylan arfou até parar e fincou os pés no chão, cruzando os braços sobre o peito. Ela o estava seguindo cegamente, mas eles haviam caminhado por vinte minutos em silêncio total até aquele momento, indo Deus sabe para que direção, e ele não havia dito nada além do seco "Venha comigo". Todas as perguntas, todos os motivos para ficar na boca do túnel que tinham sumido inexplicavelmente de sua mente quando ele ordenou que ela o seguisse haviam retornado com força total. Caminhar aleatoriamente daquele jeito era apenas idiota.

Antes de se virar e olhar para ela com as sobrancelhas erguidas, ele deu alguns passos a mais.

— O quê?

— O quê?! — A voz de Dylan ergueu-se em uma oitava com incredulidade. — A gente acabou de sair de um acidente de trem no qual todo o resto das pessoas parece ter desaparecido. Não faço ideia de onde estamos e você está nos fazendo andar até o fim do mundo, pra longe do lugar onde vão nos procurar!

— Quem você imagina que vá nos procurar? — perguntou ele, aquele meio-sorriso arrogante surgindo em seus lábios outra vez.

Dylan franziu a testa por um momento, confusa pela pergunta estranha, antes de expor seu ponto de vista outra vez:

— Bom, a polícia, pra começar. Meus *pais*. — Dylan sentiu uma leve empolgação ao poder dizer a expressão no plural pela primeira vez. — Quando o trem não chegar à próxima estação, você não acha que a empresa de trem vai se perguntar onde ele está?

Ela ergueu as sobrancelhas, secretamente satisfeita consigo mesma pela força de sua linha de raciocínio, e esperou que ele respondesse.

Ele riu. Era um som quase musical, mas apoiado em um traço de zombaria. Sua reação a confundiu e enfureceu outra vez. Dylan pressionou os lábios, esperando pela piada, mas não veio. Em vez disso, ele sorriu. O sorriso mudou seu rosto inteiro, aquecendo sua frieza natural. Mas ainda havia algo que não estava certo nisso tudo. Parecia sincero, mas não chegava aos seus olhos. Eles permaneciam gélidos e distantes.

Ele caminhou até Dylan e se curvou de leve para poder olhá-la no fundo dos olhos, azul perturbador sobre verde assustado. Sua proximidade a deixou um pouco desconfortável, mas ela se manteve firme.

— Se eu dissesse que você não está onde acha que está, o que você diria? — perguntou ele.

— O quê? — Dylan estava completamente confusa e igualmente intimidada. Ele era enlouquecedor com sua arrogância, debochando dela a cada esquina e surgindo com frases sem sentido como aquela. Qual poderia ser o sentido de sua pergunta além de enganá-la e fazer com que ela duvidasse de si mesma?

— Deixa pra lá. — Ele deu uma risadinha, lendo sua expressão. — Vire-se. Você conseguiria achar o túnel outra vez, se precisasse?

Dylan espiou por cima do próprio ombro. A paisagem era vazia e pouco familiar. Tudo parecia o mesmo: colinas ermas expostas ao vento até onde os olhos conseguiam ver, mergulhando em vales ravinados onde a vegetação crescia com voracidade, sugando toda a umidade e se refestelando no abrigo dos vendavais constantes. Não havia sinal da entrada do túnel, nem dos trilhos do trem. Estranho; eles não tinham ido muito longe. Ela sentiu um aperto no peito ao se dar conta de que não fazia ideia de por qual caminho vieram, e que ficaria totalmente perdida se Tristan a deixasse naquele momento.

— Não — sussurrou ela, percebendo o quanto de confiança ela tinha posto nesse desconhecido pouco amistoso.

Tristan riu ao notar a compreensão surgindo em seu rosto. Agora, ela estava à mercê dele.

— Então acho que você está presa comigo. — Ele sorriu de forma cruel e começou a marchar novamente. Dylan ficou parada, imóvel e inconsolável, mas quando a distância entre eles começou a aumentar, seus pés pareceram agir com vontade própria temendo ficarem sozinhos. Ela lutou para ultrapassar um pequeno amontoado de pedras e correu um pouco sobre a grama rasteira até conseguir alcançá-lo. Ele seguia a passos largos, com as pernas longas e o andar galopante permitindo que a deixasse para trás com facilidade.

— Você ao menos sabe pra onde está indo? — Ela arfou ao se apressar para manter o ritmo.

De novo aquele sorriso irritante.

— Sim.

— Como? — Estar no ritmo dele a estava reduzindo a perguntas monossilábicas.

— Porque eu já estive aqui — respondeu ele. Ele parecia totalmente confiante e no controle da situação (e dela). Apesar de odiar admitir, a não ser que quisesse ficar vagando sozinha e desamparada, ela tinha poucas opções senão confiar nele, que continuou subindo a colina a passos largos. As pernas de Dylan, pouco acostumadas com exercício, já queimavam.

— Você pode *por favor* ir mais devagar? — arfou ela.

— Ah, desculpa — disse ele, e apesar de sua frieza, pareceu falar com sinceridade. Ele diminuiu o passo para uma velocidade mais moderada. Agradecida, Dylan conseguiu acompanhá-lo e continuou os questionamentos.

— Tem uma cidade ou algo assim por perto? Algum lugar onde celulares *funcionem* mesmo?

— Não tem nada nessa terra desolada — murmurou Tristan.

Dylan mordeu o lábio, preocupada. Quanto mais tarde ficava, mais preocupada ela sabia que sua mãe ficaria. Uma das condições para Joan permitir que ela fizesse a viagem tinha sido que ela ligasse assim que chegasse e encontrasse seu pai. Ela não tinha certeza de quanto tempo havia passado — ela estivera inconsciente por algum tempo no trem —, mas sabia que Joan esperava que ela entrasse em contato logo. Se sua mãe ligasse para seu celular e caísse na caixa postal, ela começaria a se preocupar.

Ela também imaginou seu pai esperando por ela na estação de trem. Talvez ele tenha pensado que ela não quis visitá-lo, que tinha desistido. Isso seria terrível. Não, ele sabia em que trem ela estava. Ele ouviria que o trem tinha colidido, travado, ou o que quer que tenha acontecido. Ainda assim, ela precisava avisá-lo de que estava bem. Ela imaginava que, no momento em que tudo isso se resolvesse, seria tarde demais para ir a Aberdeen passar o fim de semana. Com sorte, ele estaria disposto a comprar outra passagem para ela, embora, pensou, a empresa de trem devesse pelo menos lhe dar uma de graça. No entanto, Joan ficaria ainda menos disposta a deixá-la ir depois disso. Neste caso, talvez o pai pudesse ir a Glasgow.

Mas então outra coisa a fez parar. Se não havia nenhuma cidade nas redondezas e já era fim da tarde, o que iriam fazer quando escurecesse?

Ela espiou os arredores, caçando sinais da civilização, mas Tristan estava certo: não havia nada.

— Você disse que esteve aqui antes — começou ela. Naquele momento, eles já tinham feito uma jornada até o topo da colina e estavam descendo uma seção particularmente vertical do outro lado, então Dylan mantinha os olhos no chão, dando cada passo com cuidado. Se ela estivesse olhando para o rosto de Tristan, veria o olhar atento e cauteloso que surgiu nele. — Quando foi isso exatamente?

Nada além de uma camada de silêncio do garoto a pé ao lado dela.

— Tristan?

Tantas perguntas, tão cedo. Parecia um mau agouro para Tristan. Ele tentou melhorar o humor rindo, mas Dylan fechou a boca em uma careta e de fato o olhou. Ele deixou sua expressão mais convincente.

— Você sempre faz tantas perguntas? — disse ele, erguendo uma sobrancelha.

Depois de ser atingida por aquela pergunta, Dylan ficou em silêncio. Ela virou seu rosto do dele, olhou para cima, para o céu, onde as nuvens estavam pintadas de cinza ferroso e escureciam a cada minuto que passava. *Então era isso*, Tristan percebeu.

— Medo do escuro? — perguntou ele. Ela franziu o nariz, ignorando-o. — Olha — disse ele, assumindo o controle —, vai demorar mais tempo do que essa luz nos dará pra chegar aonde estamos indo. Vamos ter que acampar.

Dylan fez uma careta. Ela não tinha nenhuma experiência de acampamento, mas tinha bastante certeza de que qualquer atividade que envolvesse dormir ao ar livre, sem acesso a uma cozinha, banheiro ou cama quente não era para ela.

— A gente não tem uma barraca. Ou sacos de dormir. Ou comida — reclamou ela. — Talvez devêssemos voltar para o túnel e ver se alguém está procurando por nós.

Ele revirou os olhos, arrogante e paternal de novo.

— É tarde demais pra fazer isso! A gente ia acabar vagando por aí no breu. Conheço um lugar protegido. Vamos sobreviver. Você já passou por coisas piores hoje — acrescentou ele.

Estranhamente, Dylan não tinha pensado muito no acidente de trem. Uma vez que saiu do túnel, Tristan tinha tomado controle de forma tão completa que ela tinha apenas seguido sua liderança. Acrescentado a isso, tudo tinha sido tão rápido que ela não tinha muita certeza do que havia acontecido.

— Você está vendo aquilo? — perguntou ele, roubando Dylan de seus pensamentos e apontando para uma cabana arruinada cerca de oitocentos metros à frente, resguardada por um vale apertado na base da colina. Parecia ter sido abandonada há muito tempo, com uma parede de pedras em ruínas cercando seus limites. O teto tinha diversos buracos grandes, a porta e as janelas estavam quebradas há muito tempo e parecia que dez anos a mais poderiam acabar com as paredes que já desmoronavam. Ela assentiu em silêncio, e ele continuou. — Isso vai manter o frio e o vento fora por um tempo.

Dylan não estava convencida.

— Você quer ficar *lá* hoje à noite? Olha para aquilo! Está caindo aos pedaços. Quero dizer, não tem nem meio telhado. Vamos congelar!

— Não, não vamos, não. — A voz de Tristan baixou com desdém. — Mal está chovendo. Provavelmente vai parar logo, e ali embaixo é muito mais protegido.

— Não vou ficar lá. — Dylan estava decidida. Ela não conseguiria imaginar qualquer coisa menos confortável do que passar a noite em uma cabana úmida, fria e decrépita.

— Sim, vai sim. A não ser que você queira seguir sozinha. Vai escurecer logo. Boa sorte. — As palavras foram ditas com frieza, e Dylan não tinha nenhuma dúvida de que ele falava sério. O que ela poderia fazer?

Mais de perto, a cabana não parecia nem um pouco mais atraente. O jardim havia tentado se reafirmar como selvagem, e eles tiveram que lutar para atravessar urtigas, espinheiros e tufos de grama verde só para chegar à porta da frente. Quando entraram, as coisas melhoraram um pouco. Mesmo sem janelas ou portas, o vento havia reduzido de forma considerável, e o teto de um dos lados estava quase intacto. Se chovesse durante a noite, eles teriam uma chance razoável de seguir secos. O lugar, no entanto, parecia ter sido saqueado. O dono anterior havia deixado diversas posses e alguns itens frágeis de mobília, mas quase tudo estava quebrado ou jogado sem cuidado pelo chão.

Tristan liderou o caminho para dentro, endireitando uma mesa, uma cadeira e virando um balde para baixo para se sentar. Ele acenou para Dylan indicando que ela poderia ficar com a cadeira. Ela se sentou com cuidado, pensando que a mobília poderia ceder sob seu peso. A cadeira aguentou firme, mas a garota não conseguia relaxar. Sem o vento uivante, havia um silêncio muito desconfortável e, além disso, agora ela não tinha mais um terreno perigoso para mantê-la ocupada. Não havia nada a fazer exceto sentar e tentar não encarar Tristan. Ela se sentiu extremamente desconfortável, presa dentro daquela cabana com alguém praticamente desconhecido. Por outro lado, o trauma do dia estava começando a assentar, e ela estava desesperada para falar sobre o que havia acontecido. Ela observou Tristan, perguntando-se como quebrar o silêncio.

— O que você acha que aconteceu? Com o trem, quero dizer.

— Não sei. Só bateu, eu acho. Talvez o túnel tenha cedido, ou algo assim. — Ele deu de ombros e olhou fixamente para um ponto sobre a cabeça dela. Tudo em sua linguagem corporal dizia que ele não queria falar a respeito, mas Dylan não desistiria com tanta facilidade.

— Mas o que houve com os outros? Não podemos ser os únicos sobreviventes. O que houve no seu vagão? — Os olhos dela ardiam de curiosidade.

Ele deu de ombros de novo, distante e desinteressado.

— A mesma coisa que no seu, imagino. — Seus olhos flutuaram para longe, e Dylan pôde ver que ele estava desconfortável. Como ele podia não querer falar disso? Ela não entendia.

— Por que você estava lá? — Ele ergueu a cabeça abruptamente, surpreso, e Dylan explicou rápido. — Quero dizer, pra onde você estava indo? Visitar alguém? — De súbito, ela desejou não ter perguntado. Algo transpareceu nos olhos dele, uma atitude defensiva que ela não gostou.

— Eu estava visitando — disse ele. — Minha tia mora lá. — Seu tom era final, encerrando a conversa.

Dylan batucou os dedos no topo da mesa enquanto considerava a resposta. Visitar uma tia parecia inocente o suficiente, mas ela se perguntou se não era algo mais sinistro. Por que mais ele seria tão misterioso, tão evasivo? Será que ela estava isolada no meio do nada com algum tipo de criminoso? Ou ela só estava sendo boba e paranoica depois do choque do dia?

— Como vamos fazer pra comer? — perguntou ela, mais para mudar de assunto do que qualquer outra coisa, porque seu desinteresse era enlouquecedor.

— Você está com fome? — Ele pareceu um pouco surpreso.

Dylan pensou a respeito e descobriu, para sua surpresa, que a resposta era não. A última vez que tinha comido havia sido depois da escola, a caminho da estação de trem.

Um hambúrguer apressado, de uma cafeteria engordurada, com uma Coca-Cola Zero quente. Isso tinha sido horas antes. Apesar de magra, ela comia como um cavalo. Joan sempre brincava que um dia ela acordaria pesando cem quilos. Normalmente, ela estaria morrendo de fome. Talvez perda de apetite fosse um sintoma do choque.

— No mínimo vamos precisar de água — falou ela, apesar de perceber, no momento em que falava, que tampouco tinha sede.

— Bom, tem um córrego nos fundos — respondeu ele, com humor em sua voz. — Mas não sei dizer quão limpo ele é.

Dylan imaginou beber a água do córrego imundo, que provavelmente tinha barro e insetos. Não era uma sugestão atraente. Além disso, se bebesse a água, precisaria usar o banheiro, e não parecia ter um ali. As nuvens estavam trazendo a noite estranhamente rápido, e a ideia de sair sozinha no escuro para encontrar um lugar adequado não era algo em que queria pensar. Havia urtigas e espinheiros a considerar e, além disso, ela teria medo de ir para longe, então teria de se preocupar em ficar a uma distância segura. Seria vergonhoso demais.

Tristan pareceu ler os pensamentos em seu olhar. Apesar de ter virado o rosto para observar o fim da tarde do outro lado da janela, Dylan conseguia ver um suspeito movimento em sua bochecha. Tristan estava rindo dela. Ela piscou e fixou o olhar em outra direção, para fora do buraco onde a janela de trás estivera um dia. Não conseguia ver quase nada, apenas o desenho das montanhas à distância. O início da noite a estava deixando nervosa.

— Você acha que estamos seguros aqui? — perguntou ela.

Ele se virou para encará-la, sua expressão ilegível.

— Não se preocupe — respondeu em voz baixa —, não tem nada lá fora. — A percepção do isolamento em suas palavras era tão congelante quanto o pensamento de coisas desconhecidas se movendo no escuro, e Dylan estremeceu involuntariamente.

— Frio? — Ele não esperou por uma resposta. — Tem uma lareira aqui. Tenho uns fósforos... Acho que consigo acender.

Ele se levantou e caminhou até a lareira de pedra, que ficava sob a parte de teto restante. A estrutura da lareira provavelmente fortalecia a parede, porque esta parte do casebre estava em melhor estado. Ao lado dela, ainda havia algumas lenhas atiradas, as quais ele reuniu e organizou com cuidado num formato precário de cabana. Dylan o observou trabalhar, hipnotizada por sua concentração silenciosa. Quando revirou o bolso, Tristan, olhou-a de relance, e ela rapidamente voltou seu olhar para fora da janela. Um tom ruborizado coloriu suas bochechas, e ela esperou que ele não a tivesse visto encarando. Uma risada contida da direção da lareira confirmou que ele tinha, e ela se remexeu na cadeira, envergonhada. O som de um fósforo riscando foi acompanhado por uma lufada leve de fumaça. Ela o imaginou lançando-o na lareira e tentando aliciar as chamas, mas manteve os olhos decididamente distantes dele.

— A não ser que aconteça um vendaval inesperado, a gente deve ficar um pouco mais quente em alguns minutos — ele falou, levantando-se e vagando de volta para o outro lado do seu assento improvisado.

— Obrigada — murmurou Dylan, realmente agradecida. Ela era grata pelo fogo: ele afastava o escuro que deslizava sobre a terra. Ela se virou de leve e olhou para as chamas, observando cada uma delas pular e saltar sobre as lenhas. Logo, o calor começou a irradiar da lareira, banhando-os.

Tristan voltou a olhar para fora da janela, apesar de não haver nada para ver. Após gastar toda a sua coragem tentando puxar assuntos que haviam sido cortados antes de sequer começar, Dylan não ousou interromper sua contemplação. Em vez disso, cruzou os braços sobre a mesa e apoiou o queixo neles, olhando para o fogo, para longe de Tristan. A dança das chamas a hipnotizava e, em pouco tempo, ela sentiu suas pálpebras pesarem.

Enquanto a cortina de sono se fechava, ela ouviu o vento se agitando ao redor das paredes decrépitas da casa. Apesar de não conseguir sentir o frio de seu toque, ela ouviu os assobios que se formavam através das rachaduras e aberturas, procurando um jeito de entrar. O som era misterioso, assustador. Ela estremeceu, desconfortável, mas tentou reprimir o movimento antes que Tristan notasse.

Era o vento, nada mais.

CAPÍTULO SEIS

Quando Dylan abriu os olhos, ela estava no trem outra vez. Ela piscou, confusa por um momento, mas aceitou esse rumo bizarro dos acontecimentos com um dar de ombros quase imperceptível. O trem empurrou, chacoalhou e vibrou com força enquanto saltava sobre os pontos. Depois, acalmou-se em um ronco vibrante. Ela fechou os olhos de novo e descansou a cabeça no assento.

Pareceu ter passado apenas um segundo, mas quando ela abriu os olhos, alguma coisa estava diferente. Perplexa, ela franziu a testa. Devia ter pegado no sono de novo. As luzes fortes do vagão machucavam os olhos, fazendo-a piscar. Balançando um pouco a cabeça para colocar os pensamentos no lugar, Dylan se mexeu de forma desconfortável no trem. As sacolas da mulher estavam tomando uma quantidade imensa de espaço, e algo afiado em uma sacola laranja brilhante espetava as suas costelas de forma dolorosa.

Ela se lembrou de ter prometido enviar uma mensagem de texto ao seu pai para avisar que estava no trem e de, com alguma dificuldade, ter retirado o celular do bolso. Uma das enormes sacolas de loja havia se movido com ela e rolado até uma distância perigosa, perto do fim do assento em frente à mulher do outro lado, que a alcançou e a colocou de volta no banco. Dylan a ouviu resmungar com raiva, mas ignorou. Trazendo a tela à vida, ela começou a digitar.

Pai, no trem. Não está muito atrasado até...

Um tranco súbito do trem arrancou o celular de seus dedos. Ela tentou alcançá-lo com a outra mão, mas tocou apenas a parte de baixo, lançando-o para mais longe do seu alcance. Com um estalo horrível, ele bateu contra o chão e ela ouviu um rangido enquanto o aparelho derrapava pelo vagão.

— Droga — murmurou. Seus dedos tatearam por alguns segundos antes de entrarem em contato com o celular. Estava grudento; algum idiota devia ter derrubado suco no chão. Dylan o puxou para avaliar o estrago.

Em vez de suco, o celular estava coberto por uma substância grossa e vermelho-escura que escorria pelo pingente em forma de coração e gotejava devagar, caindo em pequenas explosões no seu joelho. Ao olhar para cima, ela se deparou pela primeira vez com os olhos da mulher que estava sentada na frente dela. Eles a encararam de volta, sem vida. Sangue pingava de seu couro cabeludo e sua boca estava aberta, com os lábios cinzentos e suspensos em um grito. Dylan olhou desesperadamente para os lados e viu os dois fãs dos Rangers que tinha tentado evitar. Eles estavam deitados com os braços ao redor um do outro, as cabeças juntas em um ângulo que parecia simplesmente errado. Outro salto do trem os fez despencar para a frente como bonecos, com as cabeças presas ao pescoço por linhas finas de tendões. Dylan abriu a boca para gritar enquanto o mundo era dilacerado.

Tudo começou com um estrondo horrível, um som que fez os dentes de Dylan rangerem e perfurou cada nervo do seu corpo, como o de metal colidindo com metal e arrebentando. As luzes piscaram e o trem pareceu balançar e sacudir sob seus pés. De seu assento, ela foi lançada para a frente com uma força incrível, estatelando-se pelo vagão diretamente até a mulher monstruosa à sua frente. Seus braços mortos pareciam preparados para abraçá-la, e sua boca escancarada se alargava em um sorriso pavoroso.

— Dylan! — A voz, a princípio desconhecida, a trouxe de volta à consciência. — Dylan, acorda! — Algo chacoalhava seus ombros com força.

Arfando, ela ergueu a cabeça da mesa na qual devia ter pegado no sono e encarou o par de olhos azuis preocupados.

— Você estava gritando — disse Tristan, pela primeira vez parecendo ansioso.

O terror do sonho ainda estava fresco. O sorriso morto da mulher pairava na visão de Dylan, e a adrenalina pulsava dentro dela. Mas não era real. Não era. Conforme a realidade foi se reafirmando, sua respiração diminuiu gradualmente o ritmo.

— Pesadelo — murmurou Dylan, agora envergonhada. Ela se endireitou, longe do olhar de Tristan, e observou o ambiente em volta. O fogo tinha apagado fazia muito tempo, mas as primeiras luzes do nascer do sol haviam começado a iluminar o céu, e ela conseguia ver seus arredores com clareza.

A cabana parecia mais fria na luz da manhã. As paredes tinham sido pintadas em tons de creme em algum momento, mas fazia muito tempo que tinham desbotado e começado a descascar. Os buracos no telhado e a falta de janelas haviam permitido que a umidade infiltrasse pelas paredes e agora, tufos de musgo verde estavam se espalhando pela superfície. O abandono descuidado da mobília era triste, de certa forma. Dylan imaginou alguém, em algum momento, organizando com amor aquele cômodo com objetos que tinham significado e emoção. Agora eles só eram descartados e negligenciados.

Por algum motivo bizarro, a ideia lhe deu vontade de chorar. Sua garganta se apertou e lágrimas ameaçaram descer pelas bochechas. O que havia de errado com ela?

— A gente deveria ir. — Tristan atravessou os seus pensamentos, trazendo-a de volta ao presente.

— É. — A garganta dela estava rouca por conta da emoção, e Tristan a analisou.

— Tudo certo?

— Sim. — Dylan inspirou fundo e tentou sorrir para ele. Pareceu pouco convincente, mas ela esperava que ele não a conhecesse bem o suficiente para desvendar isso. Ele franziu a testa de leve, mas assentiu. — Então, qual o plano? — Ela perguntou com animação, tentando passar por cima do momento esquisito. Funcionou, até certo ponto.

Ele ergueu metade de sua boca em um sorriso e se moveu para a porta.

— Caminhamos. Pra aquele lado. — Ele apontou com o braço e então ficou parado com as mãos nos quadris, esperando que ela se juntasse a ele.

— Agora? — perguntou Dylan, incrédula.

— Sim — ele respondeu rápido, antes de desaparecer porta afora. Ela encarou a soleira que ele tinha acabado de abandonar, horrorizada. Eles não podiam simplesmente ir. Não sem tomar um gole do córrego e tentar encontrar alguma comida, ou talvez até tomar um banho rápido. Ela se perguntou o que ele faria se ela só ficasse sentada ali e se recusasse a segui-lo. Continuaria caminhando, provavelmente.

— Droga — murmurou Dylan, levantando-se com pressa e seguindo-o desajeitadamente.

— Tristan, isso é absurdo.

— O que foi agora? — Ele se virou para olhar Dylan, que estava claramente exasperada.

— Estamos caminhando há horas e horas.

— E?

— Bom, o trem bateu apenas uma hora ao norte de Glasgow. Não tem nenhum lugar nessa parte da Escócia de onde você pudesse sair, caminhar o tanto que caminhamos e não encontrar *nada*.

Ele olhou para Dylan, avaliando-a com sagacidade.

— O que você quer dizer?

— Quero dizer que devemos estar andando em círculos. Se você soubesse de verdade pra onde está indo, a gente já teria chegado. — Dylan apoiou o peso das mãos nos quadris, pronta para discutir, mas para sua surpresa, o rosto de Tristan quase pareceu aliviado. Isso a confundiu. — Não podemos apenas seguir — continuou ela.

— Você tem uma ideia melhor?

— Sim, minha ideia melhor era ficar no túnel do trem, onde alguém teria encontrado a gente.

Outra vez, ele sorriu. A preocupação da manhã havia desaparecido há muito tempo, e o Tristan arrogante e zombeteiro estava de volta.

— Tarde demais. — Ele riu, virando-se para caminhar em frente. Dylan olhou para as costas dele, incrédula. Ele era inacreditavelmente grosseiro e presunçoso.

— Não, Tristan, é sério. Pare! — Ela tentou acrescentar um tom de autoridade à sua voz, mas soou quase desesperada até mesmo para seus próprios ouvidos.

Mesmo a dez metros de distância, ela conseguiu ouvir o seu suspiro de impaciência.

— Eu quero voltar.

Ele se virou para encará-la outra vez e ela percebeu que ele estava mantendo sua expressão calma com muita dificuldade.

— Não.

Dylan ficou boquiaberta, pasma. Quem ele achava que era? Ele era um garoto adolescente, não a mãe dela. Ela não conseguia acreditar que ele achava que podia mandar nela desse jeito. Ela tirou as mãos do quadril, cruzou os braços em frente ao peito e posicionou os pés, preparando-se para uma briga.

— O que quer dizer com "não"? Você não pode simplesmente decidir pra onde eu vou. Você não é o chefe da expedição. Você está tão perdido quanto eu. Eu quero voltar. — Ela enunciou cada sílaba na frase final, como se a força de suas palavras pudesse torná-las realidade.

— Você não pode voltar, Dylan. Não está mais lá.

Perplexa por aquelas palavras, ela franziu a testa e juntou os lábios em uma linha fina.

— Do que você está falando? O que não está mais lá?

— As frases crípticas dele estavam começando a irritá-la.

— Nada, o.k.? Nada. — Ele balançou a cabeça e pareceu ter dificuldade para encontrar as palavras certas. — Olha, confie em mim. — Seus olhos queimaram nos dela. — Viemos até aqui. Demoraria o mesmo tempo pra voltar e encontrar o túnel de novo. Eu realmente sei pra onde estou indo. Prometo.

Dylan transferiu o peso de uma perna para a outra, indecisa. Ela queria desesperadamente voltar para a zona do acidente, certa de que alguém responsável, alguém que podia *resolver* algo, estaria lá. Por outro lado, ela nunca conseguiria encontrar o caminho sozinha, e tinha medo de ser abandonada naquele lugar tão remoto. Ele pareceu notar sua incerteza. Então, caminhou de volta até ela, chegando desconfortavelmente perto, e flexionou os joelhos para que seus olhares estivessem no mesmo nível. Dylan quis dar um passo para trás, mas congelou como um animal ao ver faróis de carro. Ecos reviraram na memória dela, mas então ele estava olhando fixamente para ela, próximo demais, e ela perdeu o fio do pensamento.

— Precisamos ir pra esse lado — sussurrou ele, de forma hipnótica. — Você tem que vir comigo.

Ele a observou intensamente, assistindo suas pupilas dilatarem a um verde quase turvo, e então sorriu, satisfeito.

— Vamos lá — ordenou ele.

Sem pensar a respeito, os pés de Dylan obedeceram.

Marchar, marchar, marchar. Eles continuaram sobre o terreno pantanoso, cheio de lamaçais que pareciam, de alguma forma, estar sempre morro acima. As pernas de Dylan estavam gritando, seus tênis tinham desistido de ficar secos há muito tempo. Cada passo que dava era acompanhado de um gélido amortecimento úmido dentro de seus calçados. Suas calças boca de sino haviam absorvido água quase até os joelhos, e se arrastavam a cada passo.

Tristan, no entanto, mantinha-se indiferente aos seus olhares feios e queixas. Ele manteve o ritmo sem piedade, sempre ficando cerca de um metro na frente dela, silencioso e determinado. De vez em quando, quando ela tropeçava, ele virava prontamente a cabeça para vê-la, mas, assim que se certificava de que ela estava bem, continuava a marchar em frente de forma determinada.

Dylan começou a se sentir mais e mais desconfortável. O silêncio entre eles era como um muro de tijolos, totalmente impenetrável. Quase parecia que ele se ressentia de estar com ela, como se ela fosse uma irmãzinha inconveniente de quem ele havia relutantemente prometido cuidar. Não havia nada a fazer a não ser assumir o papel e segui-lo. A garotinha amuada que não estava ganhando o que queria. Dylan estava intimidada demais para tentar confrontá-lo a respeito de seu comportamento pouco amistoso, quase hostil. Ela afundou o queixo no casaco e suspirou. Olhando para a grama comprida e tentando, em vão, localizar os buracos e tufos esquisitos que queriam derrubá-la, ela murmurou lastimosamente e continuou a caminhar a passos pesados atrás de Tristan.

No pico de mais um morro, ele finalmente pausou.

— Precisa descansar um pouco?

Dylan olhou para cima, um pouco desorientada pelo esforço de andar com a cabeça baixa por tanto tempo.

— Sim, seria bom. — Ela sentia a necessidade de sussurrar depois do silêncio prologado, mas o vento que chicoteava ao redor deles roubava suas palavras do ar assim que deixavam sua boca. Tristan pareceu entender, no entanto, porque andou até uma pedra grande que saía da grama e do mato e se acomodou casualmente contra ela. Ele olhou para longe pelo horizonte, como se fosse um sentinela.

Dylan não teve a energia de procurar um lugar seco adequado. Ela afundou no chão onde estava. Quase de forma instantânea, a grama molhada atravessou seu casaco e suas calças, mas sua roupa já estava tão fria e úmida que ela mal registrou a mudança. Ela estava cansada demais para pensar, cansada demais para discutir. Roubada de seu espírito, ela estava pronta para seguir cegamente aonde quer que Tristan escolhesse guiá-la. Talvez esse tivesse sido seu plano o tempo todo, ela pensou negativamente.

Era estranho. Em algum lugar no fundo de sua mente, ela sabia que havia diversas coisas erradas. Havia o fato de que eles haviam caminhado por dois dias e não encontraram ninguém, o fato de que ela não havia comido ou bebido nada desde o acidente, mas não sentia fome ou sede e, enfim — o mais assustador de tudo —, o fato de que ela ainda não tinha falado com sua mãe ou pai por 48 horas e eles não faziam ideia de onde ela estava ou se estava bem. De algum modo, esses pensamentos ficaram no porão de sua mente, incomodando-a, mas apenas de forma vaga, como puxões leves no rabo de um cavalo em disparada. Ela não conseguia focar neles.

Sem aviso, Tristan olhou na direção dela, que estava distraída demais para desviar o olhar a tempo.

— O quê? — perguntou ele.

Dylan mordeu o lábio, perguntando-se quais dos milhões de perguntas fazer primeiro. Era muito difícil falar com ele, e ele não fizera sequer uma pergunta sobre ela. Ele não estava nem um pouco curioso? A única conclusão que Dylan conseguiu tirar era de que ele preferia que ela não estivesse ali. Ele provavelmente desejava ter começado a caminhar assim que saiu do túnel, em vez de esperar para ver se qualquer outra pessoa apareceria. Dylan não tinha certeza se isso não teria sido melhor para ela também. Ela poderia ter ficado perto da boca do túnel e, se ninguém tivesse vindo, mais cedo ou mais tarde ela teria se convencido a atravessar o túnel e sair do outro lado. A essa hora, ela já estaria em casa outra vez, brigando com Joan para fazer outra viagem para Aberdeen.

Um uivo distante irrompeu em algum lugar à sua esquerda. Era alto, lamurioso, como de um animal com dor. O ruído pareceu ecoar de algum lugar das colinas ao redor, denotando uma qualidade misteriosa e sobrenatural. Ele a fez estremecer.

— O que foi isso? — perguntou ela a Tristan.

Ele deu de ombros, aparentemente despreocupado.

— Só um bicho. Trouxeram uns lobos pra cá há um tempo. Não se preocupa — acrescentou com um pequeno sorriso, vendo sua expressão nervosa. — Tem um monte de cervos por aqui pra comer. Eles não vão se incomodar com você.

Ele ergueu os olhos para o céu que escurecia convertendo-se em um fim de tarde sem que Dylan tivesse notado de fato. Eles haviam caminhado por tanto tempo? Ela cruzou os braços ao redor do peito, abraçando-se para encontrar calor. O vento pareceu subitamente mais forte. Girando ao seu redor, ele puxava fios de cabelo soltos em seu rosto, fazendo-os dançar em frente aos seus olhos como sombras ondulantes. Ela tentou afastá-los, mas seus dedos não encontraram nada além de ar.

Tristan desencostou da pedra em que estava apoiado. Seus olhos procuravam a noite que chegava.

— De qualquer forma, devíamos ir em frente — disse ele. — Não queremos ficar presos no topo de uma colina quando escurece.

Havia de fato ficado muito escuro em um espaço de tempo absurdamente curto. Dylan achou difícil enxergar na descida da colina. Este lado do pico estava coberto com cascalhos que derrapavam debaixo de seus pés e pedras escorregadias em razão da chuva recente. Ela tentou fazer um caminho dando um pequeno passo por vez e mantendo um dos pés firme no chão enquanto, com o outro, tentava sentir o terreno de forma hesitante. Era um progresso muito lento, e ela conseguia sentir a impaciência de Tristan. Ainda assim, ele voltava para caminhar ao lado dela, o braço mais próximo de sua metade estendida, pronto para pegá-la se caísse, e isso era reconfortante. Sobre o vento e o som de sua respiração, ela pescava de vez em quando o ladrar fraco dos animais selvagens perambulando pela noite.

— Pare. — Tristan disparou o braço para a frente de Dylan. Chocada por sua interrupção abrupta, ela se virou para encará-lo, de olhos arregalados. Observando sua postura, ela sentiu um puxão de apreensão correr dentro de si. Ele estava parado como uma pedra, completamente em alerta. Cada músculo em seu corpo estava tenso, pronto para ação. Seus olhos focaram de forma objetiva em algo à frente, disparando em movimentos pequenos e rápidos enquanto ele sondava a cena diante deles. Suas sobrancelhas estavam franzidas sobre seus olhos, e sua boca, estabelecida em uma linha austera. O que quer que fosse, não era bom.

CAPÍTULO SETE

— **O que foi?** — **Dylan piscou** na direção em que ele estava olhando, mas não conseguia ver nada fora do normal através das sombras. Ela só conseguia distinguir a forma de colinas à distância e o caminho que estavam descendo. Apesar de fixar o olhar por um longo momento, nada se moveu. Ela estava prestes a abrir a boca para perguntar o que ele tinha visto quando Tristan gesticulou com as mãos pedindo silêncio.

Ele colocou o dedo sobre os lábios.

Dylan fechou a boca e o encarou com atenção, observando suas reações. Ele ainda estava paralisado, com os olhos procurando algo dentro da escuridão. Ela espiou outra vez na direção de seu olhar, mas ainda não conseguia ver o que causara aquela reação. A tensão dele era contagiosa, e ela sentiu o estômago apertar. Seu coração começou a bater mais forte, e ela teve que se concentrar em inspirar pelo nariz para manter a respiração sob controle.

Tristan continuou a olhar para frente, com atenção, por mais um momento, depois se virou para Dylan. Por um instante, seus olhos brilharam de forma vívida, como chamas azuis. Ela suspirou silenciosamente, mas no segundo seguinte eles estavam tão escuros quanto carvão, e ela acabou se perguntando se tinha imaginado aquilo.

Enquanto estavam parados ali, o vento pareceu ganhar forças, chicoteando ao redor deles. O ruído passava agitado pelos ouvidos de Dylan, mas acima dele, ela pensou detectar um uivo baixo. Os mesmos uivos dos animais que havia ouvido antes. Tristan havia dito que não eram nada com que se preocupar, mas sua postura rígida sinalizava o contrário.

— Lobos? — ela falou apenas com os lábios, assustada demais para emitir sons. Ele assentiu com a cabeça. Dylan olhou de volta para a paisagem na frente deles, procurando por silhuetas nos pontos escuros. Ainda estava vazio.

— O que vamos fazer? — sussurrou ela. A ansiedade a havia empurrado de forma inconsciente para mais perto dele, em busca de proteção, e ela murmurou aquilo no ouvido dele.

— Tem uma cabana de madeira abandonada no fim desta colina. — Suas palavras foram sussurradas também, mas fervorosas. — Precisamos chegar lá. Vamos ter que ir um pouco mais rápido, Dylan.

— Mas onde estão eles? — sussurrou ela de volta.

— Não importa agora. Só temos que ir.

Suas palavras assustaram Dylan. Ela analisou o escuro, meio esperando que o perigo se revelasse, meio esperando que não. Ela não conseguia ver nada, mas de algum modo, a escuridão estava ficando palpável. Até mesmo o chão sob seus pés se tornava apenas uma sombra. Se ela tentasse ir mais rápido, cairia, possivelmente levando Tristan morro abaixo com ela.

— Tristan, não consigo enxergar — Dylan murmurou, o medo fazendo sua voz arranhar.

— Estou com você — disse ele, e a certeza em sua voz lhe deu coragem, aqueceu o frio em seu coração. Ele alcançou sua mão, curvou os dedos ao redor dos dela e, então, a apertou com força. Dylan percebeu com um susto que essa era a primeira vez que eles haviam se tocado. Ela ficou quase feliz por estar escuro. Apesar do horror do momento, ficou agitada, inquieta pelo contato. A mão dele estava muito quente e segurava os dedos dela com força. Ela sentiu mais segurança de imediato. A confiança dele era evidente em cada palavra, em cada movimento, e isso a deixou confiante também.

— Vamos lá — disse ele.

Tristan liderou o caminho à frente em um ritmo muito mais rápido. Dylan tentou acompanhá-lo, mas a escuridão era densa e ela não conseguia mais ver as pedras ou tufos de grama e tropeçava e caía com frequência, já desequilibrada por descer uma inclinação tão íngreme. Seus tênis eram velhos e as solas estavam gastas. Em algum ponto, ela pisou forte em um punhado de cascalho e escorregou. Seu outro pé tentou encontrar uma forma de compensar no chão, mas acabou pisando em um ângulo esquisito. Forçados a colocar todo o peso nele, os músculos dos seus tornozelos oscilaram e distenderam, tentando mantê-la em pé. Ela sentiu uma dor aguda quando a articulação se revirou. Com um choramingo, sentiu-se cair com a perna dobrada, mas a mão de Tristan manteve um pulso firme na dela, e ele apertou seu braço puxando-o até parar, impedindo que a parte de trás da sua cabeça batesse contra o chão frio. Naquele momento, ele pareceu impossivelmente forte. Com apenas um braço, ele a trouxe de volta para cima, quase erguendo-a do chão antes de colocá-la em pé. No segundo seguinte, ele estava apressando-a novamente para que seguisse em frente.

— Quase lá — disse, levemente sem ar.

Olhando adiante, Dylan achou que conseguia ver a definição fraca de uma construção não muito distante. Era, como Tristan dissera, uma cabana de madeira. Conforme se moviam mais para perto, os detalhes começavam a aparecer. Esse lugar tinha uma porta ainda intacta, com duas janelas de vidro de cada lado. O telhado era um vértice íngreme, com uma chaminé levemente torta escapando de um lado. Se seguissem no ritmo que Tristan estabeleceu, eles chegariam à cabana em apenas alguns minutos.

O chão aplainou e Dylan se sentiu mais confortável tentando pisar em frente. Seu tornozelo pulsava a cada passo, mas ela tinha certeza de que estava apenas torcido, e não deslocado. Tristan pressionou-a a ir mais rápido, encorajando-a para uma corrida desigual.

— Você está indo bem, Dylan, continue — disse ele.

Os uivos de animais estavam ficando mais altos, mais próximos. Era agora uma orquestra de ruídos constantes e misturados. Dylan não conseguia adivinhar quantas criaturas estavam ao redor deles. Ela ainda não tinha visto nem um traço de lobo, apesar de seus olhos dispararem para todos os lados, avaliando os arredores. Ainda assim, eles estavam quase lá. Conseguiriam. Ela estava aliviada que essa cabana parecia muito mais resistente do que aquela em ruínas em que haviam sido forçados a dormir na noite anterior.

O BARQUEIRO **69**

Lá não haveria lugar algum para se esconder, nenhum jeito de deixá-los para fora. Eles estavam tão próximos que Dylan quase conseguia ver o reflexo de seu rosto assustado no vidro da janela.

Foi então que ela sentiu. Começou como um gelo ao redor de seu coração, e então sua respiração pareceu congelar nos pulmões. No escuro, ela não conseguia vê-los. Ela conseguia apenas enxergar movimentos no ar, sombras sobre sombras. Elas a cercavam, e Dylan sentia o ar se mover contra seu rosto conforme serpenteavam ao seu redor... testando, provando o ar.

Aquilo não era lobo algum.

— Estão aqui. — A voz de Tristan estava carregada de pavor, e tão baixa que as palavras pareceram não ser direcionadas para seus ouvidos. Ainda assim, Dylan as ouviu, e elas a assustaram mais do que qualquer outra coisa. Havia algo estranho na maneira como ele falou. Era como se soubesse que essas criaturas estavam a caminho, como se soubesse o que eram. Que segredos ele estava escondendo dela?

Alguma coisa a ultrapassou. Apesar de ela ter jogado a cabeça para trás rápido o suficiente para fechar o maxilar em um estalo, a coisa se jogou em seu corpo, com golpes que causavam uma queimação entre o dorso do nariz e a bochecha. Ela esfregou a mão na pele e sentiu umidade ali. Estava sangrando.

— Tristan, o que está acontecendo? — Ela estremeceu, lançando a voz sobre o vento e os uivos que aumentavam assustadoramente, intercalados com assobios e gritos. O gelo em seu peito tornava a respiração dolorosa.

Uma sombra apareceu das trevas, à frente dela, indo em sua direção sem hesitar. Não houve tempo para reagir, para dar um passo para fora do caminho, ou até para se conter. Mas o impacto pelo qual ela esperava nunca veio. Incrivelmente, a sombra pareceu atravessá-la. Ela não tinha certeza se tinha imaginado, mas teve a sensação de que uma flecha gélida havia passado pelo seu corpo. Soltando a mão de Tristan, ela agarrou seu tórax esperando encontrar uma ferida ou buraco, mas seu casaco estava completamente intacto.

— Dylan, não! Não me solta!

Ela sentiu que alguns dedos a alcançavam e buscou a mão dele no ar, mas não conseguiu nada. De súbito, foi agarrada pelo que pareciam ser centenas de mãos de fumaça. Elas eram fortes e, por pura força numérica, Dylan se sentiu ser empurrada para baixo, apesar de não haver lugar algum para ir. Ela agitou os braços instintivamente, tentando afastá-las, mas não encontrou nada no ar. O que estava havendo? Isso não era um animal. Ela parou de se mover e sentiu os seres sem substância voltarem de imediato. Como ela poderia lutar contra algo que não podia tocar? Sob a força combinada das criaturas, suas pernas cederam e ela afundou para o chão.

— Dylan!

Apesar de estar parado ao lado dela, a voz de Tristan pareceu muito distante. Ela mal a identificava por cima do som de grunhidos e guinchos agudos. Os seres faziam um enxame ao seu redor, e ela conseguia senti-los nos braços, nas pernas, na barriga e no rosto. Todo lugar em que a tocavam queimava como um metal congelado sob a pele nua. Mais e mais deles atravessavam seu corpo, congelando seus ossos. Não havia adrenalina alguma em seu medo. Em vez disso, o terror a enfraquecia. Ela não tinha poder algum para lutar, para se esforçar contra o invencível.

— Tristan — sussurrou ela. — Me ajuda.

A voz de Dylan tinha menos força que um murmúrio. Ela sentiu o corpo todo perder força, como se algo lhe tivesse sugado toda a energia. Era difícil lutar contra o peso das mãos insistentes. Para baixo, baixo, baixo, rumo ao chão e, então, impressionantemente, ultrapassando-o. Terra e pedra não pareciam tão sólidas quanto deveriam ser. Dylan se sentia capaz de atravessá-las como se fossem líquidas.

— Dylan! — A voz de Tristan poderia estar vindo de debaixo da água, distorcida e imprecisa. — Dylan, me ouça!

Ela ouviu uma nota de pânico e quis confortá-lo: estava se sentindo quase calma, leve e tranquila. Ele deveria ficar calmo também.

Uma mão agarrou a frente de seu casaco de forma rude. Doeu. O ar ao redor dela foi preenchido com silvos raivosos, e Dylan concordou: a mão deveria parar. O pulso chacoalhou com mais força, e então a puxou para cima. Ela se sentiu presa em um cabo de guerra.

Os silvos intensificaram-se e as mãos que a puxavam transformaram-se em garras ferozes, percorrendo seu corpo como se fossem agulhas. Elas rasgaram suas roupas e puxaram seu cabelo, forçando sua cabeça para trás e arrancando um grito de dor de seus lábios. Os atacantes desconhecidos pareceram apreciar isso, e os silvos converteram-se em risos quebrados, um uivo ameaçador que foi direto ao peito de Dylan e o resfriou.

Dylan foi subitamente içada. A mão segurando a parte da frente do casaco a puxou e um braço serpenteou por trás de seus joelhos, erguendo-a no ar. Seus pés sacudiam, e sua cabeça balançou para trás até ela conseguir reunir as forças para erguê-la. Sabia que estava nos braços de Tristan. Ela não tinha tempo para ficar envergonhada, apesar de ele a ter abraçado contra o peito com força, protegendo-a das criaturas que não desistiam da briga. Elas estalavam aos seus pés e circundavam Tristan. Pegavam a roupa dele, o cabelo, atacavam com força diante de seu rosto. Ignorando-as, ele a apertou forte contra seu corpo e começou a correr. As garras perderam a aderência, mas tentaram pegá-la repetidas vezes. Dylan conseguia sentir o ar passar rápido enquanto os seres se apressavam ao redor dela. Eles estavam perto o suficiente para abrir cortes superficiais em sua pele, mas não conseguiram pegá-la enquanto Tristan corria morro abaixo para a cabana.

Ao passo que Tristan se aproximava do abrigo e as criaturas perceberam que estavam muito perto de perder sua presa, os gritos ficaram insuportáveis. Elas dobraram os esforços mirando Dylan, já que Tristan parecia imune aos ataques. Arranharam-na e atacaram-na focando na cabeça e no cabelo. Ela tentou esconder o rosto no ombro de Tristan para se proteger.

A cabana estava incrivelmente perto. Os pés de Tristan pisavam com força num caminho pavimentado e eles voaram sobre os poucos metros que restavam. Sem soltá-la, ele abriu a porta de algum jeito e correu para dentro. A última coisa que Dylan ouviu foi um coro trovejante de gritos. Não havia palavras para ouvir, mas as emoções estavam claras em seu clamor uivante: as criaturas estavam furiosas.

CAPÍTULO OITO

Dylan percebeu o momento em que atravessaram a soleira para a segurança da casa porque o barulho parou imediatamente. Tristan bateu a porta atrás dele e colocou-a em pé de supetão, quase como se tê-la nos braços o houvesse ferido. Deixando-a parada ali, boquiaberta e em choque, ele caminhou rapidamente até a janela e olhou para fora.

Esta cabana, como a da noite anterior, estava mobiliada de forma esparsa. Havia um banco apoiado na parede dos fundos, e Dylan cambaleou até ele. Ela desmoronou com tudo sobre a madeira áspera e escondeu a cabeça nas mãos, deixando escapar pequenos soluços por entre seus dedos enquanto tentava controlar o prenúncio de medo que circulava em seu sangue e fazia seu coração bater erraticamente. Tristan a contemplou com uma expressão insondável no rosto, mas recusou-se a deixar seu posto de sentinela perto da janela.

Dylan examinou os braços ao tirar as mãos do rosto. Mesmo na quase escuridão, conseguia ver arranhões por toda a sua pele. Alguns mal haviam marcado, mas outros tinham perfurado mais fundo, fazendo respingar sangue. Sua pele ardia, queimando. Ainda assim, ela mal notou a dor enquanto a adrenalina que a inundava fazia com que suas mãos tremessem.

Esta cabana também tinha uma lareira e, depois de alguns minutos, Tristan atravessou o cômodo e se curvou diante dela. Não havia lenha, e Dylan não ouviu o som de um fósforo arranhando, mas logo surgiu um fogo queimando na grade. As chamas deram à cabana uma atmosfera misteriosa, potencializada pelas sombras que brincavam assustadoramente nas paredes. Dylan não questionou a chegada súbita do fogo, apesar de não haver explicação natural para como tinha sido aceso. Havia muitos pensamentos impossíveis mais importantes brigando por espaço em sua mente. As ideias perdidas no fundo de sua consciência estavam batalhando para voltar, exigindo serem ouvidas. Ela tinha tantas perguntas que não sabia por onde começar.

Eles ficaram daquele jeito por um bom tempo — Tristan parado feito uma estátua ao pé da janela e Dylan encolhida no banco como uma bola, chorando de vez em quando e arfando em voz baixa graças aos efeitos colaterais do surto de adrenalina. Não havia som do lado de fora. O que quer que fossem aquelas criaturas, elas pareciam ter batido em retirada por enquanto.

A certa altura, Dylan ergueu a cabeça.

— Tristan.

Ele não a encarou. Parecia estar se preparando para algo.

— Tristan, olha pra mim. — Dylan esperou e, enfim, ele virou a cabeça devagar e sem vontade. — O que foi isso? — Ela tentou manter a sua voz calma, mas ainda estava rouca pelo choro e cedeu um pouco quando falou. Seus olhos verdes brilhavam com as lágrimas que ainda caíam, mas ela sustentou o olhar, desejando que Tristan fosse sincero. O que quer que fossem aquelas criaturas, ele as havia reconhecido. Ele estava falando consigo mesmo quando disse "Eles estão aqui", e sabia que tudo aquilo aconteceria quando Dylan soltou a mão dele. Como ele sabia? O que mais escondia dela?

Tristan suspirou. Ele sabia que esse momento se aproximava, mas esperava adiá-lo o máximo possível. No entanto, não havia truques ou jogos que pudessem esconder o que havia acontecido. Dylan havia visto e sentido aquelas criaturas. Elas não poderiam ser qualificadas como animais selvagens. Ele não tinha outra escolha além da honestidade. Não sabia bem por onde começar, como explicar de forma que ela entendesse, como dar a notícia para ela causando o mínimo de dor.

Relutando, ele atravessou o quarto e se sentou no banco ao lado dela. Não a olhou diretamente, mas encarou seus dedos entrelaçados como se esperasse encontrar as respostas neles.

Quando revelar a verdade se tornava uma necessidade inevitável, ele geralmente a dizia de uma vez só. Ele repetia a si mesmo que um choque curto e agudo era melhor do que arrastar a informação de forma dolorosa. Mas, na verdade, era porque ele não se importava. Se chorassem, soluçassem, implorassem ou tentassem negociar, não havia como mudar as coisas. Ele apenas se desligava e esperava que aceitassem o inevitável, para que eles pudessem seguir em frente juntos, entendendo-se mutuamente. Mas desta vez... desta vez, ele não queria dizer.

Sentado perto o suficiente para sentir o hálito de Dylan em seu rosto, ele virou a cabeça e fitou seus olhos, um verde profundo e voluptuoso que o fazia pensar nas florestas e na natureza. Sentiu um nó no estômago e um aperto no peito. Não queria feri-la. Não tinha muita certeza do porquê, mas sentia uma necessidade ardente de protegê-la, mais do que jamais havia sentido por qualquer um dos outros.

— Dylan, eu não tenho sido sincero com você — começou ele.

Tristan viu as pupilas dela dilatarem de leve, mas não houve outra reação. Ele percebeu que ela já sabia, apenas não o quanto ele a enganara.

— Eu não estava no trem.

Ele parou, analisando sua reação. Ele esperava ser interrompido por uma torrente de perguntas, demandas e acusações, mas ela só esperou, imóvel como uma pedra. Seus olhos marejavam com medo e incerteza. Ela tinha medo do que ele poderia dizer, mas estava determinada a ouvir de qualquer forma.

— Eu estava... — A voz de Tristan estremeceu e silenciou. Como dizer isso? — Eu estava esperando por você.

As sobrancelhas dela se uniram, denotando confusão, mas ela não disse nada, e ele ficou aliviado. Parecia mais fácil para Tristan botar as palavras para fora sem ouvi-la. No entanto, ele se negou a prestar o desserviço de não a olhar nos olhos.

— Você não foi a única a sair ilesa do acidente, Dylan. — A voz dele havia se tornado um sussurro, como se ele pudesse suavizar o golpe ao baixar o volume. — Você foi a única a não sair.

As palavras foram ditas com clareza, mas pareceram flutuar no cérebro de Dylan, recusando-se a assentarem em um significado. Ela desviou os olhos dos dele em uma tentativa de processar o que ele dizia, encarando um ladrilho quebrado no chão.

Tristan moveu-se com desconforto para o lado dela, esperando uma reação. Um minuto inteiro passou, depois outro. Ela não se movimentou. Apenas o tremor ocasional dos lábios a impedia de ser uma estátua.

— Eu sinto muito, Dylan — acrescentou ele, não como uma reflexão tardia, mas com sinceridade. Apesar de não entender o motivo, ele odiava causar dor nela, queria poder retirar o que tinha dito. Mas não havia forma de reverter o que era um fato. Essas coisas eram escritas em pedra. Ele não tinha o poder de mudá-las, e seria errado fazer isso mesmo que pudesse. Não era seu papel brincar de Deus. Ele a observou piscar duas vezes, viu o entendimento se estabelecer em seu ser. A qualquer segundo, a enchente de emoções começaria. Ele mal ousava respirar, esperando o abrir das comportas. Tinha medo de suas lágrimas.

Ela o surpreendeu.

— Estou morta? — perguntou ela, enfim.

Ele assentiu com a cabeça, sem confiança para falar. Esperando um estouro de angústia, ele ergueu os braços no sentido dela. No entanto, ela permaneceu estranhamente calma, assentiu e suspirou. Depois, sorriu para si mesma.

— Acho que eu já sabia.

Não, isso não estava certo, Dylan pensou. Ela não *sabia*... mas em algum lugar profundo, seu inconsciente havia marcado todas as coisas que estavam erradas, todas as contas que simplesmente não fechavam. Coisas que eram estranhas demais, esquisitas demais para ser a vida real. E apesar de não conseguir explicar, ela não sentiu terror algum ao enfim reconhecer a verdade. Apenas alívio.

Dylan pensou em nunca mais ver Joan ou Katie de novo, em nunca conhecer seu pai e aproveitar o relacionamento que eles poderiam ter tido, em nunca ter uma carreira, um casamento, filhos, e sentiu uma tristeza em seu coração. Mas, ofuscando esses pensamentos de luto, havia uma sensação de paz interior. Se era verdade — e ela sabia que era — então estava feito e era imutável. Ela ainda estava aqui, ela ainda era ela, e isso era algo pelo que ela se sentia grata.

— Onde estou? — ela perguntou em voz baixa.

— Na terra desolada — respondeu Tristan. Ela o olhou, esperando. — É a terra entremundos. Você tem que atravessá-la. Todas as pessoas têm. É o seu deserto único e pessoal. Um lugar pra descobrir que morreu e aceitar isso.

— E aquelas criaturas? — Dylan gesticulou para a janela. — O que elas são?

Apesar de não haver mais ruído, Dylan tinha certeza de que elas não haviam ido embora. Estavam apenas aguardando, pacientes, esperando por outra oportunidade de ataque.

— Acho que podemos chamá-las de demônios. Abutres, espectros. Elas tentam roubar as almas durante a travessia. Quanto mais perto chegarmos do outro lado e o desespero aumentar, piores serão os ataques.

— O que eles fazem? — A voz dela não era mais que um sussurro.

Tristan deu de ombros, relutante em responder.

— Me conta — ela pressionou. Era importante saber, estar preparada. Ela não queria ficar mais no escuro. Ele suspirou.

— *Se* pegarem você, o que não vai acontecer, te puxarão pra baixo. As pessoas que eles pegam nunca mais são vistas.

— E depois que você está lá embaixo? — Dylan ergueu uma sobrancelha questionadora.

— Não sei exatamente — Tristan respondeu em voz baixa. Ela fez uma careta, insatisfeita, mas sentiu que ele estava sendo honesto. — Mas quando acabam o trabalho, você se torna um deles. Sombrio, faminto, demente. Um monstro de fumaça.

Dylan olhou para o vazio. Ela estava horrorizada com a ideia de se tornar uma daquelas coisas. Gritantes, desesperadas e violentas, elas eram criaturas odiosas.

— Estamos seguros aqui?

— Sim — Tristan respondeu rapidamente, querendo tranquilizá-la o máximo que podia. — Essas construções são santuários. Eles não conseguem entrar.

Ela aceitou isso em silêncio, mas Tristan sabia que haveria mais perguntas, mais verdades que ela precisava saber. E ele as diria, se pudesse. Ela merecia ao menos isso.

— E você?

Foi tudo o que ela disse, mas isso implicava mil perguntas. Quem era ele? Como era a vida que ele levava? Qual era seu papel nesse mundo? Tristan era proibido de revelar a maioria dessas respostas e, na verdade, ele não sabia todas elas, mas havia algumas coisas que podia contar, algumas que ela tinha o direito de saber.

— Sou um barqueiro — ele começou. Ele até então encarava as próprias mãos, mas olhou de soslaio para Dylan. Ela parecia apenas curiosa. Ele inspirou fundo e continuou:

— Guio almas pela terra desolada e as protejo dos demônios. Eu conto a verdade a elas e, então, conduzo-as pra onde estão indo.

— E onde é isso?

Uma pergunta chave.

— Não sei. — Ele sorriu com pesar. — Nunca estive lá.

Dylan olhou-o com incredulidade.

— Mas como você sabe que é o lugar certo? Você só deixa as pessoas lá e vai embora? Até onde você sabe, podem ser os portões do inferno!

Ele assentiu com a cabeça de forma indulgente, mas havia um ar definitivo em sua resposta.

— Eu só sei.

Ela apertou os lábios e pareceu pouco convencida, mas não discutiu mais. Tristan respirou aliviado. Ele não queria mentir para ela, mas havia algumas coisas que ele simplesmente não era autorizado a revelar.

— Quantas pessoas você já... — Dylan pausou, incerta de como colocar a pergunta em palavras — ... guiou para o outro lado?

Ele ergueu a cabeça, e desta vez havia uma tristeza definitiva em seu olhar.

— Eu sinceramente não saberia dizer. Milhares, centenas de milhares, provavelmente. Faço isso há muito tempo.

— Quantos anos você tem? — perguntou Dylan.

Essa era uma pergunta que ele podia responder, mas não queria. Sentia que, se ela soubesse a verdade, se soubesse há quanto tempo ele estava ali — sem aprender, crescer e experimentar como todos os humanos, apenas existindo —, a conexão delicada entre eles se romperia. Ela o veria como um velho, alguém estranho e diferente, e ele percebeu que não queria isso. Tristan tentou brincar com a situação:

— Quantos anos eu pareço ter? — Ele estendeu os braços e se ofereceu para inspeção.

— Dezesseis — ela respondeu —, mas não pode ser. Essa é a idade que você morreu? Você não envelhece?

— Tecnicamente, eu nunca vivi de fato — ele disse, com tristeza no olhar. Sua expressão rapidamente mudou para uma mais cautelosa. Ele já deixara escapar mais do que deveria. Misericordiosamente, ela pareceu compreender, e não perguntou mais nada.

Olhando ao redor, Dylan notou o seu entorno pela primeira vez. A cabana era apenas um cômodo comprido, com a mobília que não combinava, sofrendo o desgaste de muito tempo de abandono. Ainda assim, estava em melhor estado que o casebre da noite anterior. As portas e janelas ainda estavam intactas, e o fogo queimando energicamente na lareira aquecera o recinto. Além do banco em que Dylan estava sentada com Tristan, havia uma cama velha desprovida de cobertores, mas com um colchão. Apesar de parecer que já tinha sido melhor e estar repleta de inúmeras manchas, estava convidativa naquele momento. Havia também uma mesa de cozinha e uma pia no outro extremo.

Com o corpo rígido, Dylan se levantou — devia ter ficado sentada no banco duro por mais tempo do que tinha percebido — e atravessou o cômodo para a pequena área da cozinha. Ela se sentia encardida, desconfortável. Queria um banho, mas a pia da cozinha parecia antiquíssima, como se não fosse usada há anos e anos. De perto, não era muito melhor. Ambas as torneiras estavam cobertas pela ferrugem. Ainda assim, ela escolheu uma e a girou. Nada aconteceu, então ela tentou a outra. Quando a segunda torneira ficou presa também, ela a forçou mais, sentindo os cantos penetrarem nas palmas das suas mãos. Algo começou a ceder e, então, ela a apertou e girou com um pouco mais de força, esperançosa. Com um arranhão e um baque, o topo da torneira saiu inteiro em sua mão; o metal havia enfraquecido com a ferrugem.

— Ops. — Ela se virou e mostrou a válvula quebrada para Tristan com uma careta.

Ele sorriu e deu de ombros.

— Não se preocupe com isso. Essa torneira não funciona há anos.

Dylan assentiu, sentindo-se menos culpada, e jogou a parte quebrada na pia. Depois, virou-se e caminhou rapidamente até a cama. Ela sentiu o olhar de Tristan acompanhando-a e, quando se virou para se sentar no colchão, notou que ele a avaliava.

— O que foi? — ela perguntou, sorrindo de leve. Agora que a verdade havia sido revelada, ela se sentia, estranhamente, muito mais confortável perto dele. Era como se, até então, o segredo tivesse sido uma parede que a deixava no frio.

Ele não conseguiu deixar de sorrir de volta.

— Apenas estou surpreso com a sua reação, só isso. Nenhuma lágrima... — A voz dele foi morrendo conforme o sorriso dela caía e a tristeza tomava seu lugar.

— De que vai adiantar chorar? — Dylan perguntou, com a sabedoria de uma alma muito mais velha. Ela suspirou. — Vou tentar dormir.

— Você está segura aqui. Vou ficar de guarda.

E ela de fato se sentiu segura sabendo que ele estava ali, alerta. Seu protetor.

— Fico feliz que seja você — murmurou, o sono a invadindo.

Tristan estava confuso, incerto do que ela queria dizer, mas feliz de qualquer forma. Ele a observou dormir por muito tempo, olhando para as sombras no fogo, piscando e brincando com o seu rosto, inconscientemente tranquilo. Um desejo estranho de tocá-la, de acariciar seu rosto macio e afastar o cabelo que caía sobre seus olhos o atingiu, mas ele não se moveu. Eram apenas sua juventude e vulnerabilidade que traziam esses sentimentos, ele disse a si mesmo. Ele era seu guia, seu protetor temporário. Nada mais.

Dylan sonhou novamente naquela noite. Apesar do seu encontro com os demônios ter lhe dado material suficiente para um pesadelo, eles não vieram. Em vez disso, ela sonhou com Tristan.

Eles não estavam na terra desolada, mas Dylan tinha uma estranha sensação de que já estivera ali. Era uma floresta cheia de árvores de carvalho com troncos nodosos e galhos amplos que se alastravam e se costuravam para criar um dossel sobre suas cabeças. Era noite, mas o luar os atingia, filtrado pelas árvores, salpicando suavemente e lançando sombras tremulantes ao passo que as folhas balançavam com a brisa. O vento leve bagunçava seu cabelo, fazendo cócegas no pescoço e nos ombros. O solo era um carpete de folhas que sussurravam conforme eles caminhavam. Devia ter chovido há pouco tempo, porque o ar cheirava a umidade e natureza. De algum lugar à esquerda, ela conseguia ouvir o gotejar leve de um riacho que corria devagar. Era absolutamente esplêndido.

No sonho, Tristan segurava a mão dela enquanto eles caminhavam pelos troncos, sem seguir um caminho determinado, apenas escolhendo uma rota sinuosa sem destino. A pele de Dylan parecia queimar onde as mãos dele tocavam, mas ela não queria nem mexer um dedo, com medo que ele a soltasse.

Eles não conversavam, mas não era desconfortável para Dylan. Eles estavam contentes apenas de estar próximos um do outro, e as palavras teriam arruinado a paz daquele lugar lindo.

Na cabana, enquanto ela dormia, Tristan a observava sorrir.

CAPÍTULO NOVE

As primeiras luzes da manhã enviaram os raios de sol brilhando através das janelas da cabana e, ainda que filtrados pela poeira e sujeira dos vidros, eles estavam fortes o suficiente para acordar Dylan. Ela se mexeu levemente, afastando o cabelo do rosto e esfregando os olhos. Por um momento, não teve certeza de onde estava, e ficou deitada, imóvel, tentando identificar os arredores.

A cama era pouco familiar e estreita. O colchão tinha calombos. O teto sobre ela era repleto de vigas com pedaços sólidos de madeira que pareciam ter resistido bem por centenas de anos. Ela piscou duas vezes, tentando reconhecer o local.

— Bom dia. — A voz suave veio da sua esquerda e a fez virar a cabeça bruscamente naquela direção.

— Ai! — O movimento rápido machucou um nervo em seu pescoço. Enquanto sua mão esfregava a dor do torcicolo, Dylan olhou na direção da voz, compreendendo melhor onde estava.

— Bom dia — ela respondeu com leveza, o corar das bochechas aquecendo-a. Apesar de terem compartilhado muito na noite anterior, Dylan se sentia desajeitada de novo, insegura de si.

— Dormiu bem? — A pergunta normal e educada de Tristan parecia fora de lugar. Um decoro no meio da loucura. Ela não conseguiu evitar um sorriso.

— Bem, e você?

Ele sorriu.

— Eu não preciso dormir. Uma dessas esquisitices da terra desolada. Você também não, na verdade. Sua mente apenas acha que deveria, por isso você dorme. Mas, mais cedo ou mais tarde, ela vai esquecer. Demora um tempo até tudo se ajustar.

Ela o encarou sem falar por um instante.

— Não vou mais dormir?

Ele balançou a cabeça.

— Nada de dormir, comer ou beber. Seu corpo é só a projeção da sua mente. Você deixou a coisa real no trem.

A boca de Dylan abriu e fechou algumas vezes. Isso parecia um filme de ficção científica bizarro. Ela tinha entrado na Matrix? Tudo o que Tristan contava a ela parecia incrível, inacreditável, mas conforme ela baixava os olhos para as mãos, percebia que, apesar de estarem encrustadas de lama, elas estavam macias, imaculadas. Os arranhões profundos dos espectros haviam se curado.

— Hum — Foi tudo o que ela conseguiu dizer. Ela olhou para as janelas. — É seguro ir lá fora? — Ela não tinha certeza se os monstros, os demônios da noite anterior, ainda eram uma ameaça durante o dia.

— É, eles não são grandes fãs da luz do sol. É claro, se fosse um dia nebuloso e escuro, eles poderiam surgir se estivessem desesperados o suficiente. — Tristan olhou para sua expressão assustada. — Mas devemos ficar bem hoje. O sol está bom. — Ele apontou para a janela.

— Então, e agora?

— Continuamos. Ainda temos um longo caminho pela frente. O próximo santuário fica a dezesseis quilômetros, e a escuridão parece chegar rápido por aqui. — Ele franziu a testa ao olhar para fora da janela, como se censurasse o clima por colocá-los em perigo.

— Eu morri no inverno da terra desolada? — A expressão de Dylan estava levemente divertida, mas também intrigada. Ela queria saber mais sobre esse lugar estranho.

Tristan a encarou, pensando em quanto poderia contar a ela. Os guias deveriam entregar as almas depois da terra desolada e nada mais. Quando descobria onde estava de fato e o que havia acontecido, a maioria das pessoas ficava absorta demais em seu próprio luto e pena para mostrar interesse pelo caminho entre o mundo real e o fim. Dylan não era como qualquer outra alma que ele havia encontrado. Ela tinha aceitado a verdade com calma, sem crises. Agora os olhos que o examinavam estavam apenas questionando, curiosos. *E um pouco mais de informação poderia facilitar que ela aceitasse e entendesse*, ele pensou consigo mesmo, mas na verdade ele queria compartilhar aquilo com ela. Queria encontrar uma forma de ser mais próximo dela. Ele inspirou e fez sua escolha:

— Não. — Ele sorriu. — É culpa sua.

Tristan teve que morder o lábio para se impedir de rir. A reação dela foi exatamente como ele esperava: perplexa e um pouco furiosa. Ela franziu as sobrancelhas e apertou os lábios, seus olhos se estreitando em dois riscos verdes.

— *Minha* culpa? Como isso é minha culpa? Eu não fiz nada!

Ele deu uma risadinha.

— O que eu quero dizer é que a terra desolada é o que você faz dela. — A expressão de Dylan se transformou em confusão. Seus olhos arregalados formavam duas piscinas brilhantes sob o sol. — Vamos. — Ele se levantou da cadeira, caminhou até a porta e a abriu. — Explico no caminho.

O ar estava quente quando Dylan pôs os pés do lado de fora, mas uma brisa pairava pelas paredes da cabana e fazia cócegas em seus cabelos, trazendo fios rebeldes para o seu rosto. O sol brilhava para todos os lados, iluminando as cores da terra desolada. Gotas de orvalho refletiam a luz e brilhavam na grama úmida, que parecia ter um tom mais voluptuoso de verde. As colinas perfuravam o céu azul, suas extremidades afiadas como uma lâmina contra os céus. Tudo parecia limpo, e Dylan inspirou fundo, refestelando-se no frescor da manhã. Mas nuvens escuras pontilhavam o céu no sentido do horizonte. Ela esperava que sol as banisse antes que pudessem roubar o lindo dia.

Dylan começou sua rota descendo pelo caminho atrás de Tristan, tentando evitar os espinheiros e urtigas que se escondiam entre as pedras rachadas. Tristan esperou a poucos metros de distância, mudando o peso de um pé para o outro, deixando claro que estava impaciente para ir.

Dylan fez uma careta. Mais caminhada. Entender aonde iam e por que era tão importante chegar lá rápido não deixava a jornada nem um pouco mais atraente.

— Por que a terra desolada não pode ser um pouco mais plana? — ela resmungou ao se aproximar de Tristan.

Ele sorriu, mas não respondeu. Em vez disso, girou nos calcanhares e começou a liderar o caminho. Dylan suspirou e ergueu seus jeans um pouco mais, esperando que isso pudesse impedi-los de ficarem encharcados tão rápido, mas sabia que era um gesto inútil.

Sua jornada de travessia começou do outro lado da cabana, seguindo uma trilha de terra estreita que serpenteava por um prado de grama alta. Havia flores selvagens escondidas pelo pasto, gotas de roxo, amarelo e vermelho em meio a um oceano verde. O pasto era como um oásis aninhado entre as colinas. Era mais ou menos do tamanho de um campo de futebol, mas infinitamente mais bonito. Dylan queria ir devagar, apreciar o cenário e passar os dedos pela folhagem, deixando a grama e as folhas acariciarem suas mãos. Para Tristan, no entanto, era apenas mais um obstáculo a superar, e ele marchou sem desviar o olhar para o esplendor dos arredores. Eles demoraram cerca de dez minutos para atravessar, e Dylan se viu de repente ao pé da primeira colina do dia, olhando para cima com preocupação. Tristan já tinha começado a subida, e ela se apressou para alcançá-lo.

— Então — ela começou assim que alcançou seus passos longos e cheios de propósito. — Por que tudo isso é... — Ela gesticulou para a paisagem árida — ... minha culpa?

— Também é culpa sua que tudo é morro acima. — Tristan riu.

— Bom, isso é típico — Dylan murmurou, já sem ar e irritada com as respostas enigmáticas de Tristan. Em vez de ficar envergonhado, ele riu. A cara dela se fechou mais ainda.

— Eu disse antes que seu corpo é uma projeção da sua mente. A terra desolada é meio que a mesma coisa. — Ele pausou para segurá-la pelo cotovelo enquanto ela cambaleava. Ela estava concentrada demais no que ele dizia para observar os pés. — Quando você saiu do túnel, esperava estar na metade do caminho para Aberdeen, nas Terras Altas, em algum lugar remoto, montanhoso e silvestre, então foi isso o que a terra desolada se tornou. Você não gosta de se exercitar, então essa caminhada toda está te deixando de mau humor. Esse lugar reage a como você se sente. Quando você ficou brava, trouxe a nuvem, o vento... e a escuridão. Quanto mais escura está sua mente, mais longas e escuras são as noites. — Ele a encarou, tentando ler sua reação. Ela o encarou de volta, bebendo cada uma de suas palavras. Um sorriso astuto passou pelos lábios de Tristan. — Na verdade, a minha aparência é assim por sua causa também.

Ela franziu a testa e baixou a cabeça para se concentrar no terreno, processando o que ele dizia, mas também incapaz de continuar olhando para o seu rosto.

— Por quê? — perguntou, incapaz de decifrar o último comentário.

— Bom, um guia de almas não pode parecer ser nada ameaçador. Vocês têm que confiar em nós pra nos seguirem. Então nós automaticamente assumimos uma forma pra parecer atraentes pra vocês.

Dylan manteve a cabeça baixa, mas seus olhos arregalaram ainda mais e seu rosto corou até ficar escarlate, denunciando-a.

— Então — Tristan continuou, divertindo-se imensamente —, se eu fiz isso direito, você deveria me achar bonito.

Dylan parou de imediato, com as mãos nos quadris e o rubor aumentando.

— O quê? Isso é... bom, isso só pode... Não acho! — Ela terminou ardentemente.

Ele caminhou alguns passos a mais e girou para encará-la, um sorriso imenso no rosto.

— Não acho — repetiu ela.

O sorriso dele aumentou.

— O.k. — Tristan respondeu. Seu tom discordava de suas palavras e das palavras dela.

— Você é tão... — Insultos adequados pareceram deixar Dylan na mão e ela explodiu para a frente, pisando forte ao subir a colina. Ela nem sequer se virou para conferir se ele seguia. As nuvens escuras que circulavam no horizonte há apenas dez minutos agora se moviam para a frente, cobrindo o céu e escurecendo a atmosfera.

Tristan olhou para cima e franziu a testa com a mudança. Ele começou a segui-la sem esforço na subida íngreme.

— Desculpa — ele pediu assim que a alcançou. — Eu só estava brincando.

Dylan não se virou ou admitiu tê-lo escutado.

— Dylan, pare, por favor. — Ele se estendeu e pegou seu braço.

Ela tentou afastar a mão dele com uma sacudidela, mas ele segurou firme.

— Me solta — sibilou ela entredentes, o constrangimento acentuando a sua raiva.

— Me deixa explicar — ele pediu com a voz gentil, quase implorando.

Eles ficaram um em frente ao outro. Dylan respirava com dificuldade pelo esforço e emoção. Tristan transpirava calma, apenas com os olhos preocupados. Ele deu outra olhada rápida para o céu e notou que as nuvens estavam quase negras. Gotas de chuva começaram a cair, glóbulos grossos e pesados de água fria que deixavam manchas negras e circulares em suas roupas.

— Olha — começou ele —, foi um comentário maldoso. Desculpa. Mas, sabe, nós, os barqueiros, temos que fazer com que nos sigam. Se as pessoas se recusam a vir conosco, se saem por aí sozinhas... Bom, você viu aquelas coisas. Você não passaria do primeiro dia, e nunca encontraria a rota pra atravessar, mesmo que não te pegassem. Você ficaria vagando pra sempre. — Ele a olhou, esperando uma reação às suas palavras, mas sua expressão permanecia imutável. — Adoto uma forma que penso ser reconfortante. Às vezes, como foi com você, escolho uma imagem atraente, às vezes opto por uma forma intimidadora, depende do que acho que vai convencer melhor cada pessoa.

— Como você sabe? — Dylan perguntou com curiosidade. Tristan deu de ombros.

— Eu só sei. Eu *conheço* as pessoas. Por dentro. O passado delas, seus gostos. Ódios. Seus sentimentos, esperanças e sonhos. — Os olhos de Dylan se arregalaram enquanto ele falava. O que, então, ele sabia sobre ela? Ela engoliu em seco enquanto uma lista de segredos e momentos privados piscava em sua cabeça, mas Tristan não tinha terminado. — Às vezes tomo a forma de alguém que perderam, como um marido, ou uma esposa. — Ao ver o rosto dela, ele percebeu de imediato que havia falado demais.

— Você finge ser o amor de uma pessoa, sua alma gêmea, pra enganá-la e fazê-la acreditar em você? — Dylan cuspiu as palavras nele, nauseada. Como ele podia usar as memórias mais preciosas de alguém e brincar com suas emoções assim? Isso a deixava enojada.

O rosto dele endureceu.

— Isso não é um jogo, Dylan — ele disse em um tom baixo e passional. — Se aquelas coisas te pegarem, você já era. Nós fazemos o que temos que fazer.

A chuva caía com mais peso agora, ricocheteando no chão. O cabelo de Dylan estava encharcado e escorria pelo rosto dela como lágrimas-fantasmas. O vento tinha acelerado também, varrendo a montanha e explorando cada fresta em suas roupas. Ela estremeceu, cruzando os braços sobre o peito em uma tentativa vã de ficar um pouco mais quente.

— Como você é de verdade? — ela perguntou, querendo ver além das mentiras, ver o seu rosto real.

Uma mudança de emoção passou por seus olhos, mas Dylan estava muito presa em sua raiva para notar. Ele não respondeu, e ela ergueu as sobrancelhas com impaciência. Enfim, ele olhou para o chão.

— Eu não sei — ele sussurrou.

O espanto dissolveu a raiva de Dylan.

— Como assim? — ela perguntou.

Tristan ergueu a cabeça para olhá-la e a dor pareceu escurecer o azul de seus olhos. Ele deu de ombros, e as palavras saíram duras e desconfortáveis:

— Apareço pra cada alma da forma mais adequada. Mantenho essa aparência até encontrar a próxima. Eu não sei o que eu era antes de encontrar minha primeira alma, se é que eu era alguma coisa. Eu existo porque vocês precisam de mim.

Ao passo que Dylan o contemplava, a chuva suavizou. Um sentimento de compaixão preencheu seu peito, e quando ela estendeu uma mão para confortá-lo, os primeiros raios de sol apareceram através da nuvem que se dissipava rapidamente. Tristan recuou, e a tristeza foi substituída por uma máscara de indiferença. Ela o observou se fechar.

— Desculpa — sussurrou.

— Temos que ir — ele disse, olhando no sentido do horizonte e pensando na distância que ainda tinham que andar. Dylan, muda, assentiu com a cabeça e o seguiu conforme ele liderava o caminho morro acima.

Eles passaram o resto da manhã caminhando em silêncio, cada um absorto em seus pensamentos. Tristan estava bravo. Bravo consigo mesmo por provocá-la e causar toda a conversa que fizera seu rosto se retorcer em uma expressão de nojo e aversão. Ela o havia feito se sentir um mentiroso, um vigarista comum que brincava com as emoções das pessoas para conseguir o que queria. Ele não esperava que ela entendesse, mas ela tinha visto os demônios, sabia o que estava em risco. Às vezes era necessário ser cruel: às vezes os fins justificavam os meios, sim.

Dylan estava cheia de culpa e pena. Ela sabia que o havia magoado quando o acusou de ser insensível. Ela não tivera a intenção de que as palavras saíssem tão perversas, mas a ideia de alguém fingindo ser sua mãe, seu pai ou, ainda pior, o amor de sua vida... Era um pensamento apavorante. Contudo, talvez ele estivesse certo: lá, as consequências de uma decisão errada eram assustadoras. Era vida ou morte. *Mais* do que vida ou morte, muito além das disputas mesquinhas que tinham parecido significantes em sua vida antiga.

Ela também estava tentando conceber como devia ser a sensação de não ter sua própria identidade, ser definido apenas por aqueles ao seu redor, nunca ter um momento sozinho. Nem mesmo conhecer o próprio rosto. Dylan não conseguia nem imaginar aquilo e, pela primeira vez, ficou grata por ser ela mesma.

Ao meio-dia, eles fizeram uma pausa na metade da subida de uma colina, em uma saliência pequena que oferecia abrigo do vento e vistas do campo diante deles de tirar o fôlego. Havia uma cobertura pesada de nuvens, mas elas não pareciam ter nenhuma chuva. Dylan se sentou no chão pedregoso, sem se importar que estivesse frio ou gelado por debaixo do material grosso de seu jeans. Ela estendeu as pernas para a frente e se inclinou para trás contra o morro rochoso. Tristan não se sentou ao lado dela, mas ficou de pé, em frente à borda, olhando além das colinas, com as costas para ela. Poderia parecer um gesto protetor, mas Dylan tinha certeza de que ele estava apenas evitando conversar. Ela roeu uma unha quebrada, querendo suavizar as coisas, mas sem certeza de como consertar. Não queria trazer o assunto à tona outra vez por medo de piorar a situação, mas não conseguia pensar em qualquer coisa para dizer que não soasse forçada ou falsa. Como ela conseguiria trazer de volta o clima de antes? Despertar outra vez o Tristan despreocupado e brincalhão? Ela não sabia.

Tristan se virou de forma abrupta e olhou para baixo.

— Hora de ir.

CAPÍTULO DEZ

Naquela noite, eles ficaram em outra cabana, outro santuário na rota de travessia da terra desolada. A tarde havia passado rápido, em um ritmo que fez Dylan pensar que Tristan estava tentando compensar o tempo perdido durante a discussão. Eles chegaram à cabana logo antes do sol desaparecer sob o horizonte. Durante o último quilômetro, Dylan pensou ter ouvido uivos distantes, mas era difícil discerni-los por cima do vento. No entanto, Tristan acelerou o passo e agarrou sua mão para apressá-la, o que confirmou suas suspeitas de que o perigo espreitava nas proximidades.

Assim que entraram nos limites da cabana, ele relaxou de imediato. Os músculos em sua mandíbula, cerrados com força pela preocupação, soltaram-se em um sorriso lento, e suas sobrancelhas relaxaram, suavizando as rugas em sua testa.

Aquela cabana era muito parecida com as outras em que haviam ficado nas duas noites anteriores: móveis quebrados atirados por aí em um único cômodo grande. Havia duas janelas em cada lado da porta da frente e mais duas na parte de trás. Elas eram feitas de pequenos painéis de vidro, e os diversos pedaços quebrados em cada um deles permitiam que o vento assobiasse de forma ruidosa pelo cômodo. Tristan agarrou alguns restos de material do lado da cama e começou a tapar os buracos enquanto Dylan caminhava até uma cadeira e desmoronava, exausta pelo esforço do dia. Apesar de que, se ela não precisava de sono, será que realmente estava cansada? *Tanto faz*, pensou. Seus músculos doíam, ou pareciam doer. Tentando deixar seus pensamentos confusos de lado, ela observou Tristan trabalhar.

Quando terminou de arrumar as janelas, ele acendeu o fogo. Ele levou muito mais tempo que na noite anterior, remexendo a pilha de madeiras e partindo galhos em uma pirâmide perfeita. Mesmo quando o fogo já queimava alegremente, ele não saiu de perto da lareira. Ficou agachado diante dela, encarando as chamas como se estivesse hipnotizado. Dylan teve a certeza de que ele a estava evitando, um feito que era quase impossível no quarto tão pequeno. Ela decidiu tentar algo bem-humorado para tirá-lo de seu devaneio.

— Se sou eu que crio esse lugar, por que essas casinhas são tão ruins? A minha imaginação não podia criar um lugar melhor pra descansar? Talvez alguma coisa com uma jacuzzi, ou uma televisão?

Tristan se virou e deu um sorriso minúsculo e forçado. Dylan retribuiu com uma careta, sem saber como tirá-lo de seu mau humor. Ela o observou atravessar o cômodo graciosamente e se sentar de qualquer jeito do lado oposto da mesa em que ela apoiava os cotovelos. Ele copiou a posição dela para que ficassem frente a frente, apenas a meio metro de separação. Eles se encararam por um breve momento. A boca de Tristan se contorceu quando ele leu o leve desconforto nos olhos dela, com algum esforço, e a ofereceu um sorriso genuíno. Diante do gesto, Dylan tomou coragem:

— Olha — começou —, sobre antes...

— Não se preocupa — ele interrompeu de forma abrupta.

— Mas... — Dylan abriu a boca para continuar, mas nada saiu, então ficou em silêncio.

Vendo o arrependimento, a culpa e, pior de tudo, a pena em seus olhos, Tristan sentiu uma mistura confusa de emoções. Por um lado, havia um tipo de prazer perverso por ela se preocupar com a dor dele o suficiente para sentir pena, mas havia também a frustração por ela o estar fazendo pensar em coisas com as quais já havia lidado e aceitado. Pela primeira vez em muito tempo ele se sentiu insatisfeito com sua vida. Com a infinita prisão circular que sua existência formava. Todas aquelas almas egoístas que haviam mentido, trapaceado, desperdiçado a vida que receberam. Um presente que ele nunca tivera, mas desejava.

— Como é? — Dylan perguntou de repente.

— Como é o quê?

Ele a observou apertar os lábios, à procura de palavras para explicar sua pergunta.

— Ser o barqueiro de todas essas pessoas. Guiá-las pelo caminho e, então, vê-las desaparecer, ou cruzar, ou sei lá. Deve ser difícil. Aposto que algumas delas nem merecem.

Tristan a encarou, surpreso pela pergunta. Ninguém, nem uma única alma de todas as milhares que ele havia guiado, havia perguntado isso para ele. E que resposta dar? A verdade era difícil, mas ele não queria mentir para ela.

— No início, eu não pensava muito nisso. Eu tinha um trabalho e o cumpria. Parecia a coisa mais importante do mundo proteger e manter cada alma segura. Demorou um bom tempo até eu começar a ver como algumas das pessoas realmente eram. Quem elas realmente eram. Parei de ter pena delas. Parei de ser gentil. Elas não mereciam. — A voz de Tristan se retorceu conforme a amargura cobriu sua língua. Ele inspirou fundo, engolindo o ressentimento, passando por cima dele com a fachada de indiferença que havia aperfeiçoado ao longo do tempo. — Elas atravessam e eu tenho que vê-las indo. É assim que é.

Tinha sido assim por um bom tempo. Até essa garota aparecer, e ela era tão diferente que o derrubava do papel que ele fazia em geral. Ele havia sido horrível com ela — debochado, maldoso, condescendente —, mas não conseguia evitar. Ela o desequilibrava, o deixava instável. Ela não era nenhum anjo, ele sabia disso pelas milhões de memórias diferentes que apareceram em sua mente, mas havia algo diferente — não, especial — nela. Tristan sentiu a culpa revirar na boca de seu estômago quando ela se remexeu desconfortavelmente na cadeira, com compaixão e tristeza gravadas em seu rosto.

— Vamos mudar de assunto — ele sugeriu, para poupá-la.

— Certo — concordou Dylan com rapidez, feliz com a chance de mudar o rumo da conversa. — Fale mais sobre você.

— O que você quer saber? — ele perguntou.

— Hum... — Dylan pensou na lista de perguntas que passaram por sua mente a tarde inteira. — Me conte sobre a forma mais esquisita que você já assumiu.

Ele sorriu de imediato, e ela soube que essa tinha sido a pergunta certa para aliviar a tensão.

— Papai Noel — respondeu ele.

— O bom velhinho? — Ela riu. — Por quê?

Ele deu de ombros.

— Era um garotinho. Ele morreu na véspera de Natal em um acidente de carro. Ele só tinha uns cinco anos, e o Papai Noel era a pessoa em quem ele mais confiava. Ele tinha sentado no colo dele em uma loja poucos dias antes, e era uma das suas memórias favoritas. — Um traço de humor brilhou em seus olhos. — Eu tive que ficar balançando a barriga e gritando "Ho! Ho! Ho" pra deixá-lo feliz. Ele ficou bem desapontado quando descobriu que o Papai Noel não conseguia cantar "Jingle Bells" no ritmo.

Dylan riu da ideia de o garoto sentado na frente dela se vestir como Papai Noel. Então ela percebeu que ele não estaria apenas vestido como Papai Noel, mas ele *seria* o Papai Noel.

— Sabe qual é a coisa mais estranha pra mim? — ela perguntou. Ele negou com a cabeça. — É olhar pra você e pensar que você tem a minha idade, mas saber que no fundo, no fundo, você é de fato um adulto. Mais velho do que qualquer um que eu conheça.

Tristan sorriu com simpatia.

— Não me identifico muito com adultos, eles gostam de me dar ordens. Um pouco como você, na verdade — ela disse, rindo.

Ele riu também, desfrutando do som.

— Bom, se ajudar, não me sinto como um adulto. E você não parece uma criança. Você só parece você.

Dylan sorriu para isso.

— Mais alguma pergunta?

— Me conta... me conta da sua primeiríssima alma.

Tristan torceu os lábios para o lado em um sorriso enviesado. Ele não conseguia negar nada a ela.

— Bom, foi há muito tempo — começou. — O nome dele era Gregor. Quer ouvir a história?

Dylan concordou com a cabeça, animada.

Fazia muito tempo, mas em sua mente, Tristan ainda conseguia ver cada detalhe. Sua primeira memória de existir era caminhar, caminhar e caminhar em uma paisagem de branco brilhante. Não havia pisos, paredes, nada de céu. O fato de que ele estava caminhando era a única evidência de que qualquer superfície existia. Então, do nada, detalhes começaram a aparecer. O chão abaixo de seus pés transformou-se subitamente em um caminho de terra. Cercas vivas surgiram, altas e desordenadas, farfalhando com os sons de criaturas vivas. Era noite, o céu estava escuro como tinta preta, entrecortado com estrelas brilhantes. Ele as reconheceu e conseguiu nomear todas essas três coisas. Ele também sabia aonde estava indo e por que estava ali.

— Havia um incêndio — Tristan começou. — Uma cortina grossa de fumaça se elevava até o céu, e era pra lá que eu tinha que ir. Eu estava subindo uma estrada e, então, do nada, dois homens passaram por mim voando. Eles correram tão perto de mim que consegui sentir o ar se agitar, mas eles não conseguiam me ver. Quando cheguei à fonte do incêndio, vi que os dois homens estavam tentando tirar água de um poço, mas seus esforços eram em vão. Eles não conseguiriam derrotar um incêndio daqueles. Era um inferno perverso. Um homem não poderia esperar sobreviver àquilo. E é por isso que eu estava lá, é claro.

Ele sorriu brevemente para Dylan, que o encarava com atenção.

— Eu me lembro de me sentir... não nervoso, mas incerto. Eu deveria entrar e buscá-lo ou me sentar e esperar? Ele saberia quem eu era ou eu teria que convencê-lo a me acompanhar? O que eu faria se ele ficasse chateado ou bravo? Mas no fim das contas foi fácil. Ele atravessou a parede do edifício em chamas e parou na minha frente, completamente ileso do fogo. Deveríamos ter ido embora. Ter saído do lugar logo que ele me viu. Mas Gregor não parecia querer partir, ele estava esperando por algo. Estava esperando por... *alguém*.

Dylan piscou, confusa.

— Ele conseguia ver outras pessoas? — Tristan assentiu com a cabeça. — Eu não — ela murmurou, olhando para baixo, pensativa. — Não vi ninguém. Eu estava... estava sozinha. — A voz dela sumiu na palavra final.

— Almas veem a vida que deixaram por um curto período de tempo. Depende do momento da morte — ele explicou. — Você estava inconsciente quando morreu, e quando sua alma acordou, era tarde demais. Já tinham ido embora.

Dylan o contemplou, os olhos como poças de tristeza. Ela, então, engoliu em seco.

— Continua — pediu.

— As pessoas começaram a chegar na casa e, apesar de Gregor olhar pra elas com tristeza, ele não saiu do meu lado. Uma mulher surgiu correndo na entrada, a saia levantada pra deixar as pernas livres pra correr e uma expressão de horror estampada no rosto. "Gregor!", ela gritou. Era um som tortuoso, de partir o coração. Ela disparou pelas pessoas que observavam e correu pra entrar na casa, mas um homem a segurou pela cintura e, depois de se debater por alguns segundos, ela desmontou em seus braços, soluçando descontroladamente.

— Quem era ela? — Dylan suspirou, absorta pela história. Tristan deu de ombros.

— A esposa, eu acho, ou uma amante.

— O que aconteceu depois?

— A parte mais difícil. Esperei Gregor assistir o surto dela com um olhar agonizante gravado no rosto. Um braço estava estendido na direção da mulher, mas ele parecia perceber que já não lhe podia oferecer conforto e ficou ao meu lado. Depois de pouco segundos, ele se virou e falou: "Estou morto, não estou?". Eu só fiz que sim com a cabeça, sem coragem de falar. "Tenho que ir com você?", ele perguntou, olhando com melancolia para a mulher, que ainda chorava. "Sim", respondi. "Pra onde vamos?", ele perguntou, ainda contemplando a mulher que apenas encarava, hipnotizada e horrorizada, a casa em chamas. Entrei em pânico quando ele perguntou isso... Eu não sabia o que dizer.

— E o que você disse?

— Eu disse: "Eu sou apenas o barqueiro. Não determino isso". Por sorte, o homem aceitou essa resposta, então me virei e comecei a caminhar pra longe, na noite escura. Depois de lançar um último olhar para a mulher, Gregor seguiu.

— Pobrezinha — murmurou Dylan, pensando na esposa deixada para trás, sozinha. — Aquele homem, Gregor, ele sabia que estava morto. Na hora, ele soube. — Ela parecia incrédula.

— Bom — respondeu Tristan —, ele tinha acabado de atravessar uma parede de um edifício em chamas. Além disso, naquela época, as pessoas de onde você vem eram muito mais religiosas. Elas não questionavam sua igreja e acreditavam no que lhes era ensinado. Eles me viam como um mensageiro de cima, um anjo, acho que se pode dizer. Elas não ousavam me questionar. As pessoas de hoje são muito mais incômodas. Todas elas parecem achar que têm direitos. — Ele revirou os olhos.

— Hum. — Dylan ergueu a cabeça, incerta sobre fazer a pergunta seguinte.

— O quê? — Tristan perguntou, vendo a hesitação nos olhos dela.

— Quem você "foi" pra ele?

— Só um homem. Eu me lembro de ser alto e musculoso, com uma barba. — Ele pausou ao ver o olhar no rosto dela. Seus lábios seguravam o riso. — Muitos homens têm barbas grandes, cabeludas. Tinha um bigode também. Eu gostava bastante, era gostoso e quentinho.

Dessa vez, ela não conseguiu conter o riso, mas ele logo desapareceu.

— Quem foi a pior alma? — Dylan perguntou em voz baixa.

— Você. — Ele sorriu, mas o sorriso não chegou aos seus olhos.

CAPÍTULO ONZE

Naquela noite, Dylan dormiu pouco. Ela ficou deitada, completamente acordada, pensando em almas, em Tristan, em todos os outros barqueiros que deviam existir, no lugar para onde ela ia. Ela imaginava que seu corpo estava se acostumando a não precisar de sono, mas na verdade havia tantos pensamentos correndo soltos em sua mente que ela o teria evitado de qualquer forma.

Ela suspirou, mexendo-se na poltrona gasta e irregular em que estava aninhada.

— Você está acordada. — A voz de Tristan estava baixa na semiescuridão, vindo bem de sua esquerda.

— Sim — murmurou Dylan. — Muitas coisas na cabeça.

Houve um longo momento de silêncio.

— Quer falar sobre isso?

Dylan se virou para que pudesse olhar para Tristan. Ele estava sentado em uma cadeira, observando a noite, mas quando sentiu o olhar dela, inclinou-se para encará-la.

— Pode ajudar — ele completou.

Dylan mordeu o lábio, refletindo. Ela não queria reclamar da sua sorte, não quando ele a tinha muito pior. Mas havia um milhão de incertezas zunindo dentro de seu cérebro, e Tristan poderia conseguir resolver ao menos algumas delas. Ele sorriu de forma encorajadora.

— Eu estava pensando no que fica depois da terra desolada — começou ela.

— Ah. — Uma expressão de entendimento irrompeu no rosto de Tristan. Ele fez uma careta. — Realmente não posso te ajudar com isso.

— Eu sei — ela respondeu com suavidade.

Dylan tentou não demonstrar sua frustração, mas isso era algo que lhe causava ansiedade crescente. Para onde ela estava indo? Depois de ver os demônios que espreitavam na escuridão prontos para puxá-la para baixo, duvidava que seria qualquer lugar ruim. Deveria ser um lugar bom. Por que outro motivo eles tentariam impedi-la de chegar lá? E deveria ser *algum* lugar também. Se o "nada" ficava em seu destino, qual seria o sentido de atravessar a terra desolada?

— É só isso que está te preocupando?

Não era nem o começo. Dylan soltou uma risada nervosa. Não durou muito, no entanto. Ela olhou para baixo, para onde as sombras do fogo brincavam atravessando o piso de pedra antigo e rachado. Elas piscavam e dançavam de uma forma que era sinistramente familiar.

— Esses demônios... — começou ela.

— Você não tem que se preocupar com eles — Tristan disse com firmeza. — Não vou deixar que te machuquem.

Ele pareceu completamente confiante e, quando Dylan olhou para cima, viu que seus olhos estavam arregalados e brilhantes, e sua mandíbula, cerrada. Ela acreditou nele.

— O.k.

O silêncio voltou outra vez, mas agora, depois de quebrá-lo, Dylan achou-o desconfortável. Além disso, mais pensamentos fervilhavam em sua mente.

— Sabe o que eu não consigo entender? — perguntou ela.

— O quê?

— Que você, na verdade, não se parece com você. Quero dizer — ela seguiu, percebendo que aquilo não fazia sentido algum. — Posso ver você. Posso tocar você. — Ela estendeu uma mão, com os dedos procurando por ele, mas não teve coragem de tocá-lo. — Mas o que vejo, o que sinto, não é de fato você.

— Sinto muito. — Era impossível não notar a melancolia na voz de Tristan.

Dylan mordeu a língua, percebendo que tinha sido insensível.

— É estranho — murmurou. Então, querendo compensar a falta de tato, acrescentou: — Mas sua aparência não importa. Não de verdade. Quem você é está na sua cabeça e no seu coração, sabe? Na sua alma.

Tristan a encarou, sua expressão insondável.

— Você acha que tenho uma alma? — ele perguntou em voz baixa.

— É claro que tem. — Dylan respondeu rápido, mas com sinceridade. Tristan viu isso em seu rosto e sorriu. Ela retribuiu, mas o sorriso se tornou um bocejo de orelha a orelha. Ela pôs a mão sobre a boca, envergonhada.

— Acho que meu corpo ainda acha que precisa dormir — ela disse, tímida. Tristan assentiu com a cabeça.

— É um pouco desconcertante no começo. Você provavelmente vai se sentir horrível amanhã, muito exausta. Mas é tudo psicológico... — Ele foi parando de falar. O silêncio se aprofundou e ficou quase tangível.

Dylan abraçou seus joelhos, enroscada na poltrona e olhou além de Tristan, para o fogo. Ela se perguntou se deveria dizer algo, mas não conseguia pensar em nada que não soasse estúpido. *Além disso*, ela pensou consigo mesma, *talvez* ele *queira pensar*. Talvez isso seja o máximo de tempo sozinho que ele consegue ter.

— Acho que deve ser mais fácil no começo — ela devaneou.

— Como assim? — perguntou Tristan, virando-se para olhá-la.

Ela não encontrou seu olhar, mas manteve os olhos fixos na lareira, se permitindo ser ninada pelo fogo, em seus devaneios.

— No começo, quando as almas estão dormindo. Aposto que é bom ter um pouco de silêncio e paz. Você deve se cansar de sempre ter que falar com elas.

Ela hesitou bem ao final, porque lhe ocorreu de súbito que isso era o que ela era: uma *delas*.

Por um momento, Tristan não respondeu e ela ficou desconfortável, lendo o pior significado possível de seu silêncio. É claro que ela era só mais uma alma para ele. Ela se sentiu envergonhada, sentiu uma angústia tomar conta dela, e se encolheu na cadeira.

— Vou parar de falar — ela prometeu.

Os lábios de Tristan se retorceram.

— Você não tem que fazer isso — garantiu ele.

Mas ela estava certa. Ele de fato preferia o começo da jornada, quando as almas ficavam inconscientes e ele podia ficar quase sozinho. O sono era como uma cortina que o protegia, mesmo que por poucas horas, dos egoísmos e das ignorâncias das almas. Ele estava pasmo que essa... essa *garota* teria a compaixão, o altruísmo de pensar nos sentimentos *dele*, nas necessidades *dele*. Ele a espiou, encolhida na poltrona como se quisesse desaparecer totalmente dentro das almofadas velhas, e se sentiu compelido a fazer alguma coisa que tirasse o rubor constrangido de suas bochechas.

— Quer ouvir outra história? — ele perguntou.

— Se quiser contar — Dylan respondeu com timidez.

Uma ideia ocorreu a ele.

— Você me perguntou antes sobre quem foi a pior alma que já tinha levado para o outro lado — ele começou —, mas eu menti. Não foi você. — Ele pausou apenas pelo tempo necessário para lhe olhar rapidamente.

— Não? — Dylan descansou a cabeça nos joelhos, entretida enquanto o assistia.

— Não — prometeu ele. Então toda a brincadeira sumiu de seu tom. — Foi um garotinho.

— Um garotinho? — perguntou Dylan.

Tristan assentiu com a cabeça.

— Como ele morreu?

— Câncer — ele murmurou, pouco disposto a recontar a história em uma voz minimamente mais alta que um sussurro. — Você deveria ter visto ele, deitado lá. Era de partir o coração. Pequeno e frágil, o rosto pálido, a cabeça careca pela quimioterapia.

— Quem você foi pra ele? — Dylan perguntou com gentileza.

— Um médico. Eu falei pra ele... — Tristan parou sem saber se ousaria admitir. — Falei que poderia fazer a dor ir embora, que poderia fazer ele se sentir bem de novo. O rostinho dele se iluminou, como se eu oferecesse um presente de Natal. Ele saltou da cama e me disse que já se sentia melhor.

Tristan odiava guiar crianças. Apesar de serem as que vinham com mais vontade e confiança, eram também as mais difíceis. Elas não reclamavam, apesar de ele sentir que eram as que mais mereciam. Que injustiça morrer antes de ter a chance de crescer, viver, experimentar.

— Tristan. — A voz de Dylan o fez erguer a cabeça, que estava encostada no peito. — Você não tem que me contar essa história se não quiser.

Mas ele queria. Ele não sabia por quê. Não era um conto agradável e não tinha um final feliz. Mas ele queria compartilhar algo seu com ela. Algo significativo.

— Saímos do hospital juntos, e fazia tanto tempo que ele não via o sol que ele mal conseguia tirar os olhos do céu. O primeiro dia foi tranquilo. Chegamos ao santuário com facilidade e eu o mantive distraído com truques de mágica, conjurando fogo do nada, fazendo as coisas se mexerem sem tocar nelas. Tudo pra prender a atenção dele. No dia seguinte, ele estava cansado. A mente dele ainda se sentia como se estivesse doente, mas ele queria caminhar. Ele não tinha sido autorizado a caminhar por meses, porque estava doente. Eu não podia negar isso. Mas eu deveria.

Tristan baixou a cabeça, com vergonha de si mesmo.

— Fomos lentos demais. Eu estava carregando ele na hora em que o sol se pôs, mas não foi suficiente. Eu corri.

Eu corri o mais rápido que pude, e o pobre garoto estava sendo chacoalhado. Chorando. Ele conseguia sentir minha ansiedade e ouvia os uivos dos demônios. Mas ele confiava em mim. E eu o desapontei.

Dylan estava quase com medo de perguntar, mas ela não podia deixar a história daquele jeito.

— O que houve?

— Eu tropecei. — A voz de Tristan falhou, os olhos brilhando nas luzes mudas das chamas. — E o deixei cair. Eu o soltei pra poder amortecer a queda. Por um segundo. Um átimo de segundo. Mas foi suficiente. Eles o pegaram e puxaram pra baixo.

Ele se calou, mas o silêncio ainda era pontuado por sua respiração irregular, inspirando e expirando como se estivesse chorando, apesar de suas bochechas estarem secas. Dylan o espiou, sua expressão angustiada. Num impulso, sua mão o alcançou e se enroscou na dele. A sala estava quente, mas sua pele, fria. Ela passou as pontas dos dedos sobre as costas da mão dele. Tristan a encarou por um instante, com uma expressão sombria, e então virou sua mão e entrelaçou seus dedos nos dela. Ele a segurou ali, seu dedão desenhando círculos lentos no centro da palma da mão dela. Fazia cócegas, mas Dylan preferia perder a mão do que tirá-la dali.

Tristan ergueu os olhos para ela, as sombras do fogo dançando em seu rosto.

— Amanhã vai ser um dia perigoso — ele murmurou. — Os demônios estão se reunindo do lado de fora.

— Você não tinha dito que eles não podiam entrar? — A voz de Dylan saiu estrangulada com o pânico súbito. O fato de que ele a estava alertando com certeza deveria significar que estava preocupado. E se Tristan estava preocupado, então o perigo devia ser muito real. Dylan sentiu seu estômago apertar.

— Eles não podem — ele prometeu, sério —, mas eles estarão nos esperando. Eles sabem que temos que sair mais cedo ou mais tarde.

— Vamos ficar seguros? — ela perguntou, com a voz se tornando um chiado embaraçoso.

— Estaremos bem pela manhã — ele respondeu —, mas durante a tarde, vamos ter que passar por um vale, e é sempre escuro por lá. É lá que eles vão atacar.

— Mas você não disse que a paisagem dependia de mim, do que eu projetava?

— Sim, mas existe um terreno base sobre o qual você cria a paisagem. É por isso que os santuários estão sempre no mesmo lugar. E o vale estará lá. Sempre está lá.

Dylan mordeu o lábio, curiosa, ainda que cautelosa, e decidiu fazer a pergunta de qualquer forma:

— Você já... você já perdeu alguém no vale?

Ele ergueu os olhos para ela.

— Não vou perder você.

Dylan ouviu a resposta não dita à sua pergunta e pressionou os lábios, tentando não demonstrar ansiedade.

— Não fique com medo — ele acrescentou, sentindo a mudança na atmosfera. Seus dedos apertaram a mão dela com uma leve pressão, e Dylan corou.

— Estou bem — ela respondeu rapidamente.

Tristan viu diretamente através de sua negação. Ele se levantou da cadeira e se agachou na frente dela, ainda segurando sua mão. Ele olhou dentro de seus olhos ao falar. Dylan estava desesperada para desviar o olhar, mas estava hipnotizada.

— Não vou perder você — repetiu ele. — Confie em mim.

— Eu confio — Dylan respondeu e, desta vez, havia verdade em suas palavras.

Ele assentiu, satisfeito, e se levantou, abandonando tanto seu olhar quanto seus dedos. Dylan estava escondendo sua mão entre os joelhos, tentando não mostrar que seu coração estava disparado, a palma da mão formigando. Ela tentou acalmar sua respiração enquanto observava Tristan se aproximar de uma das janelas e olhar a noite. Ela queria chamá-lo, puxá-lo para longe do vidro e dos demônios que espreitavam logo ali fora, mas ele sabia muito mais sobre eles do que ela. Ele sabia que estava seguro. Ainda assim, nada no mundo seria capaz de levá-la para perto daquelas coisas. Ela deslizou mais na cadeira, estremecendo de leve.

— É sempre a mesma coisa — falou Tristan de repente, sem se virar, e Dylan se perguntou se ele estava falando sozinho. Ele levantou uma mão e a pressionou contra o vidro. De imediato, o ruído dos espectros rondando dobrou de intensidade.

— O que é sempre a mesma coisa? — perguntou Dylan, esperando chamar sua atenção e sua mão para longe da janela. Os lamentos e gritos a assustavam.

Para seu alívio, ele de fato virou, baixando a mão.

— Os demônios — respondeu. — Eles ficam sempre com mais fome, mais vorazes, quando é uma alma… — Ele pausou. — Uma alma como você.

Dylan franziu a testa. Do jeito que ele falou, era como se houvesse algo de errado com ela.

— O que você quer dizer, uma alma *como eu*?

Ele a observou por um curto momento.

— Os espectros pegam qualquer alma, e com alegria. Mas almas puras são como um banquete pra eles.

Almas puras? Dylan revirou aquilo no cérebro por um momento, esperando que fizesse sentido. Pura não era exatamente uma palavra que ela usaria para se descrever, e sua mãe com certeza também não.

— Não sou pura — ela disse.

— Sim, você é — garantiu ele.

— Não sou — teimou. — Pergunte à minha mãe, ela está sempre me dizendo que eu sou...

— Não quero dizer que você é perfeita — interrompeu Tristan. — Uma alma pura é... inocente. — Dylan balançou a cabeça, pronta para negar as palavras dele de novo. Mas então ele disse a palavra que fez o quarto inteiro entrar em erupção. — Virgem.

A boca dela abriu e fechou algumas vezes, mas nenhum som saiu. Tristan a observava com cuidado, mas ela parecia não ter controle sobre os músculos do próprio rosto, ou do sangue que disparava para as bochechas, tingindo-as de vermelho.

— O quê? — ela enfim conseguiu gaguejar.

— Virgem — ele repetiu. Dylan batalhou para não revirar os olhos, para disfarçar sua vergonha. Ela não precisava *mesmo* que ele repetisse *aquela* palavra. — Cada vez que uma alma imaculada nesse sentido chega à terra desolada, os espectros ficam mais agressivos, mais perigosos. — Ele olhou para ela, certificando-se de que tinha sua atenção integral. — Eles querem você, especificamente você. Pra eles, sua alma seria um banquete. Mais desejável, mais deliciosa que o gosto amargo de uma alma que viveu demais.

Dylan simplesmente ficou boquiaberta. As palavras que ele estava falando não conseguiam penetrar a neblina em seu cérebro. Ela estava presa naquela única palavra. Virgem. Como ele sabia isso sobre ela? Estava escrito em sua testa? Mas então ela se lembrou de como ele lhe havia contado que conhecia cada alma por dentro e por fora. Ela estremeceu. Que humilhação! E o jeito que os lábios dele ficavam se mexendo enquanto ele a observava agonizar de vergonha... Ele estava rindo dela. Será que era nisso que ele estava pensando enquanto segurava sua mão, que ela era pura e inocente? Uma virgem?!

Mortificada, Dylan se encolheu na cadeira, mas não foi suficiente. Ela ainda estava aprisionada sob o olhar dele, como se lhe apontasse uma lupa. Ela se levantou repentinamente do assento e seu impulso a levou alguns poucos passos à frente, até estar encarando a janela pela qual Tristan observava poucos momentos antes. Ela se aproximou, evitando de propósito ver o reflexo dele, e pressionou a testa no vidro frio, tentando esfriar a vergonha acalorada que havia colorido suas bochechas de vermelho.

CAPÍTULO DOZE

Quando saíram da cabana, os espectros não estavam em lugar algum. Dylan analisou tudo ao seu redor com os olhos arregalados e assustados, e então suspirou aliviada. *Mas ainda há o vale para atravessar*, pensou.

Era uma manhã sombria. O sol reluzia, mas seus raios não conseguiam atravessar a neblina densa e espiralada que cobria a paisagem. Tristan olhou para longe, mapeando os arredores e, então, de volta para Dylan, sorrindo com simpatia.

— Você está nervosa. — Não era uma pergunta.

Dylan viu a neblina e pareceu compreender:

— Eu fiz isso?

Ele assentiu com a cabeça, caminhou até ela e entrelaçou as mãos dela nas dele.

— Olha pra mim — ele ordenou. — Não precisa ter medo. Vou te proteger. Promeo. — Ele flexionou um pouco os joelhos para que pudesse olhá-la nos olhos. Ela tentou sustentar o olhar e sentiu um brilho surgir nas bochechas.

— Você fica bonita com as bochechas coradas — ele disse, rindo quando suas palavras elevaram o rubor ao limite. — Vamos lá — falou, soltando uma das mãos enquanto se virava e mantendo a outra para puxá-la com gentileza para frente.

Enquanto tropeçava atrás dele, Dylan notou que a neblina atenuava vagamente, conforme os raios de sol começavam a, enfim, atravessá-la. Ela pensou entender o motivo, e seu rubor demorou a sumir. Dois minutos depois, ela tinha se convencido de que as palavras de Tristan não eram nada além de uma estratégia para tranquilizá-la e fazer a neblina evaporar, reduzindo o risco dos demônios. Ainda assim, a mão dele permaneceu entrelaçada com força ao redor da dela enquanto a guiava.

No topo da primeira colina, Tristan parou um pouco e observou o horizonte. Ele fixou o olhar em algo à esquerda e apontou.

— Você está vendo aquelas duas montanhas ali? — Dylan assentiu. — O vale que temos que atravessar fica entre elas.

— É um caminho e tanto — ela falou, hesitante. Já havia passado metade da manhã, e as montanhas pareciam bastante distantes. Será que eles chegariam até lá no crepúsculo? Ela definitivamente não queria ser pega ali no escuro.

— Ilusão de ótica, é muito mais perto do que parece. Chegaremos lá em cerca de uma hora. A gente deve ficar bem se o seu bom humor permanecer. — Ele sorriu para baixo, para ela, e apertou sua mão. Dylan sentiu como se o sol tivesse brilhado um pouco mais forte. *Que humilhante ter emoções explicitadas de forma tão óbvia*, pensou.

Um caminho estreito serpenteava ao lado da colina, largo o suficiente apenas para um deles andar por vez. Tristan foi na frente, soltando a mão dela ao escolher o caminho sobre pedrinhas e aglomerados de ervas daninhas. Dylan caminhava devagar e com cuidado atrás dele, inclinando-se para trás, de leve, para compensar o declive, a passos pequenos e embaralhados ao buscar apoios seguros para os pés. Ela andava com os braços abertos para manter o equilíbrio e também para se proteger, caso caísse.

Eles demoraram cerca de meia hora para chegar ao fim da colina, e Dylan suspirou aliviada quando o chão nivelou sob seus pés e ela pôde esticar as pernas e dar passos mais longos. Daquela distância, as duas montanhas guardando o vale pareciam se erguer na frente dela como torres. Tristan estava certo, elas pareciam muito mais próximas agora. Tudo o que havia entre eles e as montanhas era um grande terreno pantanoso. Poças grandes brilhavam intercaladas, e canaviais cresciam em amontoados esparsos. Dylan xingou internamente, imaginando a água fria e imunda que logo inundaria suas meias. Ela fitou Tristan.

— Me carregar nas costas não faz parte das suas funções como guia, faz? — ela perguntou esperançosa.

Ele lhe lançou um olhar fulminante, e ela suspirou. Enfiando as mãos nos bolsos, Dylan se balançou nos calcanhares, relutando em dar o primeiro passo à frente.

— Talvez devêssemos só dar uma descansada aqui, não? — ela sugeriu, querendo adiar a marcha pelo lodaçal.

— Que ótima ideia. — Ele franziu a testa, indiferente. — Podemos ficar aqui esperando até o meio da tarde e aí chegar no vale quando cair a noite. Viver perigosamente, por que não?

— O.k., foi só uma sugestão — Dylan resmungou, dando o primeiro passo para dentro do pântano. Seu tênis fez um barulho abominável ao afundar. Ela estremeceu, mas seus pés permaneceram quentes e secos. *Não por muito tempo*, pensou, enquanto continuava a marchar em frente.

O pântano não tinha muito mais que alguns quilômetros, mas trilhar um caminho pelas poças grandes e os juncos, caminhando com o peso da lama nos pés — que às vezes a puxava para além dos tornozelos —, era um trabalho difícil, e eles avançavam lentamente. Tristan parecia ter muito menos dificuldade com a lama do que Dylan. Seus pés conseguiam encontrar o chão firme com mais facilidade e, mesmo quando ela pisava no mesmo lugar que ele, tinha certeza que afundava mais. O lugar fedia também. Não era como qualquer cheiro que ela havia sentido na vida. Era pútrido, e o odor subia a cada passo.

Mais ou menos na metade do caminho, eles chegaram a um trecho mais pantanoso que o resto. Os pés de Dylan afundaram na lama quase até os joelhos e, quando ela tentou se liberar, nada aconteceu. Ela se balançou para trás e jogou o peso para a frente. Nada. Tentou ainda mais duas vezes, e então, ofegante, foi forçada a admitir sua derrota.

— Tristan! — ela gritou, apesar de ele estar apenas a poucos metros dela.

— O que foi? — Tristan girou o corpo e a encarou.

Ela ergueu os braços em um gesto desesperado.

— Presa.

Um olhar malévolo perpassou o rosto dele.

— E o que você quer que eu faça a respeito?

— Não seja engraçadinho, me tira daqui! — Ela

colocou as mãos nos quadris, um olhar irritado no rosto. Ele sorriu e balançou a cabeça. Dylan optou por uma tática diferente: ela baixou os braços, inclinou a cabeça e olhou para ele por debaixo dos seus cílios, fazendo bico:

— Por favor?

Ele riu mais alto, mas começou a abrir caminho até ela.

— Você é patética — brincou. Ele pegou os braços dela, flexionou os joelhos, contraiu o corpo, inclinou-se para trás e a levantou. Dylan escutou um som abafado de sucção, mas seus pés permaneceram presos com firmeza.

— Mas como... — ele arfou. — Como você fez isso?

— Eu pisei — ela rebateu, levemente irritada com o fato de ele ainda estar tirando sarro dela.

Tristan soltou os braços dela e deu um passo à frente. Ele enrolou seus braços ao redor da cintura dela, abraçando-a com força. Seus corpos se tocaram inteiramente. Dylan congelou um pouco com o contato próximo, o coração disparando. Ela esperava que ele não conseguisse ouvir. Apertando-a com força, ele a puxou novamente para trás. Dylan sentiu a lama começar a soltar das pernas. Com um som nojento, o pântano finalmente a libertou. Sem o lodo para segurá-la, o puxão de Tristan a lançou para frente. Ela reproduziu uma espécie de grito enquanto ele vacilava para trás, tentando manter o equilíbrio. Gotas de água lamacenta voaram e sujaram seus rostos e cabelos.

Tristan a segurou com mais força enquanto tentava impedir que ambos caíssem no pântano. Dando alguns passos desajeitados para trás, ele enfim conseguiu estabilizá-los. Olhando para baixo, notou o rosto com sardas de lama de Dylan encarando-o de volta e, por um segundo, ficou preso no verde deslumbrante dos olhos dela enquanto ela ria.

Firme nos braços de Tristan, Dylan oscilou, insegura quanto a seus pés e ainda um pouco tonta. Ela sorriu para ele, momentaneamente perdendo a timidez. Ele a encarava de volta. O momento se intensificou e o riso morreu na garganta de Dylan. De repente, era difícil respirar. Ela suspirou devagar e seus lábios se separaram de leve.

No instante seguinte, Tristan a havia soltado. Ele deu um passo para trás e olhou para longe, no sentido das montanhas. Dylan o observou, confusa. O que tinha sido aquilo? Ela pensou que ele quisesse beijá-la, mas agora Tristan não parecia sequer querer olhar para ela. Era curioso, além de um pouco humilhante. Ela tinha acabado de passar vergonha? Não tinha certeza. Ela olhou para o único lugar seguro: o chão.

— A gente devia continuar andando — ele disse, sua voz estranhamente áspera.

— Certo — Dylan murmurou, ainda um pouco atordoada. Ele virou e trilhou em frente, com ela tropeçando atrás dele.

Tristan prosseguiu na travessia do pântano, tentando manter um pouco de distância entre eles para lhe dar tempo de pensar. Ele estava perplexo. Por décadas, talvez até mesmo séculos — era difícil contar com precisão a passagem do tempo na terra desolada —, ele havia protegido e guiado almas em suas jornadas. No começo, ele havia exercido o papel com um afinco que se provou impossível de sustentar. Preocupava-se com cada alma, ouvia suas histórias e tentava confortá-las pela perda de suas vidas, futuros e, é claro, pela dor de deixar aqueles que amavam para trás. Cada alma que dava adeus ao fim de uma jornada levava um pequeno pedaço dele, rasgava uma partezinha do seu coração. Depois de algum tempo, ele endureceu. Não se abria mais e, assim, as almas não podiam atingi-lo. Nos últimos anos, guiá-las tinha sido pouco mais que uma tarefa. Ele falava o mínimo possível e tentava esconder a verdade o máximo de tempo que conseguia. Tristan havia se tornado uma máquina fria. Um GPS para os mortos.

De algum modo, aquela garota havia encontrado uma forma de trazer o seu antigo "eu" à tona. Ela tinha descoberto a verdade surpreendentemente cedo, e a aceitado com mais maturidade do que muitos que haviam passado uma vida inteira na Terra. Ela o tratava como uma pessoa. Ali na terra desolada, isso era uma coisa rara. As almas estavam muito absortas por suas próprias mortes para cogitar a ideia de que o seu guia era *alguém*. Dylan era uma alma que valia a pena proteger. Uma alma que valia a pena cuidar. Uma alma para quem ele queria dar um pedaço de si.

Mas havia algo a mais. Ele não conseguia definir o sentimento. Segurá-la em seus braços havia causado algo dentro dele. Sentimentos esquisitos, sentimentos que o faziam pensar nela em vez de observar o sol baixar de forma perigosa no céu. Ele se sentia quase… humano. Isso não podia estar certo, mas Tristan não tinha outra palavra para isso. Humano.

Mas ele não era. Ele se chacoalhou com um salto. Sentimentos como esses eram perigosos demais, pois podiam fazê-lo perder o foco. Eles colocavam Dylan em perigo e, por isso, precisavam ser sufocados.

— Tristan. — A voz de Dylan atravessou seu devaneio. — Tristan, está ficando escuro. Talvez a gente devesse esperar e atravessar o vale amanhã, não?

Ele balançou a cabeça e continou caminhando.

— Não dá — respondeu. — Não há santuários desse lado do vale. Temos que atravessar hoje à noite. Vamos ter que passar o mais rápido que pudermos.

Dylan ouviu o pânico reprimido na voz dele e sentiu um nó apertado na boca do estômago. Ela sabia que seu medo não ajudaria em nada — na verdade, poderia piorar muito a situação —, mas ela não conseguia sufocar o sentimento.

Dez minutos de marcha lodosa depois, o chão começou a firmar sob seus pés. A grama sustentava seu peso enquanto ela pisava. Ela tentou tirar um pouco da lama que cobria seus tênis e jeans esfregando os pés contra galhos duros, mas não ousou parar para fazer o trabalho direito. Ela conseguia sentir a ansiedade de Tristan para se mover mais rápido. Enfim, as poças se tornaram menos frequentes e Dylan se surpreendeu ao ver, quando ergueu a cabeça, que eles estavam na sombra das duas montanhas. Em frente a ela, estava o vale com o qual Tristan parecia tão preocupado.

Parecia pouco impressionante. Um caminho relativamente largo o atravessava, e as laterais se inclinavam suavemente para cima. Dylan tinha imaginado uma fenda estreita, claustrofóbica e apertada. Ela ficou aliviada, mas uma olhada na postura tensa de Tristan fez seu estômago dar cambalhotas outra vez. Ela se lembrou de que Tristan julgava muito melhor onde o perigo estava. Com uma careta, ela tentou se apressar, diminuindo a distância entre eles.

Dylan estava ansiosa para começar, querendo passar pelo vale o mais rápido possível, mas Tristan parou na fronteira. Ele parecia estar se preparando. Dylan o olhou de forma furtiva. Será que ele estava pensando nas almas que havia levado para atravessar esse lugar, em alguma que havia perdido? Quantas haviam andado por esse caminho com Tristan sem chegar ao outro lado? Nervosa, Dylan estendeu os dedos e os curvou ao redor da mão esquerda dele. Ela sorriu com timidez e a apertou. Ele retribuiu o sorriso, parecendo ansioso e, então, encarou o vale de um jeito quase confiante.

— Quase lá — ele murmurou tão baixo que Dylan ficou em dúvida se havia realmente ouvido aquilo.

CAPÍTULO TREZE

Deveria ter sido uma caminhada relativamente agradável pelo vale. O caminho era plano e amplo, com pequenos cascalhos que faziam Dylan pensar em caminhadas pelo interior, descendo por trilhos de trem abandonados. Ele serpenteava graciosamente pelo espaço entre as duas montanhas. As margens não pareciam confinadas ou restritas, mas gentilmente onduladas para cima, cobertas com grama curta e flores selvagens. Era perfeito, como uma pintura. Ou poderia ser, se não fossem as paredes de penhasco que irrompiam das encostas gramadas. Ao subir, as montanhas se curvavam para dentro e beliscavam o céu até ele ser pouco mais do que um estreito fio de luz, sem brilho para banir as sombras que se amontoavam pelo chão. A escuridão tomava o lugar. Dylan estremeceu quando a sombra fria a envolveu.

Ao seu lado, Tristan permanecia silencioso e tenso, movendo-se com rapidez e olhando para os lados constantemente. O estresse dele disparava o dela. Ela não ousava o olhar para os arredores, apenas em frente, e desejava que eles atravessassem

sem incidentes. Em sua visão periférica, ela conseguia distinguir o borrão de morcegos que revoavam. Morcegos não, ela se deu conta. Espectros. Eles desciam como foices à face pedregosa e, então, voavam baixo sobre eles. Dylan apertou os dedos de Tristan com força, tentando não olhar.

Mas ela não conseguia ignorá-los. Ela se percebeu tentando ouvir o familiar e assombroso uivo que agora ela associava aos demônios, mas percebeu que não ouvia lamentos agudos ecoando pelo ar. Havia, no entanto, outros sons.

— Você está ouvindo isso? — ela perguntou, sucinta.

Tristan assentiu, sua expressão sombria.

Parecia o suave rufar de mil sussurros. Apesar de não ser possível distinguir palavras, o som era ameaçador de qualquer maneira.

— O que é isso? — ela sussurrou. Sua cabeça se virava enquanto ela analisava o céu e os penhascos procurando a fonte dos ruídos.

— Não vem de cima — disse Tristan. — Está sob nós. Ouça o chão.

Parecia um pedido estranho, mas Dylan tentou se concentrar nos sons que podiam estar vindo de baixo de seus pés. A princípio, ela apenas conseguia escutar seus pés triturando e movendo o cascalho e as pedrinhas que sujavam a trilha, mas ao focar no que procurava, ela percebeu que o chiado estranho estava, de fato, vindo de baixo deles.

— Tristan, o que está acontecendo? — ela perguntou, sua voz quase inaudível até para si mesma.

— Os demônios. Eles estão se reunindo embaixo de nós. Assim que notarem uma oportunidade de atacar, vão aparecer em massa. É o que eles fazem aqui. Sempre.

— Por quê?

— Estamos no coração da terra desolada — explicou Tristan. — É aqui que eles se escondem, milhares deles. As sombras quase nunca deixam de existir aqui, então eles sabem que terão sua chance.

— De que tipo de oportunidade eles precisam? — ela perguntou, com a voz estrangulada.

— Assim que estivermos suficientemente imersos nas sombras, eles vão atacar. Aqui eles não precisam da noite. — O tom de voz dele era pragmático, mas havia uma nota de pânico que assustava Dylan mais do que suas palavras.

— O que podemos fazer?

Ele deu uma risada sem humor.

— Nada.

— A gente não deveria correr? — Dylan não era uma boa corredora. Apesar de magra, ela não estava em forma. Exercícios nunca tinham feito parte de sua rotina diária, e as aulas obrigatórias de educação física eram uma tortura. Ela sempre dizia que correria apenas se estivesse sendo perseguida. *Essa situação parecia cumprir os requisitos*, pensou com tristeza.

— Não até precisarmos. Guarde suas energias pra quando for realmente necessário — ele disse, sorrindo de leve. O sorriso não durou muito. — Se segure em mim, Dylan. Não solte. E quando eu disser pra correr, corra. Você segue o caminho e, quando sair do vale, haverá outra casa. Corra na direção dela e não olhe pra trás. Assim que passar pela porta, estará segura.

— Onde você vai estar? — ela sussurrou com ansiedade.

— Bem do seu lado — respondeu ele, sombriamente.

O BARQUEIRO **127**

Os olhos de Dylan estavam arregalados de pânico. Ela tentou concentrá-los no caminho à frente. Sua mão estava apertada tão forte ao redor da de Tristan que seus dedos latejavam. O ruído pareceu mais alto, e era como se o chão estivesse se fundindo, derretendo para deixar os demônios passarem. Demorou um instante para seus olhos conseguirem distinguir o padrão no chão, mas ela então entendeu que eram de sombras. Trevas. Ela começou a ofegar quando percebeu que o vale estava escurecendo mais e os penhascos se estreitando. Eles estavam bem no centro. Quanto tempo faltava para os demônios se soltarem?

O ar pareceu gelar no mesmo instante. Uma corrente de vento subiu pelo vale e ergueu o cabelo de Dylan de seu rosto. A brisa sussurrava em seus ouvidos, ecoando o ruído do chão, e ela identificou, em algum lugar sobre eles, o uivo distinto dos outros demônios ávidos, circulando acima deles. Eles estavam se reunindo em todos os lados.

Por um instante, ela sentiu que o tempo havia parado, suspenso na beira do caos. Cada nervo em seu corpo estava contraído com a adrenalina acelerando dentro das veias. Seus músculos pareceram formigar, prontos para responder aos seus comandos. Ela inspirou fundo, e o ar que corria para seus pulmões trovejou em seus ouvidos.

Antes que pudesse expirar, antes que pudesse piscar, o tempo saltou de volta e tudo pareceu acontecer de uma vez só. O chão virou fumaça quando incontáveis demônios irromperam da superfície como cobras negras e finas, revirando-se e contorcendo no ar enquanto sibilavam de forma ameaçadora. Os uivos de cima desceram do céu, mergulhando e envolvendo-a. Havia centenas deles. Milhares. O ar estava um breu, repleto de espectros, cegando-a. Dylan apenas abriu a boca: aquilo era diferente de qualquer coisa que já tivesse visto. Seu coração congelou quando um demônio deslizou atravessando seu peito, enfiando-se dentro dela antes de sair pelas costas. Seres sem rosto pegaram seu cabelo, puxaram-no e arrastaram-no causando uma dor como a de agulhas entrando em seu couro cabeludo. Garras pegaram seus ombros e braços, torcendo-a e puxando-a.

— Dylan, corra! — A voz de Tristan penetrou a confusão de sons e movimento, indo direto para o centro de seu cérebro.

Corra, repetiu ela para si mesma. *Corra!* Mas ela não conseguia se mover. Suas pernas estavam congeladas, como se tivessem esquecido de funcionar. Ela sempre tinha rido com desdém das vítimas que, nos filmes de terror, ficavam paralisadas de medo e acabavam nos braços do vilão maníaco assassino, mas lá estava ela, indiscutivelmente imobilizada pelo pânico.

Um puxão em sua mão a fez tropeçar de volta, em movimento, trazendo suas pernas de volta à ação. Elas acordaram antes que ela caísse e começaram a empurrá-la para a frente. *Corra, corra, corra*, pensou ela, atravessando o caminho o mais rápido que conseguia, com uma das mãos grudada na de Tristan. Os demônios gritantes ainda giravam ao redor dela, mas pareciam incapazes de ter um alcance firme.

O caminho se estendia adiante e, apesar de não conseguir ver a cabana, ela sabia que não podia estar muito longe. Tinha que estar perto agora. Ela corria com toda sua força e sabia que não conseguiria manter o ritmo por muito tempo. Suas pernas já queimavam, protestando a cada passo. Cada vez que ela levantava um pé, ele parecia mais e mais pesado. Sua respiração era irregular, e cada inspiração causava dores geladas e perfurantes que pareciam rasgar seu peito. Seus braços se agitavam ritmicamente, tentando mantê-la em movimento de forma valente, mas ela diminuía o ritmo a cada passada. Os demônios arrebatadores estavam começando a alcançá-la, puxando-a para trás e a deixando mais lenta. Ela sabia que não resistiria se a cabana não estivesse muito próxima.

Algo puxou sua mão com força suficiente para quase fazê-la cair de costas. Dylan berrou quando seu ombro se deslocou e, então, um batimento cardíaco depois, percebeu o que havia acontecido. Ambas as suas mãos estavam fechadas em punhos. Punhos vazios.

— Tristan! Tristan, me ajuda! — Ela tossiu fracamente entre respirações.

— Dylan, corra! — Ela o ouviu gritar. Ele não estava mais ao lado dela. Para onde tinha ido? Ela não ousou se virar para procurá-lo, com medo de cair. Em vez disso, se concentrou em fazer o que ele havia mandado: correr. Correr com o máximo de força e velocidade que podia.

O que era aquilo? Diretamente na frente dela, cerca de quatrocentos metros à frente, havia uma forma quadrada sombria. Tinha que ser a cabana. Ela soluçou aliviada e tentou reanimar seus músculos exaustos para um último esforço.

— Vamos lá, vamos lá, vamos lá, vamos LÁ! — ela murmurou, ordenando que seu corpo seguisse em frente. Ignorando a dor, moveu as pernas ainda mais rápido, forçando-as a disparar pelos metros restantes. A porta já estava aberta, convidando-a para entrar.

— Tristan, estou vendo a cabana! Tristan! — Mas sua voz engasgou em sua garganta quando diversos demônios mergulharam na direção dela de uma só vez e rasgaram o caminho para dentro de seu corpo. Eles pareciam não ter substância, mas, ainda assim, ela conseguia senti-los agarrando seu coração. Dylan gaguejou e tropeçou, com dificuldade para controlar os membros.

— Não — ela arfou. — Não, não, por favor. Eu já cheguei! Eu cheguei!

Era impossível se mover. Mãos frias agarraram-na e reviraram-na por dentro, gelando-a até os ossos e deixando-a sem ar. Cada centímetro dela implorava para parar. Implorava para que ela deitasse no chão e permitisse que os demônios a puxassem pouco a pouco para baixo, para onde estaria escuro e ela poderia dormir. Um lugar onde ela poderia parar de batalhar e ficaria em paz.

De repente, as palavras de Tristan voltaram à sua mente. *Corra na direção dela e não olhe pra trás. Assim que passar pela porta, estará segura.* Com elas, veio a imagem do rosto dele, falando com ela de modo sério.

Puro instito a fez ir para a frente, passo a passo, rumo à porta aberta. Cada movimento era uma agonia, cada respiração, uma dor pontiaguda. Seu corpo berrava para que ela parasse, desistisse, mas ela seguiu em frente com determinação e teimosia. Quanto mais perto chegava, mais os gritos, uivos e silvos se intensificavam. Os demônios duplicaram seus ataques, puxando, rasgando e arranhando. Eles formaram um redemoinho ao redor de seu rosto, tentando cegá-la. Apenas poucos metros depois, ela caiu de joelhos, exausta. Fechando os olhos com força, obrigou seus pulmões doloridos a respirarem e começou a se arrastar. O chão estava frio sob suas mãos, pedrinhas arranhavam as palmas e perfuravam seus joelhos. *Mexa-se*, ela pensou com desespero. *Apenas mexa-se.*

O BARQUEIRO **131**

Quando cruzou a área protegida, ela soube. Os ruídos morreram de imediato e o frio gelado se transformou em uma dor entorpecida. Desgastada, ela desabou no chão, respirando com força.

— Tristan, nós conseguimos — ela disse, incapaz de erguer a cabeça do chão.

Ele não respondeu. E não havia nenhum som de respiração atrás dela, nenhum movimento na cabana. O gelo em seu coração voltou, multiplicado por dez. Ela estava com medo de se virar.

— Tristan? — sussurrou.

Dylan se deitou de costas. Ela ficou deitada ali por um momento, assustada demais para abrir os olhos, com medo do que pudesse ver. Sua necessidade de saber venceu. Ela forçou suas pálpebras a abrirem e analisou a cena diante dela.

Não.

Incapaz de falar, deixou escapar um choramingo de piedade. A entrada da porta estava vazia, e a noite do lado de fora, totalmente escura.

Tristan não tinha conseguido.

CAPÍTULO CATORZE

Dylan não sabia por quanto tempo ficou deitada no chão. Ela não conseguia tirar os olhos da porta. A qualquer momento, Tristan iria passar por ela, bagunçado pelo vento, sem ar, mas a salvo. Ele apareceria, estaria bem, e assumiria o controle. Ele tinha que aparecer. O coração dela trovejava no peito, esforçando-se de forma dolorosa contra músculos que pareciam esculpidos em pedra. Completamente exausto por seus esforços, o corpo dela começou a tremer.

Após o que pareciam poucos — ainda que eternos — minutos, o frio infiltrou pelo corpo dela e penetrou até o coração de seus ossos. Seus membros trêmulos começaram a se contrair, e ela sabia que tinha que se movimentar.

Seus músculos protestaram de dor, fazendo-a gemer enquanto levantava para sentar. Ela ainda não tinha ousado tirar os olhos da porta. Tristan chegaria a qualquer segundo, desde que ela continuasse olhando. Em algum lugar no fundo de sua mente, uma vozinha lhe disse que aquilo era ridículo, mas ela se apegou a isso, porque era a única coisa que impedia o pânico de não subir à sua garganta e irromper em gritos descontrolados.

Dylan conseguiu se apoiar em suas pernas trêmulas e, segurando na porta, colocou-se de pé. Ela segurou com força na madeira apodrecida, oscilando de forma perigosa. O medo e o cansaço lhe haviam tirado cada grama de energia. Parada sob a soleira, ela conseguia ouvir os sussurros e gritos do lado de fora, apesar de algo no santuário parecer abafar o ruído. Mantendo os pés com firmeza atrás da linha, inclinou a cabeça para fora, procurando por um brilho de olhos azuis ou por cabelos loiros bagunçados na noite. Seus olhos não encontraram nada, mas seus ouvidos foram atacados por uma explosão de ruído. Eram gritos ultrajados dos demônios que tentavam atacá-la, mas eram impedidos por quaisquer feitiços supernaturais que o santuário mantinha. Ofegando assustada, ela forçou a cabeça de volta para trás, e o barulho baixou no mesmo momento.

Ela se afastou da porta devagar. Seus pés se prenderam em algo no chão e ela quase tropeçou. Dylan desviou os olhos da soleira por uma fração de segundo, mas estava escuro quase por completo e ela não conseguia identificar em que havia pisado. Isso fez com que surgisse outra onda de terror em seu coração. Ela não conseguiria aguentar uma noite sozinha, no escuro, ali. Acabaria enlouquecendo.

Fogo. Sempre havia uma lareira nessas casas. Mas ela teria que sair da porta, e isso significava encarar o fato de que tinha perdido Tristan. Não, ela disse a si mesma. Ele viria. Ela iria apenas acender o fogo para quando ele chegasse. Então, percorreu a cabana e, como o esperado, encontrou uma lareira de pedra no outro lado. Ajoelhando-se, ela a tateou com a ponta dos dedos, que entraram em contato com cinzas e pedaços de madeira. À esquerda, ela encontrou alguns tocos secos, mas não havia nenhum fósforo ou interruptor como o da sua casa, que fazia as chamas falsas dançarem e pularem enquanto um aquecedor lançava um ar quente quase tão bem-vindo quanto a luz.

— Por favor — ela sussurrou, ciente de que estava implorando para um objeto inanimado funcionar, mas incapaz de se conter. — Por favor, eu preciso disso. — Na última palavra, ela perdeu a compostura e soluços engasgados a atravessaram. Seu peito convulsionou e seus cílios se espremeram enquanto a primeira lágrima escorria por sua bochecha.

Um ruído crepitante fez com que ela abrisse os olhos, assustada por um momento, mas o que viu fez seu queixo cair: havia chamas na lareira. Elas eram pequenas e enfraqueciam com o ar que entrava pela porta aberta, mas se negavam a morrer. Como se agissem sozinhas, as mãos de Dylan alcançaram um par de toras. Ela as colocou com delicadeza no fogo, prendendo a respiração para o caso de suas ações desastradas sufocarem as chamas recém-acesas.

Elas se sustentaram, mas continuaram a fraquejar por causa da corrente de ar. Dylan se virou e olhou para a porta. Fechá-la parecia fechar também sua esperança, e isso significaria fechar a porta para Tristan. Mas ela não podia perder o fogo. Sentindo como se estivesse em câmera lenta, ela se levantou e caminhou até a entrada. Ela parou, lutando contra o desejo de correr noite afora em uma tentativa desesperada de encontrar Tristan. No entanto, isso significaria se entregar aos demônios, e Tristan não iria querer isso. Sem condições de vê-los novamente, ela fechou os olhos e, então, a porta.

Quando o trinco clicou ao fechar, algo dentro de Dylan se rompeu. Com as lágrimas cegando seus olhos, ela vagou pelo quarto até encontrar o que parecia ser uma cama, lançou-se nela e cedeu aos soluços que ameaçavam tomar conta de si. O pânico a envolveu, e ela lutou contra o desejo desesperado de correr e gritar e quebrar coisas.

— Ah, meu Deus, ah, meu Deus, ah, meu Deus — repetia de novo e de novo entre soluços ofegantes. O que ela iria fazer? Sem Tristan, ela não fazia ideia de para onde estava indo. Ela se perderia, vagaria até escurecer e, então, seria uma presa fácil para os demônios. Será que tinha de ficar ali e esperar? Quem a ajudaria? Sem precisar comer ou beber, ela esperaria por uma eternidade, como uma princesa amaldiçoada em algum conto de fadas ridículo aguardando por um príncipe que viesse resgatá-la?

Outros pensamentos rastejaram para dentro de sua mente. A solidão e o medo trouxeram questões que não haviam tido chance de se manifestar desde o acidente. Visões de Joan passaram diante dos seus olhos. Ela imaginou onde sua mãe poderia estar agora, se um enterro já havia sido organizado. Em sua mente, ela imaginou Joan recebendo a ligação no hospital e viu o olhar devastado dela, com as sobrancelhas perfeitamente arquejadas se apertando e a mão cobrindo a boca na tentativa de impedir a verdade de sair. Dylan pensou em todas as discussões que elas haviam tido, em todas as coisas cruéis que havia dito sem falar sério, e em todas as coisas que quisera dizer e nunca conseguiu. A última conversa delas tinha sido uma briga sobre conhecer o seu pai. Ela ainda conseguia se lembrar de contar à mãe que iria visitá-lo. E conseguia lembrar da expressão em seu rosto: Joan encarava Dylan como se ela a tivesse traído.

Esse pensamento emendou em outro com a mesma naturalidade com que o dia passa para a noite. O pai dela.

Como ele havia reagido? Quem havia lhe contado? Ele havia ficado de luto pela filha que nunca conheceu de fato?

De súbito, a situação dela, a de estar morta, a atingiu em cheio. Não era justo. Quanto poderiam esperar que ela perdesse? Seu futuro, sua família, seus amigos... todos foram embora. Agora seu barqueiro também? Não, não apenas seu barqueiro. Tristan. Ele havia sido roubado dela assim como todas as outras coisas. Dylan não achava que restavam mais lágrimas, mas conforme o rosto dele surgia em sua mente, elas apareciam mais e mais, quentes e salgadas, em suas bochechas.

Foi a noite mais longa que Dylan já tinha aguentado. Cada vez que fechava os olhos, imagens assombrosas passavam em sua cabeça: Joan, Tristan, uma figura paterna que era aterrorizante sem um rosto, cenas do pesadelo do trem. Devagar, aos poucos, tudo passou. O fogo reduziu-se a um brilho laranja, e a escuridão do lado de fora deu lugar a uma luz suave que atravessava as janelas. Os primeiros raios do amanhecer mandaram o cinza mórbido para longe e trouxeram vida para a cabana, mas Dylan não notou. Ela continuou a encarar a lenha na lareira até as cores quentes do calor se tornarem cinzas pálidas e os pedaços de madeira gastos não conseguirem gerar nada além de uma fumaça leve em sua grelha. O corpo dela parecia ter virado uma pedra. A mente sofria com o estresse pós-traumático e refugiava-se no torpor.

Apenas no meio da manhã ela notou que a chegada do dia queria dizer que ela estava livre para escapar de seu esconderijo, que também era de certa forma uma prisão. Ela poderia procurar Tristan. E se ele estivesse deitado em algum lugar no vale, ferido e sangrando? E se ele estivesse esperando que ela o encontrasse?

Ela fitou a porta, ainda fechada contra os terrores da terra desolada. Tristan estava lá fora, mas os espectros também. Será que as sombras do vale eram profundas e escuras o suficiente para os seres a atacarem? A luz da manhã teria força suficiente para mantê-la segura?

Quando ela pensou em sair sozinha na terra desolada, seu corpo inteiro rejeitou a ideia.

Mas Tristan estava lá fora.

— Levante, Dylan — ela disse a si mesma. — Não seja tão patética.

Ela arrastou o corpo cansado resmungando pelo exercício forçado do dia anterior para fora da cama e em direção à porta. Dylan pausou com a mão no trinco, respirou fundo e, então, tentou novamente segurar a maçaneta com força, girá-la e abri-la. Seus dedos se recusaram a obedecer.

— Para com isso — ela murmurou.

Tristan *precisava* dela.

Mantendo isso em mente, ela abriu a porta com tudo.

O ar entalou em seus pulmões quando ela congelou. Seu coração parou de bater e, em seguida, disparou duas vezes mais rápido quando seus olhos se esforçaram para registrar o cenário diante dela.

A terra desolada, que havia se tornado quase uma casa para ela nos últimos dias, desaparecera.

Não havia colinas e nem grama verdejante salpicada com gotas de orvalho para inundar seus jeans e fazê-la marchar o mais deprimida possível. O céu pesado havia desaparecido, assim como o caminho de cascalho que a havia levado para a segurança na noite anterior.

Em vez disso, o mundo havia se convertido em diversos tons deslumbrantes de vermelho. As duas montanhas se mantinham, mas agora estavam cobertas de sujeira bordô. Não havia vegetação, mas as margens íngremes haviam sido perfuradas por pedras afiadas e entalhadas que surgiram do chão em formações únicas. O caminho com cascalho havia sido coberto por uma passagem escura e lisa, como alcatrão em ebulição, e parecia estar constantemente ondulando e borbulhando, como se tivesse vida. O céu estava vermelho-sangue, com nuvens negras que se movimentavam como em uma corrida para o horizonte ocidental. O sol brilhava vermelho e quente, como uma boca de fogão em chamas.

Mas isso não era o mais assustador. Deslizando pela superfície, escalando pelas montanhas e vagando pelo caminho, havia centenas de milhares do que pareciam ser... bom, Dylan não conseguia nem achar as palavras. Pareciam humanos e, ainda assim, eram disformes, identificáveis apenas pelos contornos mais superficiais que indicavam sua idade e gênero. Dylan olhou melhor para os que estavam mais perto dela. Eles não demonstravam vê-la e nem sequer estar cientes de que *eles* estavam realmente ali. Se concentravam em apenas uma coisa: em seguir um incandescente orbe brilhante que radiava na frente de cada um.

Cada figura era sombreada por uma tropa de espectros negros que pairava ao redor de suas cabeças e circulava diante delas. Dylan prendeu a respiração, em pânico, ao observá-los, com medo por cada uma das figuras. Contudo, apesar dos espectros pairarem ao redor delas, eles mantinham uma distância. Eram os orbes, ela percebeu rapidamente. Os espectros não queriam chegar perto das bolas pulsantes de luz, apesar de que, onde havia mais sombras, os orbes brilhavam com menos incandescência e os demônios ousavam aproximar-se mais. Pequenas peças de um quebra-cabeça se encaixavam enquanto ela observava aquilo.

Ela era uma daquelas coisas. Aquela era a verdadeira terra desolada. E Tristan era seu orbe. Sem um orbe, será que ela sequer conseguiria ir para fora em segurança? Se ela saísse do refúgio, os demônios poderiam atacá-la à luz do dia? A única maneira de ter certeza era romper com o feitiço protetor da cabana. Ela poderia fazer isso? Oscilou cuidadosamente sob o portal enquanto pensava a respeito. Não. Ao se inclinar para fora, ela ouviu os silvos e choros dos espectros. Isso era demais. Horrorizada, ela voltou para dentro e bateu a porta. Curvou-se, como se pudesse manter os espectros fora de si. Sua força durou apenas alguns segundos antes de ela afundar no chão, passar as mãos ao redor das pernas, baixar a cabeça nos joelhos e começar a soluçar.

— Tristan, eu preciso de você — ela sussurrou. — Eu preciso de você! — Sua voz chiou e quebrou enquanto as lágrimas escorriam. — Onde você está? — berrou, seus lábios estremecendo tanto que as palavras eram pouco mais do que sons confusos. — Preciso de você...

Ela estava aprisionada. Não só não sabia para onde precisava ir, como também, se pisasse do lado de fora, os demônios a pegariam. O único local seguro era a cabana, mas por quanto tempo poderia ficar ali? Por quanto tempo poderia esperar por Tristan?

Minutos se arrastaram e, depois de algum tempo, Dylan reuniu um pouco de suas forças, levantou-se e puxou uma cadeira até a janela. Ela se ajeitou e inclinou a cabeça entre os braços cruzados, descansando-os no peitoril da janela. A vista era a mesma da porta da frente: um deserto vermelho pontuado por almas vagueando cegamente enquanto seguiam e eram seguidas. Era hipnotizante. Ver os demônios ainda fazia seu estômago se retorcer ao se lembrar da sensação das garras e dos gritos deles nos seus ouvidos.

A ideia de encará-los novamente fez uma gota de suor escorrer pelas suas costas. Ela sabia que não poderia caminhar do lado de fora hoje. Ainda era possível que Tristan estivesse lá, tentando vencer o caminho de volta. Ela tinha que se agarrar a essa esperança. Ela poderia esperar ao menos outro dia.

Depois de um pôr do sol brilhante em tons de laranja, vermelho e bordô, o céu ficou negro. Com a escuridão, vieram os assobios e gritos ao redor da casa. Já fazia muito tempo que Dylan tinha acendido o fogo — desta vez sob a luz, com os fósforos que tinha encontrado em cima da lareira. O processo havia demorado muito mais que na noite anterior, mas, enfim, ela havia convencido a chama a crescer e devorar a madeira. As toras grandes já tinham pegado fogo e a chama crispava e cuspia, provendo calor e luz confortantes. Ela havia abandonado seu posto na janela. A escuridão a assustava e ela não conseguia identificar quem estava do lado de fora observando. Em vez disso, Dylan ficou deitada na cama fitando as chamas até seus olhos tombarem enquanto ela entrava em um estado de semiconsciência.

Horas depois, quando acordou, ainda estava escuro do lado de fora. Ela olhou para o teto e, só por alguns momentos, pensou que poderia estar em qualquer lugar. No quarto apertado da sua casa, cercada de pôsteres de alguma celebridade de cinema e ursinhos fofos, ou em um quarto estranho em Aberdeen, preparando-se para mais um dia de descobertas sobre seu pai. Mas ela não estava em nenhum desses lugares. Ela estava em um santuário. E ela estava morta. Uma faixa de aço se enrolou em suas costelas. Ela não conseguia respirar. Lágrimas ameaçaram escorrer, e ela lutou para contê-las.

A cabana estava quente. O fogo que ela havia criado com tanto cuidado ainda ardia na lareira e projetava sombras que dançavam pelas paredes, mas não foi isso o que a despertou. Virando-se de lado para observar as chamas, ela notou o motivo verdadeiro do seu acordar: havia uma figura contra a luz do fogo, imóvel. O medo tomou conta e ela congelou, mas ao passo que seus olhos se ajustavam, a silhueta tomou forma, uma forma familiar. Uma forma que Dylan temia nunca ver de novo.

CAPÍTULO QUINZE

— Tristan! — Dylan sussurrou. Ela pulou da cama, quase caindo na pressa para atravessar o quarto. Ele ficou parado enquanto ela se aproximava e, deixando-se levar pela empolgação, ela lançou os braços ao redor dele, aliviada. Soluços silenciosos escaparam dela, fazendo seu peito chacoalhar. Ela aninhou a cabeça no ombro dele e se deixou afundar no oceano de segurança e prazer que a envolveu.

Tristan ficou imobilizado por um momento, mas passou os braços ao redor dela em seguida, apertando-a com força contra ele, e esfregou suas costas com uma mão enquanto ela continuava a chorar em seu peito.

Um pouco depois, Dylan sentiu o pico de emoções ceder à calma e se afastou, o constrangimento surgindo. Ela tinha pouca experiência em ser abraçada por garotos, e sua cabeça era um redemoinho de emoções confusas. Um rubor aqueceu suas bochechas de leve, mas ela se forçou a olhar nos olhos dele.

— Oi — sussurrou ela. As costas dele estavam viradas para as chamas, seu rosto escondido na sombra.

— Oi — ele respondeu, com um sorriso evidente em sua voz.

— Eu achei... Achei que você tinha ido embora. — A voz de Dylan estava cheia de emoção, mas ela prosseguiu, desesperada para saber mais. — O que aconteceu? Você estava logo atrás de mim!

Houve uma pausa. Os olhos de Dylan o buscaram na escuridão, mas ela não conseguia enxergá-lo o suficiente para ler sua expressão.

— Sinto muito — ele sussurrou.

Ele pegou a mão dela e a conduziu de volta à cama, sentando-se ao seu lado. A luz do fogo contornava seu rosto, iluminando-o pela primeira vez e fazendo a respiração de Dylan acelerar

— Ah, meu Deus, Tristan, o que houve com você? — ela perguntou.

O rosto de Tristan estava quase irreconhecível. Um olho estava inchado, quase fechado, e o outro, vermelho. Sua mandíbula estava ferida, inchada, e uma das bochechas tinha um corte profundo. Ele se esforçou para sorrir, mas a tentativa claramente doía. Até mesmo no escuro seus olhos revelavam o sofrimento pelo qual tinha passado. Dylan estendeu a mão para acariciá-lo, mas hesitou, com medo de lhe causar mais dor.

— Não importa — ele respondeu. — Não é nada.

Dylan balançou a cabeça devagar. Era algo, sim. O rosto de Tristan tinha sido devastado, mutilado. Isso era por causa dela?

— Tristan...

— Shh... — ele a acalmou. — Eu já disse, não é nada. Você ainda consegue dormir — comentou, em uma tentativa óbvia de mudar de assunto.

Ela assentiu com a cabeça.

— Foi só pra passar o tempo.

— Você acha que consegue dormir mais? — Ela balançou a cabeça antes que sua frase terminasse. — Bom, você deveria pelo menos se deitar e descansar, porque amanhã temos uma grande distância pra atravessar.

Dylan o encarou com olhos suplicantes. Ela sabia que Tristan estava tentando evitar discutir sobre onde estivera, mas sentia como se ele não quisesse conversar sobre nada. Dylan se sentia rejeitada. Ela havia se jogado nele e deixado bastante óbvia sua alegria ao vê-lo voltar. E agora se sentia apenas boba. Com os olhos lacrimejando, ela cruzou os braços sobre o peito. Ele pareceu entender seus sentimentos, então a alcançou e pegou uma de suas mãos puxando-a suavemente.

— Deita, vai. Eu fico com você.

— Eu... — Ela estava hesitante, incerta.

A voz dele era um murmúrio baixo no escuro.

— Deita comigo — pediu ele. — Por favor.

Ele se arrastou para trás até encostar na parede e a puxou para o seu peito. Ela se aninhou, sentindo-se envergonhada, mas segura. Ele não parecia querer falar, mas estava contente de ficar deitado ali com ela. Sorrindo para si mesma, Dylan se permitiu relaxar pela primeira vez em dois dias.

***

Sob a luz da manhã, os ferimentos de Tristan pareciam ainda mais horríveis. Seu olho esquerdo era um borrão de azul e negro, e sua mandíbula estava coberta com tons de roxo, marrom e amarelo. O corte em sua bochecha estava começando a fechar, mas o sangue seco contrastava fortemente com sua pele branca. Ele também tinha diversos cortes longos pelos braços. Conforme a manhã afastava a escuridão da cabana, Dylan passou os dedos por uma ferida particularmente feia que acompanhava a extensão do antebraço de Tristan. Ela ainda estava deitada nos braços dele e, apesar de se sentir incrivelmente confortável e segura ali, tinha medo de falar e quebrar o silêncio.

— A gente devia ir — Tristan sussurrou no ouvido dela. Sua voz era suave e baixa, e seu hálito acariciou o pescoço de Dylan e provocou um arrepio em suas costas. Envergonhada, ela pulou da cama e para longe dele, parando no meio do quarto, em frente à janela. Dylan espiou o lado de fora e viu que a terra desolada, a terra *dela*, estava de volta.

— Mudou — ela suspirou.

— Como assim? — Tristan levantou a cabeça bruscamente.

— Ontem, antes de você chegar, eu olhei pra fora da porta e... e... — ela não sabia exatamente como descrever o mundo que havia visto. — Tudo estava vermelho, o sol, o céu, o chão. E eu conseguia ver almas, milhares delas, viajando com seus guias. Eu vi os demônios, eles estavam por toda a parte. — Perdida em pensamentos, a voz de Dylan foi se reduzindo a um sussurro.

Tristan franziu a testa. Ele não conseguia se lembrar de já ter encontrado uma alma que havia visto e entendido tanto sobre aquele mundo. Nenhuma alma havia se separado de seu barqueiro e sobrevivido a um ataque de demônios antes. Dylan deveria ter se perdido para sempre. Contudo, lá estava ela. Ele estava atônito e visivelmente grato por ela estar na sua frente. Como é que essa alma aparentemente comum poderia ser tão extraordinária?

— Você só vê a verdadeira terra desolada quando perde seu guia — ele explicou. — Sou o veículo que cria sua projeção.

— Então é falso? Tudo o que vejo é falso? Está tudo na minha cabeça? — Tristan havia dito isso, dito que a terra desolada era uma projeção dela, mas Dylan nunca tinha de fato compreendido o que aquilo queria dizer. Não até aquele momento. E ela não gostou. Apesar de a visão do dia anterior ter sido horripilante, ela não conseguia aguentar o pensamento de ser enganada por Tristan.

— Dylan — ele disse com ternura. Não havia uma maneira de enfeitar as palavras, então ele tentou amenizá-las com o tom de voz. — Você está morta. O que você vê na sua mente é tudo o que tem. Este lugar aqui é a única maneira de fazer a viagem. É isso que é real.

Dylan olhou para ele, e seus olhos estavam desamparados. Tristan estendeu a mão para ela, ciente de que ela estava frágil, mas sabendo que era perigoso se atrasarem.

— Vamos lá — disse ele. — Vamos sair. — Ele lhe lançou um sorriso reconfortante e tranquilizador, que ela respondeu com lábios levemente trêmulos. Dylan deu um passo adiante para pegar a mão dele, vibrando um pouco com o contato, e encarou a porta. Aquela cabana havia sido tanto sua prisão como seu abrigo, e os sentimentos que ela tinha sobre deixá-la eram ambíguos. Ansioso para partir, Tristan pisou com confiança porta afora e a puxou para trás, indo para a terra desolada novamente.

Não havia sol naquele dia, mas a camada de nuvem que cobria o céu era leve e suave. Dylan se perguntou o que aquilo revelava sobre seu humor. Se ela tivesse que definir por si só, diria pensativa e curiosa. Ela estava confusa pelo que Tristan dissera a respeito da terra desolada e sua mente, mas apesar de não querer ser enganada por este lugar artificial, se sentia muito mais segura na paisagem agora familiar das colinas. É claro, a presença de Tristan tinha um papel vital nisso. Ela o olhou novamente, para a parte de trás de sua cabeça e para seus ombros fortes que a lideravam em frente. O que havia acontecido com ele? Quando eles conversaram na noite anterior, ele não queria falar a respeito, mas Dylan se sentia responsável por cada machucado, cada arranhão. Afinal de contas, ele estava ali protegendo-a.

— Tristan — ela começou.

Ele a olhou e diminuiu o passo para que caminhassem lado a lado.

— O que foi?

Sob seu olhar, ela desistiu e perguntou outra coisa, algo sobre o qual estava muito curiosa.

— Todas aquelas almas... Eu conseguia vê-las caminhando, mas elas não estavam vindo na minha direção. Na direção do santuário, quero dizer.

— Não.

— Então onde é que elas ficaram? Como isso funciona?

Tristan deu de ombros, indiferente.

— Cada barqueiro tem seus pontos de segurança e de proteção aqui. A aparência que eles têm, isso vem de vocês. Mas aquele local sempre vai ser o *meu* santuário.

—Ah. — Dylan ficou quieta por um minuto, mas continuou a lançar olhares para Tristan, perguntando-se se podia fazer a pergunta que realmente queria fazer.

De relance, ele percebeu um de seus olhares.

— Você quer saber o que houve comigo — ele adivinhou. Ela assentiu.

Tristan suspirou, a vontade de ser sincero e compartilhar com ela batalhava com a certeza de que ela não deveria saber mais sobre aquele mundo do que o necessário para atravessá-lo.

— Por que importa? — Não era bem uma pergunta, mas sim uma tática de enrolar enquanto ele decidia o que fazer: o que era certo ou o que ele queria.

Funcionou. Dylan ficou em silêncio enquanto pensava a respeito.

— Porque, bom... porque na verdade é culpa minha. Você está aqui por minha causa, e se eu fosse mais rápida, ou tivesse feito o sol brilhar por mais tempo, com mais força, então... bom, então isso nunca teria acontecido.

Tristan pareceu surpreso, e ele estava. Esta não era a resposta que esperava. Ele achava que ela queria saber por mera curiosidade, por que tinha a necessidade humana de saber sobre *tudo*. Mas era porque ela se importava. Um brilho surgiu em seu peito, e ele soube que sua decisão estava tomada.

— Você não me disse que eles podiam te machucar — disse ela, com suavidade, seus olhos verdes arregalados e solidários.

— Sim — respondeu ele. — Eles não podem me matar de verdade, mas podem me tocar.

— Me conta o que houve com você. — Desta vez, ela não estava perguntando. Era uma ordem delicada, e ele não conseguiu resistir uma terceira vez.

— Eles estavam por toda parte, e você congelou. Eu vi que você não conseguia se mover, e você precisava correr.

Dylan assentiu, ela se lembrava dessa parte. Suas bochechas queimaram de vergonha com a memória. Se ela tivesse corrido quando ele mandou, se fosse mais corajosa e não tivesse deixado o medo imobilizá-la, eles dois teriam atravessado.

— Eu te empurrei, e você pareceu sair de um transe. Então, quando corremos, pensei que ficaríamos bem. — Ele fez uma careta, constrangido. — Eu não queria te soltar — sussurrou ele.

Dylan mordeu o lábio, a culpa surgindo como náusea dentro dela. *Ele* se sentia mal, estava se culpando, quando tudo tinha sido culpa dela.

— Tristan. — Ela tentou interromper, mas ele a calou com um gesto.

— Sinto muito, Dylan. Sinto muito por isso. Assim que viram que eu tinha soltado você, eles me cercaram, ficaram no meio de nós. Eu não conseguia atravessar pra te alcançar. Então você estava correndo, mas a cabana estava longe demais. Você não ia conseguir. — Os olhos dele tinham um ar distante, como se revivesse aquilo. O ângulo dos seus lábios dizia a Dylan que aquele era um processo doloroso. Sua culpa se intensificou dez vezes ao se dar conta de que ela o estava ferindo outra vez por trazer isso à tona, e ela começou a questionar seus motivos. Era simplesmente intromissão? Ela esperava que não. — Os demônios estavam por todos os lados. Você não pode tocá-los, mas eu posso. Sabia?

Ela balançou a cabeça, sem confiança para falar, mas sem querer quebrar seu ritmo.

— Corri atrás de você e puxei o maior número deles que pude. Não consegui pegar todos. Nunca os vi em um número tão grande. Não estava funcionando. Apesar de poder tocar neles, não posso feri-los. Cada vez que os puxava pra longe, eles apenas davam a volta e atacavam de outro ângulo.

Ele parou e pareceu lutar internamente. Dylan não tinha certeza se ele estava cogitando dizer alguma coisa ou apenas pensando em como dizer. Ela esperou pacientemente. Tristan ergueu a cabeça para o céu — um feito e tanto, já que estavam atravessando um penhasco bastante íngreme e estava exigindo todos os poderes de concentração de Dylan manter seus pés firmes e ouvir ao mesmo tempo. No entanto, o céu parecia ter sua resposta, já que ele assentiu brevemente e suspirou.

— Há algumas coisas que posso fazer na terra desolada… Coisas que não são normais, coisas que você poderia chamar de mágicas.

Dylan prendeu a respiração. Esse era o tipo de confissão pela qual ela estava esperando: alguma coisa que faria toda aquela loucura fazer sentido.

— Eu conjurei um vento. — Ele pausou quando Dylan franziu a sobrancelha, confusa. Ela não havia notado isso. — Você não sentiu. Era só para os demônios.

— Você conjurou um vento? — perguntou ela, pasma. — Você consegue fazer isso?

Tristan pareceu desconfortável.

— É difícil, mas consigo.

— Como assim difícil?

— Custa muita energia, me suga, mas estava funcionando. Eles não conseguiam ficar no seu plano de voo, e estavam caindo por todos os lados. Eles não conseguiam te pegar. — Ele suspirou. — Mas eles não demoraram muito pra perceber o motivo. A maioria do enxame se virou e começou a me atacar.

— Você deveria ter parado — Dylan deixou escapar. — Você deveria ter parado o vento e... e lutado com eles, ou...

Tristan balançou a cabeça, interrompendo suas palavras.

— Eu tinha que me certificar de que você estava segura. Você é minha prioridade aqui. — Ele sorriu para a expressão horrorizada no rosto dela. — Não posso morrer, e meu dever é proteger a alma primeiro, depois a mim.

Dylan assentiu com a cabeça, entorpecida. É claro que ele não estava se colocando em perigo só por causa *dela*. Era o seu trabalho.

— Eles tentaram me atacar, me cortando com as garras e voando na minha direção, como se fosse um soco de corpo inteiro. Eles não podem me atravessar como atravessam você. Ainda havia alguns ao seu redor, mas você estava perto da cabana. Eu consegui fazer aquilo continuar até ver você cruzar a soleira, mas então o bando inteiro focou em mim, e havia muitos deles pra eu combater. Eles conseguiram me puxar pra baixo.

Dylan viu a cena em sua mente enquanto ele falava. Os demônios despencando, curvando-se ao redor dele de forma cruel, puxando e arranhando seu rosto. Ela o imaginou tentando derrotá-los, jogando seus braços neles e tentando correr. Os demônios cobrindo-o como em um formigueiro, agarrando mais e mais forte, puxando-o para baixo, abaixo do chão. Mas, mesmo que em sua imaginação ele estivesse longe demais para que ela visse, cada traço de sua expressão estava clara como cristal: seu rosto era uma máscara de terror e pânico, os olhos arregalados e a boca escancarada em horror. Escorria sangue pelo seu rosto, vindo de seu olho esquerdo, onde um dos demônios o havia espancado. Na sua mente, Tristan desapareceu vagarosamente. Quanto eles o haviam ferido? Quanta dor houvera em cada ataque, cada garra que o rasgou? Tudo aquilo por ela.

— A última coisa que ouvi foi você me chamar. Tentei brigar pra afastá-los, pra chegar até você, mas eram muitos. Pelo menos eu sabia que você estava segura. — Ele a olhou, os olhos azuis perfurando-a direto no peito. Dylan não podia fazer nada além de olhar de volta, admirada e perdida nas profundezas do seu olhar.

Então é claro que ela caiu. Seus pés, sem serem guiados pelos olhos, prenderam em um amontoado de grama que saltava do chão.

— Ah! — ela arfou ao se sentir caindo na direção do chão. Dylan fechou os olhos e esperou pelo baque que tiraria o oxigênio de seus pulmões e cobriria suas roupas com umidade e sujeira. Suas mãos saltaram para a frente para proteger o corpo do pior do impacto, mas ele nunca aconteceu. A mão de Tristan disparou e segurou as costas de seu casaco, causando uma parada abrupta um pouco antes de ela chegar no chão. Ela abriu os olhos e observou o caminho. Como pensava: era molhado e sujo. Ela não tinha nem suspirado de alívio quando foi lançada para trás, Tristan levantando-a. Ele até tentou manter o rosto sério, mas um sorriso escapou de sua mandíbula cerrada.

Dylan xingou e marchou para longe com a pouca dignidade que lhe restava. Ela ouviu as risadas aumentarem atrás dela.

— Você é *tão* desastrada — ele brincou, alcançando-a com facilidade. Ela empinou o nariz e continuou a caminhar, rezando para não tropeçar de novo.

— Bom, não me surpreende. Olha pra esse lugar. Não podiam pavimentar o chão? — sibilou ela, tentando manter a raiva. Tristan deu de ombros.

— É culpa sua — ele a lembrou. — É você que o faz assim.

Dylan fez uma careta.

— Odeio caminhadas longas — ela resmungou. — E odeio montanhas.

— Mas os escoceses não deveriam ter orgulho de suas montanhas? — Ele a olhou, confuso. Agora era a vez dela de dar de ombros.

— Nosso professor de educação física nos colocava em um micro-ônibus todo ano, nos levava até o interior do país e nos forçava a subir montanhas no frio congelante. Era uma tortura. Não sou uma grande fã de subidas.

— Ah, entendi — ele respondeu, sorrindo. — Bom, você vai ficar feliz de saber que já passamos da metade. Você vai sair daqui logo. — Ele quis dizer isso para animá-la, mas a expressão de Dylan se abateu um pouco com a notícia. E então o quê? O que havia depois da terra desolada? E isso queria dizer que ela nunca mais veria Tristan? Essa notícia era mais perturbadora do que seu medo do desconhecido. Ele tinha se tornado a única pessoa em seu mundo, e ela não aguentaria perder essa última coisa.

Seus devaneios a carregaram até o topo da colina, aos trancos e barrancos, e para dentro de um recôncavo. O lugar perfeito para uma pausa breve. Ela olhou com esperança para Tristan, e ele sorriu, compreensivo. Mas com o sorriso veio um balançar de cabeça.

— Hoje não — ele disse.

Dylan fez um bico, olhando Tristan com petulância.

— Desculpa — disse ele. — Não temos tempo, Dylan. Não quero que nos peguem de novo.

Ele estendeu uma mão, um convite. Dylan a contemplou lentamente, mas ele tinha razão. Eles tinham que tentar ficar à frente da noite e dos espectros que vinham com ela. Não queria que Tristan sofresse mais por causa dela. Estendendo seu braço, ela segurou a mão que ele ofereceu. Estava coberta de arranhões e machucados, espelhando as próprias marcas apagadas nos braços de Dylan, mas seu punho era forte. Ele a puxou para fora do recôncavo e, de imediato, ela foi atacada pela força do vento. Estava definitivamente mais forte agora, e as pontadas em seus ouvidos a ensurdeciam de leve. Quanto mais desciam, mais o vento deixava a conversa difícil. Dylan esperava que Tristan voltasse à sua história sobre o que tinha acontecido abaixo da terra, mas ela teria de esperar por um momento mais pacífico. Não era o tipo de história que poderia ser gritada por cima do vento.

Além disso, apesar de estar desesperada para ouvir o que aconteceu em seguida, ela tinha medo de descobrir quais outras torturas ele tinha passado. Por ela.

CAPÍTULO DEZESSEIS

Felizmente eles chegaram ao próximo santuário muito antes do sol se pôr. Era outra cabana de pedra, e Dylan começou a se perguntar se isso seria sua criação também. Quase todos os santuários eram a mesma coisa. Eles deveriam representar o conceito dela do que era um refúgio, um lar? Ela tentou pensar sobre como poderia ter estabelecido essa conexão entre as coisas. O apartamento em que ela vivia com Joan — *tinha vivido*, ela se corrigiu — era um prédio de arenito vermelho, cercado por incontáveis outros edifícios idênticos. Antes de morrer, sua avó havia morado no interior, em um lugar isolado, mas em um bangalô moderno, com jardins planejados superespalhafatosos, com leões e gnomos de pedra ridículos. Ela não conseguia pensar em nenhum outro lugar que tivesse sido como um lar.

A não ser por seu pai que, bem, havia mencionado a casa dele quando conversaram pelo telefone. Uma pequena casa de pedra, ele dissera. Antiquada, com espaço suficiente apenas para ele e Anna, a cachorrinha. Era essa a imagem que sua mente havia criado daquele lugar? Talvez seu inconsciente estivesse tentando lhe dar um pouco do que ela esperava, mas nunca conseguiu ter. Por um momento, ela imaginou a porta abrindo e um homem saindo. Em sua imaginação, ele era bonito, forte e parecia gentil. Ela sorriu diante daquele pensamento, então percebeu que não havia nada além daquilo. Ela nunca sequer tinha visto uma foto de seu pai, não conseguia lembrar de como ele era antes de ir embora. Balançando a cabeça para afastar os pensamentos cruéis, ela seguiu Tristan rumo à porta da frente.

Mesmo levemente deteriorado, havia algo confortante no lugar: era quase como chegar em casa depois de uma jornada longa e difícil. A porta da frente era de carvalho sólido e, apesar de resistente, estava danificada pelo clima. As janelas estavam encrustadas com o encardido que se acumula pela longa exposição ao feroz clima escocês, mas as vergas eram de madeira e pareciam estar em bom estado, apesar da tinta descascando. Não havia um jardim definido, mas um pequeno caminho pavimentado levava à porta da frente. Mato e grama escapavam pelas rachaduras, mas ainda não haviam tomado conta do chão.

Tristan os guiou até a parte de dentro e o sentimento acolhedor continuou. Aquela cabana não tinha a mesma aparência abandonada e bagunçada das outras, e Dylan se perguntou, tolamente, se era por que ela estava se sentindo mais em casa na terra desolada. Havia uma cama em um dos lados, uma mesa com uma grande vela queimada até a metade, e uma espaçosa cômoda. A mesa e as cadeiras ficavam no meio do cômodo, em frente à lareira, e no canto oposto havia uma cozinha pequena, com uma pia embutida quadrada, lascada e suja. Dylan se aproximou dela, olhando para as torneiras antiquadas e se perguntando se funcionavam. Seu jeans ainda estava encrustado com lama, e o casaco cinza com zíper, que ela tinha escolhido ainda no apartamento antes dessa loucura começar, era uma miscelânea de manchas, respingos de lama e pequenos rasgos. Ela não queria nem pensar em como estava seu rosto.

Apesar de as torneiras estarem enferrujadas e a pia coberta de lama, Dylan se sentiu otimista e girou a torneira de água fria. De início, nada aconteceu e ela franziu a testa, desapontada, mas então um ruído veio de baixo da pia. Ela deu um passo para trás, preocupada, bem quando a torneira lançou uma torrente de água marrom para fora. Ela bateu nos lados da pia e não acertou Dylan por um triz, só porque ela pulou mais para longe. Depois de alguns segundos de enxurrada, o fluxo de água se acalmou em um fio que parecia bastante limpo.

— Ah, sim — disse Dylan, ansiosa para tomar um banho pela primeira vez em dias. Ela jogou água em seu rosto, estremecendo com a temperatura gelada. De brincadeira, encheu as mãos de água e se virou para jogar em Tristan. Ela parou no meio, a água escorrendo por entre seus dedos afrouxados e pingando no chão de laje. O cômodo estava vazio.

— Tristan! — ela gritou, em pânico. A porta estava aberta e, apesar de ainda estar claro, a noite se aproximava rápido. Ela ousaria sair? Não podia ficar sozinha outra vez. Aquele pensamento foi seu fator decisivo, e ela disparou para a frente, determinada, justo quando Tristan apareceu na soleira.

— O quê? — ele perguntou inocentemente.

— Aonde você foi? — retrucou Dylan, o alívio se convertendo rapidamente em raiva.

— Eu só estava ali fora. — Ele olhou para seu rosto apreensivo. — Desculpa, não quis te assustar.

— Eu só... Eu estava preocupada — ela murmurou, sentindo-se idiota. Ela se virou e apontou para a pia. — A pia funciona aqui.

Tristan lhe deu um meio sorriso compreensivo, então encarou a porta entreaberta.

— Ainda tem uns vinte minutos de luz. Vou ficar do lado de fora e deixar você um pouco mais à vontade. Estarei perto da porta da frente — prometeu ele. — Você vai poder falar comigo se quiser. — Ele sorriu, confiante, e caminhou de volta para fora. Dylan andou até a porta e espiou. Tristan estava sentado em uma pedra. Ele levantou a cabeça ao perceber que ela o estava olhando.

— Você pode fechar a porta, se quiser. Mas prometo não olhar se quiser deixar aberta. — Ele piscou, deixando-a envergonhada.

Ela bufou e foi fechar a porta, mas então pensou melhor e decidiu deixá-la aberta. Agitada, ela pensou na ideia de tomar um banho — e estava desesperada por um banho de verdade — com a porta aberta enquanto ele estava ali fora. Desconfortável. Mas quando pensou em fechar a porta e ficar sozinha do lado de dentro, percebeu que o terror de ser abandonada ainda estava muito presente. O mero pensamento fez seu coração se alarmar. Ela decidiu deixar a porta levemente aberta, escondendo o rosto sorridente de Tristan e deixando um pequeno vão. Só por via das dúvidas.

Olhando para a porta, desconfortável, ela tirou a roupa e, usando uma lasca de sabão que achou na pia, começou a se lavar o mais rápido que podia. Estava absolutamente congelante e ela considerou chamar Tristan para acender o fogo, mas sabia que até ele conseguir, já estaria escuro, e ambos teriam de ficar do lado de dentro por segurança.

Apertando os dentes para impedi-los de bater, ela tentou ser o mais minuciosa e veloz possível. Não havia opção além de colocar suas roupas sujas de novo. Dylan franziu o nariz ao vestir seu jeans coberto de lama. Ela estava passando a camiseta sobre a cabeça quando Tristan bateu na porta. Apesar da camiseta ser bastante larga e nada transparente, ela agarrou o suéter cinza e o vestiu rápido, fechando o zíper até o queixo.

— Terminou? — ele perguntou, lançando uma espiadela rápida pela porta. — É que está escurecendo.

— Terminei — murmurou ela.

Ele entrou com rapidez, fechando a porta com firmeza.

— Vou acender a lareira.

Dylan assentiu, grata. Ela ainda estava com frio por se lavar na água congelante. Novamente, ele fez com que as chamas rugissem ridiculamente rápido na boca da lareira. Ele se levantou e a observou.

— Como foi o banho? Melhor?

Ela fez que sim.

— Mas queria ter uma muda de roupas limpas — suspirou.

Tristan sorriu ironicamente e caminhou até a cômoda.

— Tem algumas coisas aqui. Não sei se vão servir, mas a gente pode tentar lavar suas roupas, se quiser. Aqui. — Ele jogou uma camiseta e uma calça de moletom para ela. Eram um pouco grandes, mas a ideia de poder lavar suas próprias roupas era bastante atraente.

— Só que não tem roupa íntima — Tristan acrescentou.

Dylan digeriu a ideia por um instante e decidiu que passar uma noite sem calcinha era um preço justo a se pagar por roupas limpas. No entanto, ela teria que trocar de roupa e estava escuro demais para pedir que Tristan fosse para a rua. Ela mudou o peso do corpo de um pé para outro, abraçada às roupas, e Tristan notou seu desconforto.

— Vou ficar ali — ele disse, atravessando o cômodo e parando em frente à pia. — Você pode se trocar perto da cama. — Ele desviou o olhar e encarou para fora da pequena janela da cozinha. Dylan se apressou até a cama e, após uma breve espiada em Tristan para confirmar que ele estava de fato olhando para o sentido oposto, ela correu para tirar a roupa.

Tristan continuou encarando o vidro de forma decidida, mas a escuridão do lado de fora e a luz do fogo do lado de dentro transformavam a janela em um espelho. Ele pôde ver Dylan tirar primeiro seu casaco, e depois passar a camiseta sobre a cabeça. Sua pele era uniforme e pálida, e suas curvas iam dos ombros fortes para a cintura fina e delicada. Quando ela começou a tirar o jeans, ele fechou os olhos com força, tentando demonstrar um pouco de respeito. Na sua mente, ele contou até trinta — devagar, fazendo cada número equivaler a uma respiração — e quando abriu os olhos, ela estava ali parada, vestindo roupas grandes demais enquanto encarava suas costas. Ele se virou para olhá-la e sorriu.

— Ficou bom — comentou.

Ela corou e puxou a camiseta para baixo. Sentia-se muito esquisita sem sutiã, então cruzou os braços sobre o peito como uma proteção extra.

— Quer ajuda pra lavar as roupas? — ofereceu ele.

Dylan arregalou os olhos aterrorizada com a ideia de ele ver sua calcinha sem graça. Por que, meu Deus, por que ela não tinha morrido em um conjunto sensual da Victoria's Secrets?

— Não, não precisa — respondeu. Ela agarrou as roupas sujas da cama e as apertou com força contra o corpo enquanto atravessava o cômodo, tentando manter o sutiã e a calcinha escondidos no centro do amontoado. Colocou as roupas sobre a bancada e passou cinco minutos limpando a pia com um esfregão velho para tentar tirar a lama antes de desenrolar uma corrente com um tampo no final e fechar a pia com ele. Ela abriu as duas torneiras no máximo — apesar de o fluxo de água quente permanecer frio como gelo —, mas não conseguiu fazer cair mais do que um fio de água. A pia demoraria uma eternidade para encher.

Dylan ficou parada na bancada por um momento, mas o calor do fogo a atraiu de volta para o meio do recinto. Tristan já estava sentado em uma das cadeiras, inclinando-se confortavelmente para trás, os pés apoiados em um banquinho. Dylan se sentou na segunda cadeira e ergueu os joelhos até o peito, balançando os pés na beirada do assento. Ela abraçou as pernas e olhou para Tristan. Agora era o momento de conseguir o resto da história.

— Então — ela disse com suavidade.

Ele a olhou.

— Então?

— Me conte o resto, Tristan. — A maneira como ela disse seu nome lançou um arrepio através dele. — O que houve quando puxaram você pra baixo?

Ele encarou as chamas ao responder. Dylan sentiu que ele não estava vendo o fogo, mas que estava de volta do lado de fora com os demônios de novo.

— Estava escuro — começou. Sua voz estava baixa, hipnótica, e Dylan ficou imediatamente cativada pelas palavras, visualizando em sua mente o que ele descrevia. — Eles me puxaram pra baixo, pelo chão, e eu não conseguia respirar. A terra suja encheu minha boca e meu nariz. Se eu não soubesse, acharia que estava morrendo. Pareceu uma eternidade, só descendo e descendo mais fundo pela terra. Cascalho e pedras me arranhavam, mas a força dos demônios me mantinha numa espiral. Enfim, eles me puxaram através de algo e, então, comecei a cair. Os demônios estavam me cortando de novo, rindo de prazer e mergulhando tão perto de mim que me faziam revirar e dar cambalhotas. Daí eu bati em alguma coisa, alguma coisa dura. Bati naquilo e senti como se tivesse quebrado cada osso no corpo. É claro que não tinha, mas a dor era excruciante. Eu não conseguia me mexer. A agonia... Eu nunca senti nada como aquilo. Os demônios estavam como um enxame ao redor de mim, mas eu não conseguia me defender. — Tristan parou de repente, olhando na direção da cozinha. — A pia está quase transbordando.

Ele precisava de um intervalo, precisava pausar e organizar os pensamentos. Isso o desconcertava. Tristan nunca tinha sido pego antes, nunca tinha sido subjugado pelos demônios. Ele dissera a Dylan que proteger a alma vinha primeiro, o que era verdade, mas até certo ponto. A autopreservação sempre prevalecia, então às vezes almas eram perdidas. Mas não essa, ela era especial demais. Ele se sacrificaria para mantê-la segura, e essas dores eram um preço pequeno a pagar.

— Ah. — Dylan estivera tão hipnotizada por suas palavras e seu olhar que tinha se esquecido do fio de água enchendo lentamente a pia. Ela levantou apressada da cadeira e, com alguma dificuldade, girou a torneira enferrujada até a água parar. Mergulhou o sabão na água congelante e o esfregou com vigor nas mãos, tentando fazer um pouco de espuma. Ela conseguiu, mas também fez o sabão ceder e se quebrar em pedacinhos. Em seguida, pegou suas roupas e as mergulhou na água. Ela as deixou de molho e correu de volta para o outro lado do cômodo, sentando-se novamente à frente de Tristan e olhando-o com expectativa. Ele sorriu de leve. Era assim que um pai se sentia ao contar uma história antes de dormir? Só que essa história provavelmente causaria mais pesadelos.

— Como você escapou? — ela perguntou. Ele sorriu.

— Você.

— O quê? — Dylan olhou para ele, atônita.

— Você precisou de mim. Isso me trouxe de volta. Eu... eu não sabia que podia acontecer, nunca aconteceu antes, mas você me chamou. Eu te ouvi. Eu te ouvi e, antes que me desse conta, estava de volta na entrada do vale. Você me salvou, Dylan. — Ele a encarou, com os olhos quentes e fascinados.

Dylan abriu a boca, mas o espanto silenciou sua fala. Uma imagem voltou à sua mente: ela aninhada no chão, suas costas segurando a porta fechada e chorando por Tristan. É isso que tinha causado o seu retorno? Isso era insano, impossível. Mas então ela pensou em todas as coisas estranhas que haviam acontecido nos últimos dias. Claramente coisas que quebravam as leis da realidade podiam acontecer neste mundo.

— Por que demorou tanto? — sussurrou ela. — Esperei por você o dia todo.

— Desculpa — ele murmurou. — Eu voltei do outro lado do vale. Eu... — Ele se mexeu, desconfortável. — Eu estava me mexendo um pouco mais devagar. Demorei o dia inteiro pra caminhar até você.

— Eu fiquei tão feliz de te ver. Foi assustador ficar sozinha. Mas mais do que isso... — Dylan corou e desviou o olhar para as chamas. — Eu estava com medo de que estivessem te machucando, onde quer que estivesse. E estavam. — Ela estendeu a mão para tocar seu rosto machucado, mas ele se afastou.

— Precisamos tirar suas roupas da água ou elas não vão secar a tempo — ele disse. Dylan afastou o braço rápido e o pousou no colo. Ela baixou os olhos para os joelhos enquanto suas bochechas queimavam e seu estômago se revirava. Tristan viu a vergonha e a rejeição em seu rosto e sentiu uma pontada de arrependimento. Ele abriu a boca para dizer algo reconfortante, mas Dylan já tinha se virado e se apressado até a pia, escondendo a humilhação batendo as roupas com força para arrancar a sujeira. Grata por ter uma tarefa que manteria seus olhos de longe dele, ela demorou mais que o necessário torcendo cada gota de água de cada uma das peças.

— Eu te ajudo a pendurar. — Tristan se colocou atrás dela e a voz em seu ouvido a fez pular, derrubando o sutiã no piso de pedra. Ele se abaixou para pegá-lo, mas ela o tirou de sua mão.

— Obrigada, mas eu me viro — resmungou ela, empurrando para passar por ele.

Não havia um varal, então Dylan virou as cadeiras para que suas costas encarassem as chamas e pendurou suas roupas nelas. Ela tentou encontrar um lugar discreto para pendurar sua calcinha, mas, no fim das contas, desistiu e se contentou com um canto que ao menos garantisse que elas ficariam secas. Com as cadeiras tomadas, não havia onde sentar exceto na cama. Tristan já estava lá, estendido preguiçosamente, observando-a com uma expressão esquisita.

Na verdade, ele estava batalhando com a sua consciência. Dylan era apenas uma criança e, se comparada com ele, pouco mais que um bebê. Os sentimentos que ele tinha por ela eram inapropriados. Como seu protetor, ele estaria se aproveitando de sua vulnerabilidade se agisse conforme seus sentimentos. Mas será que ele era tão mais velho que ela uma vez que vivia em um mundo em que ele nunca experimentava, nunca crescia? E o que era idade para uma alma que pensaria e sentiria pela eternidade?

Ele tinha certeza de que ela tinha sentimentos por ele, achava que lia em seus olhos. Mas ele poderia estar errado. O que ela demonstrava por ele poderia não ser nada mais que medo de ficar sozinha. A confiança que ela colocava nele poderia vir da necessidade — pois qual outra escolha ela tinha? A necessidade de estar perto dele, a maneira como ela queria tocá-lo poderia não ser nada além do conforto pelo qual uma criança anseia de um adulto quando está com medo. Mas ele não podia ter certeza.

Havia uma última consideração, e era decisiva. Ele não poderia seguir para onde ela ia. Ele teria de deixá-la na fronteira ou, mais precisamente, ela teria de deixá-lo. Se ela de fato sentisse algo por ele, então dar agora o que ele em breve tiraria era cruel. Ele não a faria passar por isso. Ele não deveria agir baseado em sentimentos.

Tristan a olhou, viu que ela também o observava com aqueles olhos verdes-escuros como uma floresta, e sentiu a garganta apertar. Ele era seu guia e protetor. Nada mais. Ainda assim, podia confortá-la. Esse mínimo ele podia se permitir. Então, sorriu e estendeu os braços na sua direção.

Dylan atravessou o cômodo até ele com timidez e subiu na cama, aninhando-se ao seu lado. Distraidamente, ele acariciou o braço dela, provocando um formigamento na garota. Dylan encostou a cabeça no ombro dele e sorriu para si mesma. Como era possível que ali, no meio de todo aquele caos e medo, depois de perder absolutamente *tudo*, ela se sentisse subitamente... inteira?

CAPÍTULO DEZESSETE

— **Me conte alguma coisa.** — A voz de Dylan estava levemente rouca por ficar sem uso por tanto tempo naquele reconfortante silêncio.

— O que você quer saber? — ele perguntou, saindo de seu devaneio.

— Não sei. — Ela pausou, considerando. — Me fale sobre a alma mais interessante que você já guiou.

Ele riu.

— Você.

Dylan o cutucou nas costelas.

— Fala sério.

Estou falando sério, ele pensou, mas vasculhou sua mente à procura de uma história divertida para distraí-la. Ele sabia muito bem quão longas as noites poderiam ser sem o sono.

— Certo, já sei. Tive que guiar um soldado alemão da Segunda Guerra Mundial uma vez. Ele levou um tiro de seu comandante por desacatar uma ordem.

— O que ele fazia na guerra? — perguntou Dylan. Seu conhecimento de história não era muito bom. Ela tinha optado por geografia na escola, mas todo mundo sabia o suficiente sobre o que aconteceu durante a Segunda Guerra Mundial. Ela não conseguia imaginar como guiar um soldado alemão poderia ser interessante. Ela se sentiria tentada a deixar os demônios pegarem-no.

— Ele trabalhava em um campo de concentração na Polônia. Não era muito importante, só um soldado normal. Tinha apenas dezoito anos. Foi um desperdício tão grande.

Dylan não conseguia acreditar no que ouvia, ele tinha de fato sentido pena dele!

— Como você pôde aguentar guiá-lo, sabendo o que ele tinha feito?

— Você está julgando. Quando você é um barqueiro, não pode fazer isso. Cada alma é única com os seus méritos e falhas. — Dylan parecia cética, então ele continuou. — Ele tinha entrado no exército porque seu pai queria, disse que seria uma desonra à família se não lutasse pela glória da nação. Então, ele se viu aprisionando judeus em um campo de concentração, observando outros guardas batendo neles, estuprando as mulheres. Ele não conseguia sair e não ousava desobedecer as ordens. Um dia, seu superior ordenou que ele atirasse num idoso. O senhor não tinha feito nada, apenas tropeçado e encostado no oficial superior por acidente. O soldado não queria, e discutiu com o superior, dizendo que não o obedeceria. Então o superior atirou no idoso e, depois, mandou que atirassem no soldado.

Dylan o encarava, gravando aquele momento. Seus olhos estavam arregalados e suas sobrancelhas, apertadas. Seu desdém havia se transformado em pena e admiração.

— Eu o encontrei do lado de fora dos portões do campo de concentração. Ele, na verdade, estava aliviado de escapar, de sair dali. Só conseguia pensar nas coisas que não conseguiu impedir. Estava destruído pela culpa. Queria ter sido mais forte. Queria ter discutido com seu pai e ter se negado a se alistar. Queria ter protegido mais gente inocente. Às vezes, ele queria nunca ter nascido. Eu nunca conheci uma alma com um desespero tão grande por motivos tão altruístas. Soldado alemão ou não, ele foi a alma mais admirável e nobre com que já cruzei.

A história chegou ao fim com um silêncio. Dylan estava hipnotizada, sua cabeça em um redemoinho de imagens, pensamentos e emoções.

— Me conta mais uma — implorou, e foi assim que a noite passou. Tristan a presenteou com contos escolhidos a dedo sobre as milhares de almas que tinha guiado, focando nos que a faziam gargalhar, sorrir, ou parar para pensar, e guardando para si aqueles que ainda partiam seu coração. A luz surpreendeu os dois, mas o sol incandescente estava glorioso e chamou a atenção de Tristan, fazendo-o sorrir brevemente.

— Mais caminhada — Dylan resmungou quando ele saiu da cama e a puxou com ele.

— Sim. — Ele sorriu. — Mas hoje não tem nenhum morro.

— Como assim?

— Temos uma colina pequena, que mal podemos considerar uma escalada, e, a partir daí, o caminho inteiro será plano. Mas úmido. — Ele enrugou o nariz.

— Mais pântanos? — reclamou Dylan, incapaz de não choramingar um pouco. Ela odiava a lama que cobria tudo e arrastava seus pés.

— Não, lama não: água.

— Espero que a gente não tenha que nadar — ela murmurou, indo até a lareira para conferir as roupas. Apesar de não estarem particularmente limpas, estavam secas e bastante quentes, porque o fogo ainda queimava. Ela se virou para Tristan.

— Fora! — ordenou, apontando de forma imperiosa para a porta.

Ele revirou os olhos, mas fez uma reverência obediente e saiu. Desta vez, Dylan marchou atrás dele e fechou a porta com firmeza antes de arrancar as roupas emprestadas e colocar suas antigas. A lavagem tinha removido o pior da lama, pelo menos. As roupas haviam endurecido com o calor do fogo, mas era gostoso ter algo recém-lavado para vestir. Fazia-a se sentir quase humana de novo. Ou, pelo menos, uma recém-morta. Ela riu para si mesma.

Assim que se vestiu, Dylan caminhou para a pia. Ligando a torneira, ela esperou a água marrom clarear e, então, encheu as mãos de água e as lançou sobre seu rosto e pescoço. Ela queria poder ter lavado o cabelo, mas não havia pensado a respeito na noite anterior, e o sabão poderia tê-lo deixado ainda mais oleoso. Segurando um pouco de água na concha das mãos, ela a encarou de forma pensativa. O que aconteceria se ela a bebesse? Espiou a porta, mas ainda estava fechada. Ela poderia perguntar a Tristan, mas ele provavelmente riria dela. Ela olhou de volta para a água. Apesar de não estar com muita sede, ela estava fresca e convidativa. Lembrou do sentimento de beber, do sabor refrescante, da sensação gelada descendo pela garganta em um estômago vazio, fazendo-a estremecer. Inclinando-se para a frente, ela abriu os lábios, pronta para tomar um gole.

— Eu não faria isso.

A voz de Tristan a fez pular, e a água esparramou na frente dela, encharcando seu casaco.

— Tristan! Quase tive um ataque do coração! — Ela parou, recuperando o ar. — Por que eu não deveria beber?

Ele deu de ombros casualmente.

— Vai fazer você vomitar. É tóxica. Ela vem de um poço que sai das profundezas do chão, e o chão é onde os espectros vivem. Eles envenenam a água.

— Ah. — Dylan jogou fora o resto da água e desligou a torneira. — Bom, obrigada, então.

— De nada.

O sorriso dele era acolhedor e genuíno, e fez seu coração parar por um instante. No entanto, com a mesma rapidez, ele pareceu congelar no seu rosto e se virar. Confusa, Dylan seguiu em silêncio atrás dele, saindo da cabana.

Apesar de o sol se manter forte, uma brisa subia atrás dela e despenteava suavemente seu cabelo. Ela franziu a testa para o céu, para xingá-lo pelo vento frio, mas foi recompensada apenas com uma neblina leve de nuvens que se moviam rápido e cobriam o sol com agilidade. Ela mostrou a língua de forma infantil e se concentrou em seguir o ritmo de altivo de Tristan. Eles caminharam ao redor da cabana e seguiram por um campo cuja grama alcançava os joelhos de Dylan. Ela observou a vegetação com atenção, de olho em plantas espinhentas, urtigas e outras coisas nojentas.

— Estamos com pressa? — ela perguntou, trotando para manter o ritmo.

— Sim — ele respondeu, diminuindo o passo —, mas podemos desacelerar um pouco. Bom, aqui está. Sua última colina. — Ele gesticulou para a frente e Dylan, olhando para onde ele apontava, franziu o nariz com nojo.

— *Mal podemos considerar uma escalada?* — imitou ela. — Seu mentiroso! É imensa!

Na perspectiva de Dylan, a colina parecia uma montanha. Não havia uma crista gentil a escalar, mas sim uma face reta, com imensas formações de pedra. A colina a fez lembrar da única tentativa desastrosa de Joan de fazê-la apreciar a natureza com uma viagem para a montanha Cobbler. Ela havia dito a Dylan que seria muito mais divertido escalar a encosta da frente, uma parede de granito entrecortada com trechos de cascalho, do que sair vagando a passos lentos no caminho que rodeava a traseira da colina. Dylan havia subido um terço do caminho antes de derrapar nas pedrinhas e bater a canela em uma grande pedra pontuda. Ela dera um chilique imenso e insistira para que fossem para casa naquele mesmo instante. Aquilo não parecia nem um pouco mais atraente.

— A gente não pode dar a volta? — perguntou, olhando com otimismo.

— Não — respondeu ele, sorrindo.

— E aquela história de me carregar nas suas costas? — ela sugeriu, mas ele já estava seguindo em frente e seu pedido não foi ouvido por ninguém. Apesar de seus ferimentos, ele caminhava sem mancar enquanto atravessava o gramado, e Dylan havia notado mais cedo que seu rosto estava se recuperando rápido. Na verdade, o inchaço ao redor de seu olho havia quase desaparecido por completo, deixando apenas um leve roxo incriminador ao redor da bochecha. Seu maxilar já não estava mais multicolorido, mas ainda tinha um vestígio de sombra amarelada que indicava o desaparecimento das contusões.

Com Dylan trotando atrás dele, eles alcançaram a base da colina dez minutos depois. A subida era tão pouco convidativa que nem mesmo a grama havia se espalhado por ela, findando poucos metros antes, nas encostas iniciais. Dali para cima, era só terra, cascalho e pedra. Plantas robustas ocasionalmente apareciam em seu caminho por debaixo das pedras, mas fora elas, o local era inóspito e desolado.

As panturrilhas de Dylan queimavam conforme ela marchava para cima, em um gradiente praticamente vertical. Apesar de estarem bem gastos e de serem bem confortáveis, seus tênis fizeram surgir uma bolha em seu calcanhar, protestando pelos ângulos malucos em que seus pés eram forçados a ficar para manter o equilíbrio. Na metade do caminho, a colina ficou ainda mais íngreme, e ela foi obrigada a escalar. Tristan insistia em deixá-la ir na frente. Ele dizia que era para pegá-la caso caísse, mas ela tinha a impressão de que ele apenas gostava de vê-la com dificuldade.

— Quase lá — gritou Tristan, um metro abaixo dela.

— Confie em mim, quando chegar ao topo, a vista vai valer a pena.

— Até parece — ela murmurou entredentes. Seus braços e pernas doíam, e seus dedos estavam em carne viva, entranhados na terra. Ela se arrasou mais alguns metros acima até alcançar uma saliência pequena e pausou para recuperar o ar. Tolamente, olhou para baixo e se assustou com a vista. O chão se distanciou abruptamente, e a grama alta estava a uma longa distância. Ela oscilou, com vertigem, e resmungou quando seu estômago se revirou com náusea.

— Não olhe pra baixo — Tristan falou rispidamente, observando-a ficar levemente verde. Ele estava diretamente em sua linha de fogo, caso a vertigem a fizesse vomitar. Mas não era só isso. Se ela caísse dali, se despencasse daquela subida implacavelmente íngreme... seria seu fim. Ela morreria. E desta vez, partiria mesmo. Como um caracol sem sua concha, sua alma estava tão vulnerável na terra desolada quanto seu corpo estivera no mundo real. — Vamos lá, continue — ele gritou a encorajando. — Prometo que você está quase lá.

Dylan pareceu pouco convencida, mas se virou para a encosta de pedra e continuou a subir com esforço. Pouco tempo depois, chegou ao topo. Ela desabou e ficou deitada em um pequeno trecho de vegetação que sobrevivia de forma miraculosa naquele ambiente hostil. Tristan a alcançou momentos depois e ficou em pé ao lado dela, sem sequer se esforçar para respirar. Dylan o olhou com irritação. Ele ignorou seu olhar e apontou para o horizonte.

— Viu, eu disse que a escalada valia a pena.

Dylan se arrastou para se apoiar nos cotovelos e observou a paisagem. Ela teve de admitir que era uma vista deslumbrante. O horizonte brilhava de forma difusa, como um milhão de diamantes cintilando no sol. Ela estreitou os olhos, tentando decifrar o que estava vendo. Parecia que a superfície reluzente estava ondulando. Seu cérebro bagunçado tentou encontrar uma lógica no que os olhos viam. Ah, água. Era um lago, um lago gigante que começava ao sul do morro e ia até onde ela conseguia ver. A água parada estendia-se por quilômetros a leste e oeste. Não havia nenhuma forma de contorná-lo, demoraria muito tempo.

— Como é que vamos atravessar isso? — ela soltou, recuperando a voz.

— Não se preocupe, não vamos nadar. — Um sorriso sábio se abriu em seus lábios. Dylan franziu a testa. Ele era sempre tão misterioso. — Vamos lá, hora de ir.

— Argh — resmungou Dylan, sentando-se contra a vontade de seus músculos cansados. Ela se levantou desajeitadamente e analisou a descida. Parecia mais convidativa que a subida, mas não muito. Neste lado mais protegido, grama e arbustos pequenos cresciam em aglomerados por todo o caminho abaixo, entrecortados por rios de cascalho. A pausa rápida obviamente não era parte dos planos de Tristan, já que agora ele parecia ter pressa de descer para a margem do rio.

Dylan escorregou e deslizou por todo o caminho enquanto ele caminhava com confiança e segurança, sem sequer olhar para o chão abaixo de seus pés. Uma derrapada súbita de dois metros a fez gritar e lançar os braços para os lados. Tristan nem sequer olhou para ela, mas balançou a cabeça com sua falta de jeito. Dylan mostrou a língua. Ela tinha certeza de que ele poderia tê-la carregado se quisesse.

Na base da colina, a água se espalhava diante deles, majestosa, com pequenas ondas criadas pela brisa que tremulava suavemente pela superfície. Sua forma ondulante se alongava até o horizonte e, para Dylan, parecia quase respirar. Como algo vivo, a água se movia e sussurrava, quebrando em silêncio contra uma praia estreita de quartzos negros. Além do som abafado das ondas acariciando a margem, a água estava silenciosa. Sinistramente silenciosa. Não havia vento passando por suas orelhas e, sem ele, Dylan notou abruptamente a ausência da fauna selvagem. Não havia gaivotas mergulhando e gritando pela superfície da água enquanto procuravam por comida, ou patos nadando nas partes mais rasas. O lago parecia vazio e, apesar de magnífico, a assustava um pouco.

Tristan virou à esquerda na fronteira das pedras e se dirigiu a uma pequena construção distante. Dylan nem se deu ao trabalho de perguntar nada, mas o seguiu, obediente. Conforme se aproximavam, ela percebeu que se tratava de um galpão sem janelas cujo teto estava coberto com uma lona que parecia rasgada em diversos pontos. Tristan chegou à construção de madeira antes dela, e ela o viu dar a volta em um dos lados e analisar as duas portas imensas que tomavam a maior parte da parede. Elas não pareciam estar fechadas com cadeado, mas Dylan não conseguia ver nenhum tipo de alça ou maçaneta para abrir. De forma pouco surpreendente, um segundo depois de chegar até as portas, Tristan fez ambas abrirem completamente, revelando o que escondiam.

— Você está brincando — soltou Dylan, olhando com horror.

Era um bote pequeno, se é que era possível chamá-lo assim, feito de madeira cortada toscamente. Em algum momento, ele havia sido pintado de branco com decorações em vermelho e azul, mas estava desbotado há muito tempo, e agora só restavam algumas lascas para comemorar a alegre glória de sua juventude. Ele ficava em um pequeno carrinho de rodas, que tinha uma espiral de corda desgastada presa na parte da frente. Tristan segurou a corda com as mãos e fez força. O barco deslizou um pouco, rangendo alto por conta das rodas enferrujadas do carrinho. Ele ergueu a corda sobre os seus ombros e o puxou para frente, tirando-o vagarosamente do galpão. Sob a luz do dia, ele parecia ainda menos digno da água. A madeira estava apodrecendo em alguns lugares e, por todo seu comprimento, algumas das tábuas estavam rachadas.

— Você espera que eu *entre* nessa coisa? — reclamou Dylan.

— Sim — foi a resposta breve e, Dylan ficou feliz em notar, levemente sem ar.

Tristan manobrou o carrinho pelos cascalhos, direto para a beira da água.

— Pode entrar — ele disse, estendendo o braço na direção do barco.

Dylan parecia extremamente desconfiada.

— Ainda está ligado ao carrinho.

Ele revirou os olhos.

— Nós não vamos exatamente voltar por esse caminho. Só vou empurrar até o barco flutuar e se soltar dele. Você pode esperar até estarmos com água na cintura pra entrar, se quiser.

Dylan franziu a testa e apertou os lábios, mas se aproximou da beirada da água. Agora que estava perto dela, notou algo estranho. A água era preta. Não aquele tipo de preto que se associaria ao reflexo da noite ou a algum tipo de nuvem pesada, mas a algo como alcatrão líquido. Ela queria mergulhar a mão na água para senti-la, mas não ousou. Ainda assim, se Tristan estava planejando navegar por ela, não poderia ser nada muito venenoso. O pensamento a confortou enquanto ela se preparava para flutuar sobre o lago estranho.

Apoiando um dos pés sobre a roda do carrinho, ela segurou a parte de trás do pequeno barco e fez força com a outra perna. O impulso a carregou para frente e ela quase caiu de cara, mas a mão de Tristan a salvou bem na hora, fazendo-a sentir tremores estranhos em seu ombro. Ela se endireitou com o máximo de dignidade que conseguiu reunir e tentou encontrar uma maneira confortável de se equilibrar no assento. Ela não fazia ideia de onde Tristan planejava sentar, ou como ele a guiaria, ou — ainda mais importante — como ele planejava fazer o barquinho se mover de fato.

Assim que Tristan viu que ela estava equilibrada e endireitada, em segurança, ele começou a empurrar o barco mais para dentro da água. Era mais pesado com ela sentada, e seus músculos se contraíram com o esforço. A água negra estava congelando, e coisas invisíveis se enredavam em seus tornozelos, puxando cada pé para frente, exigindo um grande esforço. Enfim, ele sentiu o barco se soltar e se agitar na superfície. Usando a carcaça do carrinho para tomar impulso para fora da água, Tristan pulou suavemente para dentro do barco, chacoalhando-o com violência, e suas pernas respingaram gotas geladas em Dylan. Ela deu um gritinho e segurou nas laterais do barco, revirando os olhos e virando o rosto para longe das gotas.

— Cuidado! — ela reclamou.

— Desculpa — ele disse, seu sorriso mostrando que não se importava. Tristan se sentou em um outro banco, que — Dylan tinha certeza — há um segundo não estava ali.

Eles se encararam por um momento: um rosto irritado, o outro divertido. O veículo balançava suavemente contra as ondas que quebravam de leve, sobrepostas e o vento estava calmo. Seria extremamente agradável ter o sol irradiando calor diretamente sobre eles, não fosse pela misteriosa água negra sob seus pés.

CAPÍTULO DEZOITO

— **Bom, isso é ótimo** — Dylan falou sarcasticamente para quebrar o silêncio e, com sorte, colocar Tristan em ação.

— É — ele suspirou, olhando pelo lago.

Talvez perguntas diretas dessem um resultado melhor, ela pensou.

— Tristan, como é que nós vamos chegar ao outro lado?

— Remando — ele respondeu simplesmente. Ele colocou a mão sob o banco de Dylan, fazendo com que ela puxasse rapidamente as pernas para o lado, e tirou de lá dois remos desgastados. Dylan tinha certeza absoluta desta vez: eles *não* estavam ali quando ela entrou no barco. Tristan encaixou cada um em suas cavilhas na lateral do barco (*de onde elas haviam vindo?*), e as baixou no sentido das ondas escuras. Os remos fatiaram a água e, então, ele começou a remar devagar, usando apenas um deles de início e, depois de virar o barco, o outro, remando de forma poderosa com ambos os braços. Ele havia tirado o casaco antes de entrar no barco, e a camiseta que vestia revelava seu físico impressionante. Tristan remava com confiança, as mãos cerradas em punhos ao redor dos cabos, seu controle firme e forte. Sem esforço, ele os conduzia pela água.

Dylan observava o modo como seus músculos se contraíam conforme ele remava, deixando o algodão fino da camiseta bastante justo no peito dele. Ela sentiu suas bochechas ficarem quentes, e um desejo estranho de se mexer fez com que ela achasse difícil ficar ali, sentada e quieta. Ela engoliu em seco e, então, ergueu a cabeça e encontrou o olhar dele, a encarando. Mortificada por ter sido vista devorando-o com os olhos, ela olhou para baixo e focou toda sua atenção nos remos, que repartiam a superfície agitada do lago ao meio.

Observando seu movimento suave e circular, Dylan teve um pensamento terrível.

— Você não espera que eu reme em algum momento, espera?

Ele riu pelo nariz.

— Não, eu gostaria de chegar lá antes do fim dos tempos, se você não se importar.

Dylan ergueu as sobrancelhas, mas já que estava conseguindo o que queria, não discutiu mais. Em vez disso, olhou para além da água. A colina que tinham acabado de descer parecia ser o centro de um aglomerado de picos que circundavam uma das metades do lago. Os picos curvavam-se para dentro, funcionando como uma proteção contra o clima. Talvez esse fosse o motivo pelo qual a água estava tão calma, com o balanço sutilmente embalando o pequeno barco. A paisagem na direção em que iam, no entanto, estava vazia. Era como se o mundo simplesmente acabasse. Era muito desconcertante.

Ainda que Tristan estivesse remando bastante devagar, suas remadas poderosas os estavam movendo rapidamente pelo lago, e Dylan mal conseguia ver a costa de onde tinham vindo. O lado oposto ainda não estava à vista, e ela momentaneamente sentiu medo. E se o barco gasto começasse a afundar? Dylan não tinha certeza se conseguiria chegar à praia; ela não era, de forma alguma, uma boa nadadora. Sua mãe a havia forçado a ir a aulas quando era criança, mas assim que ela teve idade para estar ciente do fato de que tinha um corpo, se recusou categoricamente a continuar. Não que ela tivesse vergonha de sua inabilidade, mas caminhar seminua pelos quinze metros entre os vestiários e a piscina — que eram unissex, para piorar — era humilhante.

Também havia o pensamento de ter que mergulhar *naquela* água. Ali, no centro, ela continuava totalmente escura, e Dylan não conseguia ver nada abaixo da superfície. Não havia como mensurar quão profundo aquilo era, ou o que poderia estar abaixo. Com o braço pendurado de lado, ela deixou a ponta dos dedos tracejar a água. Em segundos, seus dedos começaram a doer pelo frio congelante. A temperatura do ar estava agradável, então a água não deveria estar tão fria. Aquilo não era natural. Ela também parecia estranhamente mais espessa. Não exatamente a consistência de óleo, um pouco menos que isso. Um barco afundando lá com certeza seria algo ruim.

— Eu não faria isso se fosse você — comentou Tristan, arrancando-a de seus pensamentos.

— O quê? — ela perguntou.

Ele apontou com a cabeça para a mão dela, que ainda ondulava na superfície do lago.

— Isso. — No mesmo instante, Dylan puxou sua mão de volta e a examinou de perto, como se esperasse que ela tivesse ficado escura como a água, ou que um dedo estivesse faltando. É claro que estava bem.

— Por que não?

Ele a olhou, firme.

— Melhor prevenir do que remediar — disse, enfim. — Nunca se sabe o que se esconde aí embaixo.

Dylan engoliu em seco e colocou ambas as mãos com firmeza no colo, mas ela não conseguia se conter e continuava inclinando-se de leve para espiar as ondas. Não fazia sentido, no entanto: ela não conseguia ver nada. Ainda assim, continuou a observar, levemente hipnotizada pelo movimento. O único som que ouvia era das gentis batidas dos remos rompendo a superfície ritmicamente.

Tristan a observou olhar a água. Seus olhos estavam arregalados, refletindo a luz brilhante da superfície, mas sem ver nada. Seu rosto parecia pacífico, testa sem rugas, um sorriso leve brincando em seus lábios. Suas mãos agora estavam entre os joelhos, e a pose o fez rir consigo mesmo, apesar de o sorriso sumir rápido. Ela estava certa em ouvi-lo: havia coisas se escondendo ali que pertenciam aos seus pesadelos. Criaturas das profundezas dignas de um livro de ficção científica ou fantasia. Ainda assim, ela estava calma, então o clima estava bom. Nesse ritmo, eles alcançariam em segurança o santuário do outro lado, longe do perigo, muito antes do escurecer. Ele não conseguia pensar em muito mais adiante que isso.

— Quanto tempo? — Dylan murmurou.

Ele a encarou, confuso.

— Até chegar lá — ela explicou.

— Ao santuário? — *Por favor, que essa seja a pergunta*, pensou ele, em pânico.

— Até chegarmos ao fim. — Ela ergueu a cabeça e seus olhos o perfuraram. Ele descobriu que não conseguia mentir.

— Amanhã — murmurou.

Amanhã. Tão cedo. Mais uma noite e, então, ele teria que deixá-la ir para nunca mais vê-la de novo. Sua garganta apertou com o pensamento. Normalmente, a travessia de barco era a melhor parte da jornada. Normalmente, ele desejava se ver livre de qualquer alma que o sobrecarregava, desesperado para fugir de suas lamúrias, reclamações e autopiedade. Mas desta vez, não. Seria uma agonia vê-la ir para onde merecia, mas para onde ele nunca poderia segui-la. Ele viu os olhos de Dylan se arregalarem conforme ela absorvia as palavras. Eles pareceram brilhar suavemente, e Tristan se perguntou, por um momento breve, eufórico e doloroso, se eles tinham lágrimas. Ele olhou para longe, concentrando-se aonde estavam indo. Não conseguia mais olhar para seu rosto. Seus dedos estremeceram de leve, e ele apertou os remos com mais força enquanto os aproximava da despedida.

A própria mente de Dylan estava em espiral. Ela estava apavorada de dar o próximo passo. Tristan não tinha como lhe dar nenhuma ideia do que poderia estar esperando por ela, ele nunca fora para além da terra desolada. O pouco de educação religiosa a que ela tinha sido sujeitada lhe dizia que ela ia para um lugar melhor, mas quem sabia se isso era verdade ou não? Ela poderia estar entrando em qualquer coisa: paraíso, inferno, ou talvez só uma eternidade vazia. E ela teria de fazer aquela caminhada — *será que era uma caminhada?* — sozinha. Tristan havia lhe dito que não podia ir com ela. Em algum momento ela teria de continuar a jornada sozinha.

As pequenas ondas do lago começaram a crescer, empurrando o barco suavemente. Tristan franziu a testa de leve e aumentou o ritmo das remadas.

Dylan estava perdida demais em seus pensamentos para notar a mudança. A questão não era apenas seguir sozinha, era ter de deixar Tristan. O pensamento causou uma dor profunda em seu peito e lágrimas se formaram em seus olhos. Ele havia se tornado seu protetor, seu conforto, seu amigo. Também havia outros sentimentos, desejos de ficar perto dele. Ela se sentia sempre hiperconsciente da presença dele. Uma palavra simples tinha o poder de fazer seu estômago explodir em borboletas, ou a afogar em um mar de insegurança e tristeza. No fundo de sua mente, ela se perguntava se isso era algo que ele fazia, se ele brincava com suas emoções para mantê-la sob controle e facilitar sua vida, mas alguma coisa bem no fundo lhe dizia que era real, e era nisso que ela confiava.

Ela não conseguia mais imaginar não estar com ele. Parecia que eles estavam na companhia constante um do outro muito mais do que por poucos dias. Ela o encarava, embebendo-se na imagem de seu rosto, tentando memorizar cada detalhe. O desespero nublou seus pensamentos, e o céu pareceu escurecer no mesmo instante. Uma lufada de vento cortante balançou seu cabelo e levantou o casaco que ela vestia. Dylan não notou, ela estava perdida em sua dor. Tristan, no entanto, olhou com nervosismo para o céu e remou ainda mais rápido. Ele queria atravessar o lago sem incidentes, e sabia que Dylan estava nervosa com a água. Mas as emoções dela estavam atuando contra ele. O barco balançava de forma irregular conforme o vento criava ondas cada vez mais altas.

— Dylan! Dylan, olhe pra mim — ordenou ele.

Ela pulou de leve e focou nos olhos dele. Era como se estivesse voltando de uma distância muito grande.

— Você precisa se acalmar, Dylan. Olhe para o tempo ao redor. — Naquele momento, ele estava quase gritando por cima do vento. Dylan assentiu, mas ele não tinha certeza se ela tinha realmente registrado suas palavras. Ela não tinha. Dylan olhava para ele, mas tudo o que via era Tristan se afastando dela, deixando-a em um mundo de medo e incerteza. Por dentro, ela gritava por ele, implorava para ele voltar, mas ele apenas inclinava a cabeça e seguia em frente. Amanhã ele a deixaria. Nada mais importava.

Os remos eram inúteis nas mãos de Tristan. O lago estava tão agitado naquele momento que ele não conseguia mais remar, e eles estavam sendo lançados para os lados à mercê das ondas. Borrifos de água subiam e os cobriam em banhos gelados. A água parecia estar se contorcendo sob a superfície. Se pela turbulência do clima ou pelo acordar de coisas desconhecidas, era impossível saber.

— Dylan, segure os lados do barco! — Tristan ordenou.

Ela não ergueu os olhos, ainda perdida em seus pensamentos. Depois de tudo aquilo, o barquinho se sacudia com força, e Tristan segurava nas laterais de madeira. Dylan estava sentada incrivelmente imóvel, de alguma forma não afetada pelo clima, como se tivesse se desprendido totalmente daquele mundo.

Um vento forte passou pelos dois, empurrando-os com violência para o lado. Tristan segurou com força, mas as pranchas apodrecidas se lascaram e quebraram. O pedaço que ele segurava saiu por inteiro em sua mão. Perdê-lo o desequilibrou e ele colidiu no lado oposto do barco. A força da batida acrescentada à água agitada perturbou o equilíbrio delicado que o barco mantinha nas ondas. Tristan sentiu uma súbita leveza, acompanhada de uma sensação de pavor, mas ele não seria capaz de impedir o barco de virar, e as ondas negras se apressavam para encontrá-lo.

Num impulso, ele mergulhou na água, preocupado com a possibilidade de o barco cair em cima deles. A água era escura e congelante. Mesmo estando apenas um pouco abaixo da superfície, ele não conseguia ver o céu sobre si. A corrente o revirava e puxava, atrapalhando seus sentidos. Ele bateu os pés cegamente na direção que esperava rumar à superfície e, segundos depois, irrompeu. Ele se sacudiu por um momento, balançando a cabeça de um lado para o outro, procurando por Dylan. O barco flutuava de cabeça para baixo ao lado dele, e ele disparou para conferir o outro lado, com um sentimento crescente de pânico explodindo dentro de si. Ele não poderia perdê-la, não aqui, não para as águas agitadas do lago.

— Dylan! — gritou.

Não houve resposta, nenhum sinal dela na superfície.

Na água, ele tentava encontrá-la com os olhos, mas era impossível. Ele não tinha escolha a não ser mergulhar outra vez.

Dylan estava perdida. Cair na água a havia tirado da paralisia temporária, mas ela estava totalmente despreparada para o impacto, e o frio a sufocara. A água entrou imediatamente pela sua boca e seu nariz. O instinto havia fechado sua traqueia antes que o líquido pudesse vazar para os pulmões e sufocá-la. Ela cuspiu a água e cerrou os lábios para fechá-los, mas seus pulmões já estavam queimando, desesperados por ar. Dylan tentou dizer a si mesma que seu corpo não era real, que não precisava respirar. Mas não importava, seus pulmões continuavam gritando com ela. Ela abriu os olhos, que estiveram fechados desde que ela havia caído no lago. Não conseguia enxergar nada. A água espetava seus olhos, mas ela os forçou a ficar abertos, esperando desesperadamente ver o céu ou o rosto de Tristan na frente dela.

Correntes tempestuosas a empurravam de todos os ângulos, fazendo-a girar. Ela não fazia ideia de onde estava a superfície, então nadou cegamente sob a água, esperando por um milagre. Cada movimento de seus braços e pernas era um esforço monumental. O peso de suas roupas a puxava, e seus membros queimavam.

Alguma coisa serpenteou pela sua barriga. Ela a encolheu, soltando mais ar precioso no processo. A coisa escorregou pelo seu braço, enroscando-se ao redor dela como se testasse para ver o que era. Outra coisa nadou pelo seu rosto, a textura áspera arranhando contra sua bochecha. Dylan entrou em pânico e se agitou com selvageria sob a água, golpeando sem ver as coisas invisíveis. De repente, a água ganhou vida com criaturas que se contorciam. O terror a tomou. *É isso*, pensou ela. *O fim.*

Dylan sempre tivera medo de se afogar, havia tido pesadelos com isso durante toda a infância. Outro motivo para evitar a piscina. O frio e a falta de ar a enfraqueciam, mas o medo mantinha seus braços e pernas lutando contra seus agressores desconhecidos. A necessidade de respirar aumentava. Seus lábios estavam apertados com o máximo de força possível, mas cada nervo demandava que ela os abrisse.

Alguma coisa a puxou pelo cabelo, e o solavanco e surpresa a fizeram esquecer momentaneamente da necessidade de manter os lábios fechados. A boca se abriu com força e seus pulmões inspiraram com gratidão. A água tóxica preencheu seus pulmões. Eles convulsionaram e tentaram engolir ar, fazendo Dylan tossir e se engasgar. Mais do líquido imundo inundou sua garganta, e seus olhos se arregalaram horrorizados. Suas orelhas estalaram, protestando com a profundidade da água. A dor rápida foi substituída por badaladas agudas. Um último suspiro surgiu como um grito em seu rosto quando ela começou a desmaiar. A última coisa que sentiu foi uma criatura agarrando-a pela perna e puxando-a para baixo, para cada vez mais fundo no lago.

CAPÍTULO DEZENOVE

Pela segunda vez, Tristan rompeu a superfície da água. Ele ergueu e apoiou a cabeça dela em seus ombros, mantendo-a sobre as ondas. Seus olhos estavam fechados e seu rosto sem vida. Alívio e ansiedade misturavam-se dentro dele. Tivera tanta sorte de encontrá-la na água suja, com apenas com a ponta de seus dedos tocando a costura dos jeans dela. Sem esperar para endireitá-la, ele a havia segurado com força e nadado de volta à superfície. Contudo, temia que fosse tarde demais. Será que ela havia partido de verdade?

A praia oposta estava à vista, e ele se apressou em direção a ela. O nado não demorou muito: conforme ele alcançava a parte mais rasa, seus pés tocavam o fundo do lago.

Tristan subiu cambaleando a encosta cheia de cascalho, com Dylan desacordada em seus braços. Ele despencou a poucos metros da beira da água, de joelhos, e deitou Dylan com cuidado no chão. Agarrando seus ombros, ele a balançou suavemente, tentando acordá-la.

— Dylan! Dylan, você está me ouvindo? Abra os olhos.

Ela não respondeu, mas permaneceu imóvel. Seu cabelo estava encharcado, grudado por todo o seu rosto. Ele ergueu cada mecha com cuidado e as colocou atrás de suas orelhas. Pequenas joias roxas, que ele nunca havia notado antes, brilhavam nas orelhas dela. Ele se inclinou e colocou a bochecha sobre a boca de Dylan. Não conseguia escutá-la respirar. Mas ele sentia. Ela não tinha partido. *O que eu faço?*, pensou, descontrolado.

— Fique calmo — disse para si mesmo com severidade. — Ela engoliu muita água. — Pegando o ombro que estava mais longe dele, ele a puxou, posicionando-a de barriga para baixo, com o peito apoiado em seus joelhos. Depois, estapeou de leve suas costas, tentando fazê-la tossir a água que havia engolido. Funcionou. O líquido começou a sair de sua boca, e ela começou a engasgar e cuspir, vomitando, enfim, uma grande quantidade de água escura e suja. Árduas respirações vinham de sua garganta, e ele deu um suspiro de alívio.

Dylan deu por si com uma sensação horrível. Ela estava estendida de uma forma estranha, com o peito esmagado contra os joelhos de Tristan. Teve dificuldade para colocar os braços sobre si e, percebendo o que ela queria, Tristan a ajudou a se levantar. Com sua ajuda, ela se apoiou sobre suas mãos e joelhos, respirando com dificuldade e cuspindo os restos da água. O gosto em sua boca era nojento, como se a água tivesse sido tomada por coisas sujas, mortas e apodrecidas. *Na verdade era isso mesmo*, ela lembrou a si mesma, pensando nas mãos ávidas e dentes que queriam mordê-la e puxá-la para baixo. Uma combinação de pavor e frio a atingiram de repente e ela começou a tremer violentamente.

— T-Tristan — gaguejou, com os lábios azuis.

— Estou aqui — ele respondeu, a ansiedade clara em sua voz.

Ela tateou à procura dele, e dois braços fortes a abraçaram pela cintura, puxando-a para junto de si. Ele a aninhou, protegendo-a, e começou a acariciar seus braços e suas costas, tentando aquecê-la. Ela colocou a cabeça sob seu queixo, tentando ficar o mais perto possível de seu calor corporal.

— Não tem problema, anjo — murmurou ele. O termo carinhoso escapou com facilidade de seus lábios, surpreendendo-o.

Dylan sentiu um calor irradiante com aquela palavra, e uma súbita onda de emoções tomou conta dela, combinada com a adrenalina que ainda atravessava suas veias e com o trauma que tinha acabado de passar. Lágrimas se formaram em seus olhos e instantaneamente escorreram, correndo por suas bochechas e ferindo sua pele fria. Sua respiração estava entrecortada e, de repente, ela já não conseguia se segurar: começou a soluçar descontroladamente. Seu corpo inteiro balançava. Ela puxava o ar com força, soltando-o de forma irregular em soluços de dar pena. Os sons perfuraram o coração de Tristan, e ele instintivamente a trouxe mais para perto, embalando-a de leve.

— Está tudo bem, está tudo bem — ele repetia de novo e de novo. Dylan entendeu, mas simplesmente parecia não conseguir se recompor. Ela se acalmava por um momento, aconchegando-se em seu abraço, mas logo os soluços ressurgiam e ela não conseguia impedi-los.

Dylan chorou até não ter mais lágrimas. Tristan não se mexeu, mantendo-a segura como se tivesse medo de fazer

O BARQUEIRO **191**

qualquer coisa que pudesse fazê-la voltar a chorar. No entanto, o céu escurecendo o forçou a falar:

— Vamos ter que nos mover, Dylan — sussurrou em seu ouvido. — Não se preocupe, não estamos longe.

Seus braços a libertaram, e pareceu que todo o calor que havia sido gerado por sua proximidade evaporou. Os tremores de Dylan retornaram, mas, felizmente, as lágrimas não. Ela tentou se levantar, mas suas pernas não a sustentavam, e seus braços se negavam a fazer o que ela mandava. Seu quase-afogamento havia exaurido todas as suas reservas de energia, e ela não tinha vontade alguma de lutar contra seus membros cansados. Amanhã, ela o perderia. Aquele pensamento em si a consumia por inteira. Fazia mais sentido ficar apenas ali, deitada, e deixar que os demônios viessem buscá-la. A dor física seria um alívio bem-vindo para sua agonia interna.

Tristan já havia se levantado, então se abaixou e enganchou as mãos sob os braços dela. Ele a puxou para cima como se ela não pesasse nada e passou seu braço direito sobre o ombro da garota. Seu braço esquerdo deu a volta ao redor da cintura dela e, então, ele meio que a arrastou, meio que a carregou para fora da pequena praia, subindo um caminho estreito de chão batido até a cabana.

— Vou acender o fogo pra te esquentar — prometeu, já que o queixo de Dylan estava tremendo de frio. Ela só conseguia concordar, dormente, apesar de o frio ser de pouca importância: uma irritante questão paralela sem significado que ela mal notava.

A porta da cabana era antiga, e sua proximidade com a água havia feito a madeira inchar e prender no batente. Tristan teve de soltá-la para abrir, e Dylan se inclinou contra a parede, contemplando o chão. Ele girou a maçaneta e forçou o ombro contra a porta, que rangeu e resistiu de início, mas então cedeu, fazendo com que ele se desequilibrasse para dentro. Dylan não se moveu. Entrar na casa queria dizer começar a última noite deles juntos. Queria dizer que era o começo do fim. Ela ouvia vagamente os uivos agudos vindos de algum lugar à sua esquerda, mas não sentia medo algum.

De dentro da cabana, Tristan também ouvia os ruídos, enquanto acendia o fogo. Ele se virou para ver se Dylan estava bem e notou que, pela primeira vez, ela não o tinha seguido para dentro.

— Dylan? — ele chamou. Ela não respondeu, e o silêncio foi suficiente para fazer todos os pelos em seu braço se arrepiarem. Ele ficou em pé e, em três longos passos determinados, alcançou a porta do refúgio. Lá estava ela, onde ele a havia deixado, apoiada na parede de pedra, olhando a escuridão com olhos sombrios.

— Vamos lá — ele disse, dobrando os joelhos suavemente para olhar nos olhos dela. Eles não mudaram de foco. Só quando ele tocou sua mão que Dylan pareceu ciente da presença dele. Ela olhou para o seu rosto, e ele viu a tristeza gravada em cada traço. Tentou sorrir de uma maneira confortante e tranquilizadora, mas seus músculos pareciam ter esquecido como fazer isso, e pareceu errado mover a boca daquela maneira. Ele puxou sua mão de leve, e ela o seguiu em silêncio.

Tristan a conduziu para dentro e a sentou na única cadeira, a qual ele havia colocado em frente às chamas. Quando fechou a porta, a temperatura na cabana subiu rápido. Olhando para trás, para o fogo, ele ficou chocado com o tamanho diminuto de Dylan. Suas pernas estavam juntas, as mãos dobradas com leveza em seu colo. Sua cabeça estava inclinada como se ela dormisse ou rezasse. Era como olhar uma carcaça vazia em um asilo, um corpo esperando pelo fim. Ele odiava vê-la sentada tão sozinha daquele jeito, e atravessou o cômodo para ficar com ela. Não havia nenhum outro lugar para sentar, então ele se conformou em sentar de pernas cruzadas em um resto de tapete esfarrapado em frente à lareira. Ele a olhou e quis dizer algo. Alguma coisa para quebrar o silêncio. Alguma coisa para pôr um sorriso de volta em seu rosto. Mas o que ele poderia dizer?

— Não posso fazer isso — ela sussurrou, erguendo o olhar do chão para encará-lo com olhos determinados, mas apavorados.

— Como assim? — A resposta dele mal era audível sobre o som do crepitar das chamas. Seu ser inteiro gritava para não ter aquela conversa, para adiá-la. Ele não conseguia lidar com a dor dela, nem com sua própria. Mas ela precisava falar a respeito, então ele ouviria.

— Não posso ir sozinha. Caminhar até o fim da jornada, ou o que quer que seja. Tenho muito medo. Eu... eu preciso de você. — A última parte foi a mais difícil de dizer, mas também a mais verdadeira. Dylan havia aceitado sua morte com uma calma que o havia surpreendido, e só ficou brevemente de luto por aqueles que havia deixado para trás. Se ela estava fazendo essa jornada, então, mais cedo ou mais tarde, eles com certeza também fariam. Com o tempo, ela os encontraria de novo.

Amanhã, no entanto, Tristan caminharia para longe dela e sumiria de sua vida para sempre. Ele seguiria em frente para a próxima alma, e logo ela seria uma memória distante, se sequer fosse lembrada. Dylan lhe havia pedido histórias de algumas das outras almas que ele havia guiado, e visto seu rosto revirar enquanto ele tentava resgatar memórias esquecidas há muito. Tantos haviam passado por suas mãos que nenhum rosto chamava mais atenção que o resto. Ela não aguentaria ser alguém sem rosto para ele. Não quando ele havia se tornado tudo para ela.

Não, ela não tinha vontade alguma de fazer aquela jornada final. Ela não faria isso — não podia fazer isso —, não o deixaria para trás.

— Eu não posso ficar aqui, com você? — ela perguntou, timidamente, com um pouco de esperança em sua voz.

Ele balançou a cabeça e ela baixou os olhos, tentando desesperadamente evitar que mais lágrimas surgissem. Não era possível, ou ele não a queria? Ela tinha de saber, mas e se não ouvisse a resposta que queria?

— Não — ele respondeu, sua voz calma graças a um esforço monumental. — Se você ficar aqui, mais cedo ou mais tarde, os espectros vão pegar você e te levar para o lado deles. — Ele apontou para o lado de fora. — É perigoso demais.

— Esse é o único motivo? — Se ele não tivesse visto seus lábios se movendo, ele não teria tido certeza de que ela havia falado, de tão baixa que estava sua voz. Mas por mais baixas que fossem, as palavras inundaram seus ouvidos e chegaram ao seu cérebro, congelando seu coração. Este era o momento de dizer que ele não se importava com ela, e se certificar de que ela soubesse que falava sério. Seria muito mais fácil dar aquele passo final se pensasse que ele estava indo embora sem arrependimentos.

Sua pausa a fez erguer a cabeça, os olhos verdes prontos para a dor, dentes mordendo o lábio inferior para impedi-lo de tremer. Ela parecia tão frágil, como se uma palavra áspera pudesse esmagá-la. Sua determinação se dissolveu. Ele não podia feri-la daquele jeito.

— Sim — respondeu. Ele a alcançou e a pegou pelo punho, puxando-a para baixo para compartilhar o tapete esfarrapado com ele. Então, ele pôs a mão em sua bochecha, passando o dedão na sua pele macia. Ela se aqueceu sob seu toque, corando suavemente. — Você não pode ficar aqui, apesar de eu querer que fique.

— Você quer? — A esperança floresceu, iluminando seu rosto.

O que ele estava fazendo? Ele não deveria lhe dar esperança agora, sabendo que teria que arrancá-la depois. Não deveria, mas era incapaz de evitar. Pensou em todas as faces que ela havia lhe mostrado — assustada, ainda que aliviada quando saiu do túnel; enojada e desapontada, quando ele a forçou a andar o dia inteiro e dormir em casebres dilapidados a cada noite; raivosa e irritada, quando ele fazia piadas dela; constrangida, quando ficou presa na lama; alegre, quando acordou e viu que ele estava de volta. Cada memória o fez sorrir, e ele as trancafiou em sua mente, pronto para quando ela o deixasse e não houvesse mais nenhuma nova para criar.

— Vamos dizer que eu me acostumei com você. — Ele riu, ainda sorridente com suas memórias. Ela não era capaz de sorrir também, ainda estava muito carente, muito no limite. — Mas amanhã você tem que ir. É para o lugar ao qual você pertence, Dylan. É o lugar que você merece.

— Tristan, eu não posso. Eu não posso fazer isso — implorou ela.

Ele suspirou.

— Então... eu vou com você. Até o final — ele disse.

— Você promete? — ela perguntou rapidamente, desesperada para prendê-lo com palavras. Ele olhou diretamente em seus olhos e assentiu com a cabeça. Por um momento, ela pareceu confusa.

— Achei que você tinha dito que não conseguia.

— Eu não deveria, mas eu vou. Por você.

Dylan o contemplou. Sua mão se ergueu e pressionou a dele, apertando-a contra seu rosto.

— Você promete? Promete que não vai me deixar? — perguntou.

— Prometo — respondeu ele.

Dylan sorriu timidamente. Sua mão ainda estava na dele, e o calor de seu toque parecia queimar até os ossos de Tristan. Ela o soltou e ele imediatamente sentiu falta do calor, mas então ela lhe estendeu a mão, os dedos pairando no ar apenas a centímetros de seu rosto. A pele do maxilar dele se arrepiou com a ansiedade, mas a incerteza estava estampada no rosto de Dylan, e ela parecia assustada demais para diminuir a distância. Ele ergueu o lado direito da boca em um sorriso encorajador.

O coração dela batia de forma atropelada em seu peito, acelerando aos saltos, e pausando do nada em uma fração de segundos. Seu braço cansado doía enquanto ela o mantinha no alto. Mas, sobrepondo-se ao pulsar latejante, havia um formigamento na ponta de seus dedos que quase beirava a dor, uma dor que apenas sararia ao sentir o rosto de Tristan, sua sobrancelha, seus lábios. Ela estava nervosa: nunca o havia tocado antes, não assim.

Dylan o viu dar um sorriso minúsculo, e então seus dedos pareceram se mover instintivamente, atraídos como um ímã. Ela encaixou a mão no formato de seu rosto e sentiu os músculos da bochecha dele se moverem conforme ele travava e destravava a mandíbula. Seus olhos eram de um azul vívido, brilhantes demais para a luz fraca do quarto, mas não eram assustadores. Em vez disso, eles pareciam hipnotizar Dylan e, como uma mariposa diante de uma chama, ela era incapaz de olhar para outra coisa. Tristan soltou seu rosto, cobrindo a mão dela com a dele e segurando-a contra a sua bochecha. Quatro, cinco, seis segundos de silêncio passaram em tique-taque até que, de súbito, Dylan suspirou de forma violenta, inconsciente de que estivera prendendo a respiração.

Foi como quebrar o feitiço. Tristan se moveu um centímetro para trás e empurrou os dedos dela para longe. Seus olhos ainda estavam quentes e, em vez de soltar a mão de Dylan, ele a guiou pelo contorno de sua boca e deu um beijo gentil na pele macia de suas articulações.

Depois disso, eles não conversaram muito, contentes apenas de estarem juntos em um silêncio agradável. Dylan tentou atrasar o tempo, aproveitar cada momento. Mas, por mais que ela tentasse, era como tentar conter um furacão com um guardanapo. O tempo seguiu em frente em uma velocidade impressionante, e ela mal conseguiu acreditar quando a luz começou a entrar pela janela. O fogo havia morrido há muito tempo, mas tinha cumprido o trabalho de secar suas roupas e aquecer seu corpo gelado. Ainda assim, eles continuaram encarando a boca da fogueira, observando as lenhas cinzas como carvão soltarem fumaça. Tristan havia se movido durante a noite e passado um braço ao redor do ombro de Dylan, aninhando-a como um casulo. Suas costas estavam viradas para as janelas e, apesar dos dois conseguirem ver a luz alcançando seus ombros iluminando a parede de fundo, revelando a tinta amarela desbotada e uma foto antiga — que, de tão coberta de sujeira e poeira, estava indistinguível — eles não se viraram.

A certa altura, os raios de sol irromperam pela janela, fazendo a poeira que pairava pelo ar brilhar, dourada, na luz. Tristan foi o primeiro a se mover. Ele não queria encarar aquele dia. Pensou no que havia prometido a Dylan, e uma inquietação revirou seu estômago. Na sua mente havia uma batalha entre o que era possível, o que era certo e o que ele queria. E nenhuma daquelas coisas podia coexistir.

Dylan, por outro lado, estava surpreendentemente calma. Ela havia passado a maior parte da noite pensando sobre o que poderia estar por vir naquele dia e chegou à conclusão de que havia muito pouco que ela poderia fazer além de dar os passos finais e ver para onde eles a levariam. Tristan estaria com ela. Isso seria suficiente. Ela poderia aguentar qualquer outra coisa, desde que ele estivesse ao seu lado. E ele estaria. Ele havia prometido.

CAPÍTULO VINTE

— **Pronta para a última parte da jornada?** — Tristan perguntou, forçando animação na própria voz. Eles estavam do lado de fora da cabana, preparando-se para ir.

— Sim — respondeu Dylan, com um sorriso tenso. — Por onde vamos?

— Por aqui. — Tristan começou a contornar a cabana, para longe do lago. Dylan deu uma última olhada para a água. Hoje ela parecia calma e pacífica, a superfície ondulando suavemente e provocando brilhos nas minúsculas cristas de onda que o sol acariciava. Ela se lembrou dos horrores que ficavam nas profundezas do lago e estremeceu, correndo atrás de Tristan como se pudesse deixar as memórias ruins para trás. Ele havia parado no outro lado da cabana, onde esperava por ela. Ele observava distraidamente o percurso com uma das mãos pousada na testa, criando uma pequena sombra de proteção contra o brilho intenso do sol.

— Está vendo isso?

Dylan olhou para a direção em que Tristan apontava. A paisagem era plana e vazia. Um pequeno córrego descia pelo horizonte, serpenteando lentamente para longe deles. Do lado esquerdo do córrego, um caminho descia paralelo à água e, para além de alguns arbustos, não havia mais nada para ver. Dylan ergueu uma sobrancelha, confusa.

— Ahn, não.

O tom dela fez Tristan se virar para encará-la. Ele sorriu e revirou os olhos.

— Olhe direito.

— Tristan, não tem nada ali. O que eu deveria estar procurando?

Ele suspirou, mas Dylan percebeu que ele estava gostando de se sentir superior. Ele foi para trás dela e se inclinou sobre seu ombro. Seu hálito fez cócegas no pescoço dela, deixando sua pele em chamas.

— Olhe para o horizonte. — Ele apontou reto na frente dela. — Consegue ver aquele brilho?

Dylan apertou os olhos. O horizonte estava muito longe. Ela meio que conseguia ver um pouco de brilho onde a terra encontrava com o céu azul, mas podia facilmente ser uma ilusão de ótica, ou só o fato de que estava tentando ver algo.

— Na verdade, não — ela respondeu com sinceridade.

— Bom, é pra lá que vamos. É a junção entre a terra desolada e... além.

— Ah — disse ela. — E então o que acontece?

Ele deu de ombros.

— Já te disse. Nunca fui. Ali sempre foi meu limite.

— Eu sei, mas o que você viu? Quero dizer, é tipo uma escadaria para o céu ou algo assim?

Ele a olhou, incrédulo. Quando falou, ele estava claramente segurando uma risada:

— Você acha que uma escada rolante imensa desce do céu?

— Bom, eu não sei — ela resmungou, disfarçando a vergonha e com raiva.

— Desculpa — ele respondeu, sorrindo timidamente. — Eles só desaparecem. É isso. Eles dão um passo e desaparecem.

Dylan franziu o nariz. Conseguia ver que ele estava falando a verdade, mas não ajudava muito.

— Vamos lá, temos que começar — Tristan lhe deu um empurrãozinho nas costas para fazê-la se mexer. Ela olhou para o horizonte outra vez, apertando os olhos para o tal brilho. Ela conseguia vê-lo? Era difícil saber. No entanto, estava ficando com dor de cabeça, então desistiu e se contentou em contemplar com desânimo o caminho diante deles. Parecia longe. Não era uma subida, ao menos, mas era longe.

— Já que é o último dia... — ela começou, esperançosa.

— Não vou te carregar nas costas — Tristan respondeu rapidamente, sem sequer deixá-la terminar a frase. Ele ultrapassou os passos preguiçosos dela, disparando à frente. Resmungando, Dylan o seguiu, pisando forte.

— Sabe, eu quase me afoguei ontem — ela continuou, certa de que ele não cederia e a carregaria, mas infeliz com a ideia de atravessar a planície inteira. E o mergulho tinha exigido muito dela. Suas pernas estavam duras, e seu peito doía. Sua garganta ardia por ter vomitado a água e pelas tosses constantes para limpar os pulmões.

Ele a encarou de volta com uma expressão estranha em seu rosto, mas então se virou e seguiu caminhando.

— O.k., eu provavelmente não teria morrido, visto que já estou morta, mas foi bastante traumático.

Desta vez, ele de fato parou, mas não se virou. Dylan o alcançou em três passadas, mas ficou atrás dele. Algo na postura dele a deixou desconfiada.

— Sim, teria. — Era um sussurro, mas foi alto o suficiente para chegar até os seus ouvidos.

— O quê? — ela perguntou em um tom agudo. Ele ergueu a cabeça para o céu, respirou fundo e se virou para encará-la.

— Você teria morrido.

Cada palavra foi falada devagar e com clareza, e cada uma apunhalou o cérebro de Dylan.

— Eu poderia ter morrido de novo? — ela perguntou, confusa. Um morto não estava morto com certeza?

Ele assentiu com a cabeça.

— Mas como? Aonde eu teria ido? Eu não... — Dylan parou no meio da frase.

— Você pode morrer aqui. Sua alma, quero dizer. Quando você está viva, ela fica protegida pelo seu corpo. Quando morre, você perde isso. Fica vulnerável.

— E se sua alma morre...?

— Você desaparece — ele respondeu simplesmente.

Dylan olhou vagamente para o nada, aterrorizada com quão perto tinha chegado do esquecimento total. Ela havia aceitado a morte de seu corpo sem reclamar muito porque, bem, ela ainda estaria aqui. O choque de saber que ela poderia ter desaparecido, perdido a chance de encontrar as pessoas que esperava ver outra vez a emudeceu.

— Vamos. Sinto muito, mas não temos tempo pra parar, precisamos nos mover. Não há mais santuários, Dylan.

Ouvi-lo falar seu nome a tirou abruptamente de seu transe.

— Certo — murmurou. Sem olhar para ele, ela seguiu em frente. Apesar de seus membros doerem e de se sentir exausta, ela não queria ser pega ali no escuro. Tristan a observou caminhar. Ela estava de cabeça erguida e andava rapidamente, mas mancava um pouco, e ela esfregava a garganta de forma distraída. Tristan sabia que ela deveria estar sofrendo depois do trauma do dia anterior.

— Espera — chamou, correndo até Dylan. Ela pausou e se virou, esperando. Ele não parou quando a alcançou, mas deu outro passo para frente, de forma a ficar bem na frente dela. Ele sorriu, então deu as costas para ela.

— Sobe aí.

— O quê?

Ele se virou e revirou os olhos.

— Sobe. Aí.

— Ah. — O rosto de Dylan se iluminou de alívio. Ela se apoiou nos seus ombros e pulou, abraçando a cintura dele com as pernas e passando os braços ao redor de seu pescoço. Ele a segurou sob os joelhos e começou a caminhar.

— Obrigada! — ela suspirou em seu ouvido.

— É só porque você está um lixo — brincou ele.

Ele dava passos longos e poderosos, que gentilmente chacoalhavam Dylan. Muito rápido, ela ficou enrijecida e desconfortável em suas costas. Seus braços doíam de segurar seus ombros, e os braços dele sob seus joelhos a machucavam. Ainda assim, era muito melhor do que caminhar. Ela tentou relaxar os músculos e se concentrou em se deliciar com a proximidade de Tristan. Seus ombros eram largos e fortes, e ele lidava com o fardo do peso a mais como se ela fosse feita de penas. O rosto dela estava encaixado na curva de seu pescoço e ela inspirava fundo, saboreando o cheiro almiscarado dele. Seu cabelo cor de areia se agitava enquanto ele andava, fazendo cócegas nas bochechas dela. Dylan lutou contra a vontade de passar seus dedos pelos fios.

— Quando chegarmos lá — ele disse, assustando-a —, você vai ter que descer e caminhar por conta própria.

Ela o apertou compulsivamente.

— Achei que você vinha comigo?

— Eu vou — ele respondeu de imediato —, mas você tem que dar os passos sozinha. Vou estar logo atrás de você.

— Você não pode ir na frente? — ela perguntou, hesitante.

— Não. Você não pode ir para o outro lado seguindo alguém. Você tem que dar o passo por conta própria. É toda uma coisa — acrescentou, como se isso explicasse.

— Mas você vai estar logo atrás de mim? — Dylan perguntou, nervosa.

— Prometo. Eu disse que iria.

— Tristan! — ela soltou um gritinho, sua voz subitamente animada. — Eu estou vendo!

Cerca de oitocentos metros à frente deles, o ar parecia mudar. O chão parecia exatamente igual a antes, mas distorcido de uma forma estranha, como se houvesse uma tela transparente na frente. O ponto no chão onde a tela encontrava a terra de fato parecia brilhar de leve. Dylan sentiu o estômago apertar enquanto observava. Eles estavam lá.

— Me põe no chão — sussurrou ela.

— O quê?

— Quero caminhar.

Tristan soltou suas pernas e ela escorregou das costas dele até o chão. Dylan sentiu pontadas em seus pés e panturrilhas, e alongou os braços. Então, endireitou os ombros e se virou para encarar o fim da jornada. Sem olhar para ele, ela começou a caminhar para a frente.

Seu coração estava disparado, batendo com ferocidade em seu peito. Ela sentia a adrenalina circulando em suas veias. Apesar de seus braços e pernas estarem doendo antes, eles agora pareciam não pertencer a Dylan, e ela não estava totalmente no controle deles. Respirando fundo e de forma regular, ela tentou se concentrar em não hiperventilar. O chão parecia voar sob seus pés. Agora faltavam pouco mais de cem metros. Conforme se aproximavam, ficava mais fácil ver a junção entre os dois mundos. O mundo além do ponto estava levemente fora de foco, como se ela o olhasse através dos óculos de outra pessoa. Ela começou a ficar um pouco tonta, então tentou olhar direto para o chão, erguendo a cabeça para a linha brilhante de vez em quando.

Tristan a observou com olhos cuidadosos. Apesar de Dylan não o olhar ou lhe dirigir a palavra, ele tinha a sensação de que ela estava muito ciente de seus movimentos. Ele se manteve deliberadamente a um passo de distância dela. Quando ficou a cinco metros da linha, ela parou e a encarou, respirando com calma. Seu rosto estava indeciso, e sua boca, tensa. Ele conseguia ver o estresse em cada músculo de seu corpo.

— Você está bem? — perguntou ele.

Ela se virou em sua direção, seus olhos estavam arregalados. Ele pensara que ela estava controlada, mas por dentro, ela estava claramente petrificada.

Ele não estava exatamente certo. Ela nunca havia experimentado emoções correndo de forma insana pelo seu corpo.

A tensão do momento havia trazido diversas coisas à mente de Dylan, aguçado seu foco nas coisas que realmente importavam. Ela não sabia o que estava do outro lado daquela linha e, apesar de ele ter prometido que a seguiria, havia algo que ela precisava dizer.

Apesar de a ideia a apavorar — e ela sabia que, ao dizer isso, ela se deixava mais emocionalmente vulnerável do que jamais estivera em sua vida —, ela estava determinada. Os últimos poucos dias lhe haviam ensinado muito sobre si mesma: já não era a mesma garota que havia hesitado diante de colocar ou não um ursinho de pelúcia na mala. Ela estava mais forte, mais corajosa. Havia encarado o perigo, confrontado seus medos, e Tristan tivera um papel determinante nisso. Ele a havia protegido, confortado, guiado e aberto seus olhos para sentimentos que ela não sabia que existiam. Era importante dizer a ele como se sentia, apesar de isso fazer seu estômago se revirar e suas bochechas queimarem. *Só fale de uma vez*, ela disse a si mesma.

— Eu amo você.

Seus olhos se fixaram no rosto de Tristan, tentando ler sua reação. As palavras pareceram pairar entre eles. Cada nervo de Dylan estava formigando, alerta, e seus hormônios batucavam em suas veias. Ela não tivera a intenção de soltar aquilo daquela forma, mas não sabia como abordar o assunto, e precisava falar. Ela continuou a olhar para Tristan, esperando por um sorriso ou franzir de testa, por um congelar ou brilhar de olhos, mas seu rosto estava impassível. O pulso dela, em vez de disparar, batia em um ritmo desencontrado que a fazia temer que parasse de vez. Conforme o silêncio se estendeu, ela começou a tremer, seu corpo se preparando para a rejeição.

Ele não se sentia da mesma forma. É claro que não. Ela era só uma criança. Tinha interpretado o que queria em suas palavras e toques. Seus olhos começaram a arder enquanto lágrimas brigavam para chegar à superfície. Ela cerrou os dentes, determinada a manter o controle. Seus dedos se fecharam em punhos, com força, as unhas penetrando as palmas das mãos de forma dolorosa. Não foi o suficiente. A dor em seu peito era agoniante, como facas perfurando-a. Superava qualquer outro sentimento e dificultava a respiração.

Tristan a encarou de volta, batalhando consigo mesmo. Ele também a amava, e cada fibra de seu corpo sabia disso. O que ele não sabia era se deveria dizer isso a ela. Segundos se passaram e ele ainda não havia decidido. Ele viu os olhos dela se arregalarem e ouviu sua respiração ficar irregular, sabendo que ela estava atribuindo o pior significado possível a seu silêncio. Dylan acreditava que ele não a amava. Ele fechou seus olhos, tentando colocar a cabeça no lugar. Se ela pensasse que ele não a amava, talvez não se ferisse tanto no fim. Talvez fosse mais fácil. O certo era não dizer nada. Com a mente decidida, ele abriu seus olhos e encarou um oceano de verde brilhante.

Não. A sua dor, mágoa, rejeição... não poderia ser a última memória dela com ele. Ele tinha que lhe dar essa verdade, custasse o que custasse aos dois. Com medo de que sua voz tremesse, ele abriu a boca.

— Eu também amo você, Dylan.

Ela o encarou por um momento, congelada no tempo. Seu coração batia de forma triunfante enquanto ela processava suas palavras. Ele a amava. Ela soltou o ar em uma meia-risada e sorriu amplamente, com seus olhos dançando. A dor em seu peito derreteu, substituída por um brilho suave que subia por sua garganta e cintilava em seu sorriso. Dando um passo cuidadoso para frente, ela foi até ele. Conseguia sentir seu hálito no rosto; ele também estava ofegante. Seus olhos azuis brilhavam, mergulhando nela e fazendo-a tremer de leve. Ela se inclinou para cima, até ele, perto o suficiente para ver cada sarda que estampava seu nariz e bochechas, e então parou.

— Espera — disse, afastando-se. — Me beija quando estivermos do outro lado.

Mas a mão de Tristan já estava enroscada ao redor da dela, apertando-a firme.

— Não — ele disse, sua voz baixa e rouca. — Agora.

Com uma das mãos, ele a puxou para mais perto de seu corpo. Com a outra, acariciou a parte de trás de seu pescoço, enroscando os dedos em seu cabelo. Arrepios irromperam na pele de Dylan e seu protesto fraco morreu na garganta. O dedão de Tristan acariciava sua nuca, e ela observou, sem piscar, o rosto dele se abaixar até sua testa descansar contra a dela. Ele estava próximo o suficiente para que suas respirações se misturassem, próximo o suficiente para que ela sentisse o calor de seu corpo. Ele diminuiu a distância final entre eles, soltando a mão e pescoço dela para fechar os braços ao redor de suas costas, puxando-a ainda mais para perto. Inclinando levemente a cabeça para trás, Dylan fechou os olhos e esperou.

Tristan hesitou. Livre das profundezas de seus olhos verde-floresta, dúvidas voltaram à sua mente. Isso estava errado. Não era permitido. Mas cada sentimento que ele tinha por ela era errado. Ele não deveria ser capaz de se sentir dessa forma, não deveria ser possível. Mas se sentia. E essa seria sua única chance de experimentar a magia pela qual humanos viviam e matavam. Fechando os olhos lentamente, ele pressionou seus lábios contra os de Dylan.

Eram macios. Esse foi seu pensamento inicial. Macios, e doces e trêmulos. Tristan sentiu os dedos dela se enroscarem no tecido do seu casaco, suas mãos tremendo levemente na lateral de seu corpo. Os lábios dela se abriram, movendo-se contra os dele. Ele a ouviu soltar um leve gemido, e o som enviou uma onda até o fundo de seu estômago. Ele a apertou mais forte, sua boca pressionando com mais energia a dela. Seu coração disparava em sua costela, a respiração, irregular. A única coisa de que estava ciente era do calor dela, da suavidade. Ele a sentiu ficar mais ousada, subindo na ponta dos pés para se apoiar mais nele, erguendo as mãos e agarrando seus ombros, seu rosto. Decidiu copiar o movimento, seus dedos tracejando as entradas de seu cabelo, ao redor de seu queixo. Memorizando.

Nos braços de Tristan, Dylan estava atordoada, tonta. Com os olhos fechados, o mundo ao redor dela parecia não existir. Apenas a boca de Tristan na dela, e suas mãos segurando-a perto e acariciando suavemente sua pele. O sangue dela cantava nas veias, e quando ele enfim se afastou, ela estava sem ar. Ele segurou o rosto de Dylan em suas mãos e a encarou por um longo momento, com os olhos brilhando em um azul vívido. Então, baixou a cabeça de novo e pousou dois beijos suaves e gentis em seus lábios. Ele sorriu, um sorriso lento e lânguido que fez os músculos de seu abdômen contraírem.

— Você tinha razão — ela disse sem fôlego. — Antes é melhor.

Ela se virou para longe dele e avaliou a linha. Não havia mais motivo para ter medo. Tristan a amava, e ele iria com ela para onde quer que estivesse indo. Dez passos confiantes a levaram até a borda. Ela olhou para trás, saboreando o sentimento. Este era seu último momento na terra desolada. Ela poderia dizer adeus aos demônios, às caminhadas morro acima, e ao sono perturbado em cabanas decrépitas. Dylan ergueu o pé esquerdo e parou, bem antes da fronteira. Respirou mais uma vez profundamente e, então, atravessou.

Ela parou, avaliando. Parecia a mesma coisa. O ar ainda estava quente, com uma leve brisa, e o caminho de terra sob seus pés ainda triturava de leve conforme ela os mexia. O sol ainda brilhava no céu e as montanhas ainda circundavam a paisagem. Ela franziu a testa de leve, curiosa, mas não muito preocupada. Esperava algo mais dramático.

Dylan virou para trás, na direção de Tristan, com um sorriso levemente nervoso em seus lábios. Sua expressão congelou em seu rosto. Mãos geladas agarraram seu coração e ela respirou de forma irregular enquanto sua boca entreabria esboçando um "não" silencioso.

O caminho estava vazio.

Ela deu um passo à frente, mas a linha brilhante havia sumido. A garota estendeu os braços, tentando sentir com as mãos o lugar onde Tristan estivera apenas um instante antes. Apesar de não haver nada além de ar, seus dedos entraram em contato com uma parede invisível, sólida e impenetrável.

Ela estava sozinha outra vez. Ela havia atravessado e não tinha como voltar. Tristan havia partido.

O corpo de Dylan começou a tremer, uma mistura devastadora de adrenalina, choque e horror passando por suas veias. Ela oscilou, sem equilíbrio, pouco segura, então caiu de joelhos com uma de suas mãos sobre a boca, como se pudesse engolir os soluços. Não podia. Eles escaparam, começando como murmúrios baixos e ofegantes até se tornarem lamentos agonizantes, que gritavam toda a dor que rasgava seu coração. Lágrimas escorriam pelo seu rosto e pingavam no chão.

Ele havia mentido para ela. Suas promessas de acompanhá-la não haviam sido nada além de enganação e traição, e ela tinha sido uma idiota, acreditando em tudo. Esse deveria ter sido o plano dele desde o começo. Na sua mente, ela viu outra vez a forma como ele sorria para ela, com seus olhos brilhando, e como de repente a expressão morria em seu rosto, tornando-se uma máscara fria e indiferente. Ele sabia. Mas e suas palavras finais? Foram uma mentira?

Não, ela não acreditava nisso. Cada fibra em seu ser lhe dizia a verdade: ele a amava. Ela o amava, e ele a amava, mas eles nunca ficariam juntos.

Dylan percebeu que já não conseguia montar uma imagem clara de seu rosto. Pequenos detalhes estavam escapando. Não conseguia se lembrar da cor exata de seu cabelo, ou o formato de seus lábios. Como grãos de areia no vento, ela não conseguia segurá-los na mente. Um som de rasgar o coração escapou de seus lábios, com toda a agonia que colocava seus nervos em chamas. Sabendo que estava sozinha, sabendo que não havia ninguém para testemunhar seu sofrimento, ela cedeu ao desespero que a engasgava.

Ela bateu o punho contra a parede, frustrada, e pressionou a palma da mão contra ela, desejando com toda a sua vontade que ela se dissolvesse e a deixasse viajar de volta.

Tristan ficou parado do outro lado da linha, observando-a se desmoronar. Como um policial do outro lado de um vidro transparente em apenas um dos lados, ele sabia que ela não podia vê-lo. Sua fraude havia funcionado, e a dor que ele havia causado estava clara em seu rosto. Ela sabia que ele havia mentido, que tinha planejado este fim. Sabia que nunca o veria outra vez. Apesar de isso quebrar seu coração, ele se forçou a observar cada lágrima, ouvir cada soluço e grito de Dylan. Ele desejava correr e confortá-la, abraçá-la e limpar as lágrimas em suas bochechas. Sentir o calor dela em seus braços outra vez, sua pele macia. Ele ergueu uma mão e a colocou no ar, com sua palma na palma dela, uma fria agonia — uma parede de vidro entre eles. Tristan forçou seus pés a andarem para frente, a atravessar a linha, mas nada aconteceu. Ele não podia atravessar.

Tinha se permitido contar a ela que a amava, permitido que ela tivesse esperança, e essa era sua punição. Ele havia causado essa dor, e aguentaria cada segundo dela. Aenas esperava que ela percebesse que sua confissão final fora verdadeira e de coração. Por trás de todas as mentiras e fingimentos, seu amor por ela havia sido honesto e real.

Tristan sempre soube que não conseguiria atravessar com ela. Sua promessa havia sido um truque, uma farsa cruel para lhe dar coragem de dar o passo final. Fazê-la acreditar nele, observar sua gratidão e alívio, deixá-la confiar nele e saber que aquele momento se aproximava havia lhe custado tudo que tinha. Permitir-se beijar e segurá-la e saber que não poderia continuar com ela. Saber que quando ela atravessasse aquela linha e olhasse para trás, sua traição seria revelada.

Através do véu entremundos, ele a observou chorar. Ela gritou seu nome e lágrimas correram por suas bochechas. Vergonha, ódio de si próprio, desespero e agonia cresciam nele. Ele estava desesperado para olhar para longe, esconder seus olhos das consequências de suas ações, mas ele faria não o faria.

— Sinto muito — sussurrou, sabendo que ela não poderia ouvir, mas esperando de alguma forma que ela entendesse.

Apesar de cada segundo a observando ter parecido uma hora de tortura, cedo ou tarde Dylan começou a desaparecer. Os cantos de sua linda forma começaram a reluzir e borrar, e começaram a perder substância. Enquanto ele olhava, Dylan ficou transparente, desaparecendo até restar pouco mais que fumaça. Ele a observou deixá-lo. Era o que ele merecia. Enquanto sua forma se tornava uma névoa, ele se refestelou com seu rosto, tentando memorizar cada detalhe, tentando guardar o tom exato dos olhos dela em seu coração para sempre.

— Adeus — murmurou ele, desejando com todo o seu ser que pudesse ir com ela. No piscar de olhos seguinte, Dylan havia sumido. Ele encarou por um momento a mais o chão onde estivera, então engoliu a dor que sentia no fundo da garganta e respirou fundo. Virou-se para o caminho de onde tinha vindo e partiu.

CAPÍTULO VINTE E UM

Conforme Tristan caminhava, a paisagem ao redor dele desbotava vagarosamente. Ele mal notou. As montanhas desapareceram, desintegrando-se na areia que flutuava para cima e evaporava em uma neblina fina. O caminho que ele fazia havia sido substituído por uma superfície sem forma que ia até onde seus olhos conseguiam ver, em todas as direções. Uma luz branca piscou, cegando-o.

Enquanto a luz diminuía, partículas de cor começaram a se formar. Elas giravam ao redor da cabeça de Tristan e pairavam no chão, criando novos arredores, criando o mundo para sua próxima missão, da próxima alma que logo partiria. Asfalto negro e brilhante se formava sob seus pés enquanto ele andava com a chuva. Edifícios irrompiam do chão ao redor de Tristan. Janelas acesas iluminavam jardins descuidados, adornados com ervas daninhas crescidas demais e cercas quebradas. Os carros estacionados na calçada e no jardim aleatoriamente pavimentado eram velhos e enferrujados. Batidas musicais maçantes e pesadas e gargalhadas roucas vazavam de portas abertas. O lugar inteiro tinha um ar de pobreza e descuido. Formava uma imagem deprimente.

Tristan não estava empolgado com a ideia de coletar a próxima alma. Ele nem sequer sentia o desdém e indiferença que haviam se tornado habituais em anos recentes. Sentia apenas a dor angustiante da perda.

Ele parou na penúltima casa do fim da rua. Em meio às construções gastas e decrépitas, essa estava supreendentemente bem-cuidada. Havia um belo jardim cercado de flores. Pedras com pássaros esculpidos formavam um caminho convidativo para a porta vermelha recém-pintada. Apenas em uma janela via-se a luz acesa: um quarto no segundo andar. Tristan sabia que era ali onde a próxima alma estava localizada, prestes a sair de seu corpo. Ele não entrou na casa, mas esperou do lado de fora.

Diversos transeuntes olharam para o estranho à espreita da casa número 24. Eles conseguiam notar que ele não pertencia ao local. No entanto, aquele não era o tipo de lugar onde você desafiava um rosto pouco familiar, então eles continuaram em seu caminho sem comentar. Olhando para o nada, Tristan não notou os olhares curiosos, não percebeu que eles podiam *vê-lo*. Ele estava cego para os olhos intrometidos e surdo para os murmúrios que começavam um passo ou dois depois de estarem fora de alcance.

Ele já sabia tudo que precisava saber sobre a pessoa que tinha ido buscar ali. Ela morara sozinha no local por dez anos, saindo pouco, apenas para trabalhar e fazer visitas semanais à sua mãe que vivia do outro lado da cidade. Não se misturava muito com seus vizinhos, e eles a achavam esnobe e indiferente, quando na verdade ela só tinha medo delas. Tinha acabado de ser esfaqueada até a morte em sua cama por um ladrão que esperava encontrar mais objetos de valor do que ela tinha e, com raiva, a matara. Logo, ela acordaria e se levantaria, seguindo sua rotina matinal como de costume. Ela não notaria que seu porta-joias havia desaparecido, ou que a câmera para a qual ela havia economizado por um ano não estava mais guardada em segurança na gaveta da cômoda na sala de jantar. Ela decidiria pular o café da manhã, pensando estar levemente atrasada. Quando saísse, seria recebida por Tristan e, de uma forma ou outra, o seguiria.

Toda essa informação agora era assimilada na mente de Tristan. Fatos e histórias se costurando para formar o conhecimento de que ele precisava para realizar seu trabalho. Ele sabia disso, mas não pensava a respeito. A jornada desta alma seria completa porque esse era seu papel. Ele apenas estava ali porque tinha que estar. Mas ele não sentia pena alguma por essa criatura desafortunada. Ele não lhe daria simpatia ou conforto algum. Ele a guiaria, nada mais.

A lua incidia diretamente sobre ele, uma luz branca forte que se expandia e bania sombras. Tristan se sentiu exposto em seu estado nu e vulnerável, como se cada emoção e pensamento estivesse despido e estendido para ser lido por todos. Ele sabia que teria horas para esperar até a alma emergir. Se perguntou por quanto tempo mais poderia seguir. Cada fibra de seu ser desejava escapar e se esconder, ceder à dor e ao luto. Seu cérebro disse aos seus pés para se moverem, para se virarem e seguirem andando até quando toda a tristeza fosse deixada para trás.

Nada aconteceu.

Pela segunda vez, lágrimas surgiram em seus vívidos olhos azuis. É claro que ele não seria autorizado a fugir de seu posto. Havia uma ordem mais alta, uma escala maior das coisas. E sua dor, seu desespero, seu desejo de abandonar aquela responsabilidade não significavam nada. Ele não controlava seu destino. Ele nem sequer podia controlar seus pés.

— Dylan.

Ela estava ciente de alguém atrás dela chamando seu nome, mas não se virou. Como na noite que passou sozinha no santuário, ela não podia tirar os olhos da cena à sua frente. Se olhasse para outra coisa, Tristan partiria.

Quem estava tentando enganar? Ele já tinha partido. Tinha ido embora e não voltaria. Ela só não estava exatamente pronta para aceitar isso. Dylan encarou o caminho com resistência. Seus dentes morderam o lábio inferior com força o suficiente para romper a pele e sentir o gosto de sangue. Ela não sentiu. Seus sentidos estavam entorpecidos.

— Dylan.

Ela estremeceu quando a voz a chamou outra vez. Não conseguia adivinhar se era um homem ou mulher, velho ou jovem. Não soava impaciente ou urgente. Era acolhedora.

Ela não queria ser acolhida.

— Dylan.

Dylan bufou, ficando irritada. A voz continuaria até ela responder, percebeu. Devagar, com relutância, ela se virou.

Por um instante, ela piscou, confusa. Não havia nada ali. Sua boca abriu, pronta para gritar, esperando que a voz falasse outra vez, mas ela a fechou devagar. O que importava?

Ela estava prestes a se virar novamente e retomar suas atividades de vigia, contemplando de volta o caminho na esperança vã de que Tristan miraculosamente reaparecesse, mas ao olhar para longe, algo estranho e fora de lugar chamou sua atenção. Uma luz, brilhando. Por um segundo, seu coração saltou, pensando nos orbes que havia visto flutuando na terra desolada vermelho-sangue, mas não era a mesma coisa. O ponto de luz cresceu e mudou, se alongando e tomando forma. Sorriu para ela, e sua expressão também era acolhedora. Seu rosto pálido e perfeito era cercado por uma nuvem de cabelo loiro, quase branco. O corpo tinha um formato humano o suficiente em formato, mas não exatamente correto. Como os vislumbres de almas que Dylan tinha visto, ele estava ali, mas não estava, dentro e fora de foco ao mesmo tempo.

— Bem-vinda — o ser disse, abrindo os braços. Dylan fechou a cara, irritada por sentir aquele brilho indulgente sobre si, como se ela devesse estar feliz por estar ali.

— Quem é você?

— Sou Caeli. Estou aqui para lhe dar as boas-vindas. Bem-vinda. Bem-vinda ao lar.

Lar? Lar?! Isso não era um lar. Lar era o lugar que tinha acabado de deixar. Duas vezes.

— Você deve ter perguntas. Por favor, venha comigo.

O sorriso ainda estava no lugar, o braço, estendido. Dois olhos dourados, sem pupilas, mas quentes e calmos, não assustadores, a assistiam e esperavam.

Devagar e com determinação, Dylan balançou a cabeça. O ser — era injusto chamá-lo de coisa, ainda que definitivamente não fosse uma pessoa — olhou para ela educadamente confuso.

— Quero voltar — disse Dylan com calma.

A confusão transformou-se em compreensão.

— Sinto muito. Você não pode voltar. Seu corpo partiu. Não tenha medo, você verá seus entes amados outra vez.

— Não, não é isso. A terra desolada. Quero voltar para a terra desolada. — Dylan olhou para o extenso terreno que ainda a cercava. Um olhar rápido sobre seus ombros confirmou que a formação de colinas ainda permanecia. Tecnicamente, parecia que ela ainda estava na terra desolada, mas, desde que cruzou a linha, não era o mesmo lugar. De forma alguma. — Quero… — Dylan parou de falar. O ser, Caeli, a olhava, incrédulo.

— Você concluiu a travessia — ele disse de forma enigmática.

A expressão de Dylan se fechou ainda mais. Ele realmente não estava entendendo o que ela estava tentando dizer.

— Onde está o meu barqueiro? Onde está o Tristan? — Ela gaguejou um pouco ao falar seu nome.

— Você não precisa mais dele. Ele cumpriu seu papel. Por favor, venha comigo. — Desta vez, o ser se virou, apontando para trás de si. No final do caminho, uma espécie de portal havia aparecido: um portão de cinco barras, com uma imensa barra diagonal atravessando a base. Parecia ridículo, pairando ali sem um propósito, sem uma cerca saindo de nenhum lado dele.

Dylan cruzou os braços sobre o peito, e ergueu o queixo.

— Não — falou entredentes. — Quero o Tristan. Não vou sair daqui até vê-lo.

— Sinto muito, mas isso não é possível.

— Por quê? — retrucou Dylan.

Caeli parecia não entender a pergunta.

— Não é possível — ele repetiu. — Por favor, venha comigo.

Ele deu um passo para o lado e gesticulou outra vez para o portão atrás dele. Sorriu com paciência, esperando.

Dylan tinha a sensação de que ele ficaria parado ali, com calma e serenidade, até que ela se movesse.

O que ele faria se ela o ignorasse, se tentasse voltar pelo mesmo caminho que tinha vindo, de volta para o lago?

Ele a impediria? Ela se pôs de pé e deu um passo para trás, observando cuidadosamente a reação dele. Caeli continuou sorrindo, inclinando a cabeça um pouco para o lado, perplexo, suas sobrancelhas se unindo de leve. Outro passo e ele ainda não se moveu. Apenas a observava. Ela estava livre para ignorá-lo, então.

Tirando os olhos dele por um momento, ela arriscou um segundo olhar fugaz para trás. As montanhas ainda estavam lá. Ela pensou ver o contorno do último santuário, nebuloso depois da linha que separava os dois mundos. Não havia sinal dos espectros, nenhum sinal de perigo. Ela poderia ficar lá.

Mas qual seria o sentido?

Tristan não estava ali. Tristan havia mentido para ela. Ele provavelmente já estava com seu próximo trabalho, a próxima alma.

Ele provavelmente já tinha esquecido dela.

Não, uma pequena parte no fundo de sua mente gritou. *Ele disse que te amava.* Ele falou sério.

Talvez. Talvez não. Não havia uma maneira de saber a verdade. E se Tristan não voltaria, qual era o sentido de ficar ali?

Suspirando, Dylan descruzou os braços, deixando que caíssem. Suas mãos pulsavam, o sangue correndo de volta para a ponta dos dedos. Ela não tinha percebido quanta força estava fazendo, como se tentasse se manter inteira.

— Tudo bem — sussurrou, dando o primeiro passo, e então outro, na direção de Caeli. — Tudo bem.

O ser sorriu de forma calorosa, esperando ela alcançá-lo antes de se virar e caminhar pelo caminho ao seu lado.

Eles chegaram ao portão, mas quando Caeli o abriu, não foram apenas as barras de metal enferrujando que se moveram. Era como se Caeli estivesse cortando um buraco no mundo. No espaço em que o portão estivera, agora havia uma janela para um lugar completamente diferente.

— Por favor — Caeli falou em voz baixa, indicando que Dylan deveria atravessar.

— Onde estamos? — ela sussurrou do outro lado.

Era um cômodo gigante, quase sem fim. Ela não conseguia ver as paredes, mas de alguma forma se sentia do lado de dentro. O chão estava limpo, sem cor.

— Esse é o salão de registros. Pensei que seria um bom lugar para o seu começo, encontrar as almas que vieram antes de você. Aquelas que morreram e completaram o caminho depois da terra desolada.

— Como? — Dylan murmurou, intrigada apesar de tudo.

Assim que as palavras deixaram seus lábios, uma ordem começou a se estabelecer. Os cantos do recinto se contraíram, formando paredes definidas, alinhadas do chão ao teto com prateleiras envergando por conta de livros pesados. Um carpete se materializou abaixo dela, grosso e escuro, feito para a grandeza e para abafar passos. Ela teve um estranho *déjà vu* enquanto olhava ao redor, a imagem trazendo ecos de uma visita a uma biblioteca com Joan: cavernosa, silenciosa e labiríntica para seus olhos aos dez anos de idade. Ela tinha se perdido e sido encontrada por um zelador gentil chorando sob uma escrivaninha. Será que era mais uma das projeções de sua mente, como a terra desolada?

Caeli falou suavemente ao seu lado.

— Tenho certeza que você tem família, amigos que gostaria de encontrar, não? — Ele esperou. — Você gostaria que eu a ajudasse a localizar alguém? Sua avó Moore? Sua tia Yvonne?

Dylan o encarou, chocada por ele saber os nomes de seus parentes.

— Você consegue encontrar qualquer um? — perguntou.

— Qualquer um que completou a jornada, sim. Temos registros de todas as almas. Todos os barqueiros têm um livro dos que guiaram para cá.

O quê? Dylan olhou para o outro lado do quarto enquanto processava as palavras de Caeli. Mas ela não estava pensando em encontrar sua avó ou sua tia, que havia morrido de câncer de mama apenas três anos antes. Ela tinha outra ideia.

Dylan se virou para o ser, uma luz brilhando repentinamente em seus olhos.

— Quero ver o livro do Tristan — ela disse.

Caeli pausou por um momento antes de responder.

— Este não é o propósito deste lugar... — começou.

— O livro do Tristan — Dylan repetiu.

O ser pareceu longe de estar feliz, suas feições em uma mescla de preocupação e reprovação, mas ele a guiou por estantes gigantes e livros incontáveis até chegar a um canto escuro. Ele buscou uma estante em que não havia nada, exceto um enorme tomo verde, desbotado, com páginas tingidas de dourado. Os cantos pareciam gastos, suaves, como se mil dedos já o tivessem aberto e folheado.

— Aqui está o livro do seu barqueiro — disse Caeli apoiando-o em uma mesa vazia. — Posso perguntar pelo que está procurando?

Dylan não respondeu, não muito certa da resposta. Em vez disso, ela o alcançou e ergueu a capa que revelava o livro de registro. Verbete após verbete preenchia as páginas. Fileira após fileira de almas, redigidas com uma caligrafia elegante. Havia um nome, uma idade e uma data em cada linha. Não a data de nascimento, Dylan percebeu, chocada, mas sim o dia em que morreram.

Sem falar, Dylan passou pelas páginas. Nome depois de nome depois de nome. Centenas. Milhares. Um infinito de almas que devia sua existência a Tristan. E ela era só um nome no meio daquele oceano. Pulando diversas páginas, ela folheou pelo livro até chegar à próxima folha em branco. Do final para o começo, ela encontrou o último registro. Era o dela. Era bizarro olhar para seu nome em uma caligrafia mais requintada do que ela jamais conseguiria um dia. Era a letra de Tristan? Não, não poderia ser. Ao lado dela, havia sido escrito a data em que ela tomou o trem. Ela passou o dedo para a próxima linha em branco e se perguntou qual nome preencheria o espaço.

Onde estava Tristan naquele momento? Ele já havia chegado no primeiro santuário?

Dylan suspirou e voltou a folhear o livro, abrindo-o em uma página aleatória. Não queria pensar em Tristan como o barqueiro de outra alma. Ele era o barqueiro *dela*. Dela. Sorriu com tristeza. Era difícil de acreditar nisso quando confrontada com aquele livro. Ela passou os olhos pela lista. Franziu a testa.

— O que é isso? — perguntou, apontando para uma linha quase no fim da página. O registro havia sido apagado, o nome quase completamente escondido por uma linha grossa de tinta preta.

Não houve resposta. Dylan olhou para Caeli, imaginando se teria sido abandonada, mas o ser ainda estava ali, imóvel. Ele olhava para longe, mas parecia estar observando o nada.

— Com licença... Caeli? — A sua voz falhou um pouco ao chamar o ser pelo nome. — O que isso quer dizer? Por que esse nome foi riscado?

— Essa alma não está aqui — respondeu ele, ainda olhando para longe. Não estava ali? Foram essas as almas perdidas para os espectros? Se Dylan procurasse, ela encontraria o garotinho aqui, o que tinha morrido de câncer, o que Tristan havia derrubado fugindo dos demônios? Ela abriu a boca para perguntar, mas Caeli virou a cabeça e a encarou com um sorriso tão estonteante que a assustou.

— Por que está interessada neste livro? Se me contar, posso ajudar você.

Desarmada pelo seu olhar dourado, Dylan perdeu momentaneamente a linha de raciocínio. O mistério do registro riscado foi para as profundezas de sua mente.

— Você conhece todas as almas daqui? — perguntou, apontando para o livro.

O ser baixou a cabeça, assentindo.

— Estou procurando por alguém, mas não sei o nome. Ele era um soldado. Um soldado nazista.

Dylan piscou, um pouco surpresa consigo mesma. Não era por esse motivo que ela havia pedido para ver o livro, mas a ideia tinha acabado de surgir em sua mente e ela soube de imediato que, ao menos inconscientemente, esse tinha sido seu plano durante todo o tempo. Ela queria falar com alguém que também conhecesse Tristan. Ela queria falar sobre ele com alguém que o conhecia como ela conhecia. O jovem soldado da Segunda Guerra Mundial tinha sido a alma que mais tinha marcado sua mente entre todas as histórias que Tristan lhe havia contado.

Ela esperava que o ser balançasse a cabeça, lhe dissesse que precisaria de mais do que aquilo, mas para sua surpresa, ele foi até a escrivaninha e passou confiantemente pelas gavetas cor de creme até chegar à página que queria.

— Aqui. — Ele apontou para a antepenúltima linha. — Esta é a alma que você quer.

Dylan se inclinou para a frente, espiando o nome rabiscado.

— Jonas Bauer — murmurou. — Dezoito anos. Morreu em fevereiro de 1941. É ele?

Caeli assentiu com a cabeça.

Dylan mordiscou o lábio, pensando. Dezoito anos. Ele era um pouco mais velho que ela. De alguma forma, quando ela imaginara essa alma, ela a tinha visto como um homem. Mas ele ainda poderia estar na escola. Pensou por um momento sobre os veteranos em Kaithshall. O presidente da associação dos estudantes, e os monitores. Eles eram apenas garotos imaturos. Ela não conseguia imaginá-los usando um uniforme, segurando uma arma. Ela não conseguia imaginá-los discordando de alguém, sabendo que sua decisão garantiria sua própria sentença.

Dezoito anos. Um garoto e um homem. Quem Tristan teria sido para ele? Como ele teria feito Jonas o seguir?

Dylan levantou a cabeça e contemplou Caeli.

— Quero falar com ele.

CAPÍTULO VINTE E DOIS

Caeli não havia discutido ou perguntado a Dylan o motivo por trás de seu estranho pedido. Em vez disso, ele havia estendido um braço, apontando pela biblioteca. Dylan hesitou, dando uma última olhada na página antes de o seguir. Algo chamou sua atenção antes de afastar os olhos. Ali, logo antes do final da página, havia mais um daqueles registros curiosos. Outra alma riscada.

No entanto, ela não tivera tempo de questionar Caeli a respeito das estranhas linhas deletadas. Ele havia ido até a uma porta alguns metros de distância, encaixada em uma parede que poderia ou não ter estado ali um momento antes. Dylan não tinha certeza. Ela franziu e esfregou a testa, desorientada.

— Isso estava... — começou, virando-se para Caeli.

Ele sorriu para ela, esperando pelo resto da pergunta, mas Dylan não continuou. Não importava. A porta estava ali naquele momento, e o que quer que estivesse do outro lado, era nisso em que ela precisava se concentrar. Mas tudo era tão confuso.

— Por aqui? — ela perguntou, apontando para a porta de aparência maciça. Era escura, talvez de mogno, ornada com painéis entalhados de forma elegante, combinando com os arredores grandiosos. A maçaneta era pequena e redonda, feita de latão polido.

Caeli assentiu com a cabeça. Dylan esperou que ele abrisse a porta para ela — não que ela estivesse acostumada a cavalheirismos, mas ele parecia estar no comando ali —, só que ele não se moveu. Isso era mais uma daquelas coisas que ela tinha que fazer por conta própria, como atravessar a linha para a terra desolada? Olhando para o ser à procura de respostas, ela experimentou estender a mão e segurar a maçaneta. Ela virou com facilidade, e Caeli deu um passo para trás para que ela pudesse abrir a porta por completo. Ela assim o fez, lançando ao ser mais um olhar nervoso antes de pisar para dentro e absorver os arredores.

Uma rua. Dylan ficou instantaneamente mais confortável. No entanto, as construções não eram nada como ela já tinha visto: um mundo além dos blocos de apartamentos uniformes, em pedra vermelha, de Glasgow. Casas organizadas surgiam, fileira após fileira, com um andar, jardins da frente bem-cuidados e lindos canteiros de flores estendendo-se sobre sua entradas. Veículos — quase todos pretos e brilhantes, com longos capôs curvados e plataformas prateadas em suas laterais — estavam estacionados em garagens ou calçadas. Era como algo saído de um filme antigo que Joan às vezes a fazia assistir quando recebiam um de seus muitos vizinhos idosos para jantar. O sol dividia o céu e havia um cantarolar silencioso e amigável no lugar.

Dylan deu um passo à frente em uma calçada belamente pavimentada que continuava por um jardim arrumado.

Houve um leve clique atrás dela, e ela se virou para ver a porta fechar. Ela parecia ter saído de um dos prédios, uma casa desacoplada com janelas de trapeira e paredes externas forradas em madeira escura. Caeli não estava em lugar algum, mas Dylan tinha a sensação de que tudo o que tinha que fazer era se lembrar da porta para encontrar o caminho de volta para a sala de registros.

Ela se permitiu um breve momento para memorizar o vaso de flores amarelas e laranjas à direita de um degrau único, e o número 9, em latão, pregado bem no centro da porta, sobre uma pequena caixa postal. Certa de que conseguiria encontrar a casa outra vez, ela voltou a encarar a rua à sua frente. Um som metálico que ela se esforçava para reconhecer ressoava em seus ouvidos. Era como um assobio, mas ela conseguia ouvir ao fundo as batidas de uma melodia. Era como ouvir uma rádio que não estava bem sintonizada. Ela seguiu o som, costurando por entre os carros até chegar a um par de pernas esticadas sob um veículo negro brilhante. O ruído era mais alto ali, e ela percebeu que estava certa: um rádio com aparência antiga — o que a sua vó teria chamado de um "rádio sem fio" — estava apoiado no topo do capô. Um pé batia no ritmo da música, uma canção antiga que Dylan não reconhecia.

Ela se perguntou se encontrara Jonas.

— Olá? — ela chamou, abaixando-se levemente para tentar enxergar sob o carro. Ela não conseguia ver muito além de pernas.

O pé parou de balançar. Depois de um segundo, houve um som de movimento e as pernas se estenderam revelando um corpo e, então, um rosto sujo de óleo. Dylan esperou enquanto ele se erguia para ficar em pé na frente dela.

Ele tinha o rosto de um garoto, esta foi a primeira coisa que notou. Bochechas lisas e arredondadas ficavam sob olhos azuis muito brilhantes. Seu cabelo loiro estava penteado de forma arrumada, dividido de lado, mas diversas mechas haviam saído do lugar, saltando em ângulos estranhos e fazendo-o parecer ainda mais infantil. Era um rosto peculiar para o corpo de um homem alto, com ombros largos.

Dylan teve certeza de que esta era a alma que ela buscava. Não era como ela o imaginara, mas era definitivamente ele: Jonas. Ela se lembrou, de repente, que ele era alemão, e se perguntou se conseguiriam se comunicar. Ela havia estudado francês na escola, mas seu alemão se limitava a contar até cinco.

— Você consegue me entender? — perguntou.

Ele sorriu, revelando dentes que não eram exatamente retos.

— Você não está aqui há muito tempo, está? — Seu inglês parecia perfeito, com apenas um traço de sotaque.

—Ah. — Dylan corou, percebendo que havia, de alguma forma, cometido uma gafe. — Desculpa. Acabei de chegar.

Ele sorriu um pouco mais, simpático.

— Consigo te entender — ele garantiu.

— Você é o Jonas — ela disse. Não era uma pergunta, mas ele assentiu, de qualquer forma. — Sou a Dylan.

— Olá, Dylan.

Houve uma pausa momentânea. Jonas a observou pacientemente, seu rosto educadamente surpreso e bastante intrigado. Dylan fez uma careta e se mexeu no lugar. Por que ela havia pedido para vê-lo? O que ela queria perguntar? Ela estava tão confusa, tão surpresa, que não conseguia pensar direito.

— Eu pedi pra te ver — começou ela, sentindo que alguma explicação era necessária. — Eu... eu queria falar com você. Fazer umas perguntas. Se não tiver problema.

Jonas esperou pacientemente, e ela entendeu isso como uma deixa para continuar.

— Queria perguntar sobre o seu barqueiro.

O que quer que Jonas estivesse esperando, não era isso. Ele piscou, franziu a testa, mas fez um movimento com o queixo para que prosseguisse. Dylan brincou com a própria língua entre seus dentes, mordendo o lábio inferior até quase doer. O que ela queria saber?

— Ele se chamava Tristan? — perguntou. Melhor começar devagar.

— Não — ele respondeu, balançando a cabeça devagar, parecendo se lembrar de coisas de muito tempo atrás. — Não, seu nome era Henrik.

— Ah — Dylan murmurou, tentando engolir sua frustração em seco, sem sucesso. Talvez não fosse ele, então. Talvez Caeli estivesse errado.

— Qual era a aparência dele? — perguntou ela.

— Não sei, normal, acho. — Jonas deu de ombros, como se a pergunta fosse difícil de responder. — Ele se parecia como qualquer outro soldado. Alto, cabelo castanho, usando uniforme.

Cabelo castanho? Isso também estava errado.

— Eu me lembro... — Ele expirou e sorriu de repente. — Eu me lembro que ele tinha os olhos mais azuis que eu já tinha visto. Eu brincava com ele por causa daqueles olhos, porque eles o faziam parecer um típico soldado nazista. Eles eram de uma cor muito esquisita.

— Azul-cobalto — sussurrou Dylan, vendo a explosão

de cor em sua mente como se ele estivesse parado na frente dela. O rosto ao redor dos olhos estava um pouco borrado, já se apagando da memória, mas o calor gelado de seu olhar ainda queimava nela. Aquele era ele. Aquele era Tristan. Ela sorriu para si mesma. Pelo menos aquilo era real.

Talvez ele mudasse de nome para cada alma que encontrava, escolhendo uma opção que achava que gostariam. Ela se lembrava do que ele dissera sobre ter que fazer com que as almas o seguissem, corando com as palavras que ecoavam em sua mente, dizendo que ela devia gostar dele. Havia gostado do nome Tristan. Parecia algo fora deste mundo, misterioso. Muito diferente dos clones de David, Darren e Jordan na Kaithshall. Será que essa era mais uma parte de seu trabalho, outra parte do truque? Ela sentiu seu peito apertar conforme percebeu, com um ímpeto súbito de tristeza, que ela poderia nem mesmo saber seu nome real. Se é que ele tinha um.

— Isso mesmo — concordou Jonas, sorrindo para ela. —Azul-cobalto. Essa é uma boa descrição deles.

— Como... como ele era? — Inconscientemente, Dylan levou uma das mãos ao rosto e começou a roer as unhas. Agora que estava chegando às questões importantes, ela estava repentinamente nervosa, sem certeza de que queria respostas, assustada pela possibilidade de ouvir algo de que não gostasse.

— Como assim? — Jonas franziu a testa, confuso.

Dylan respirou fundo, contorcendo os lábios. Ela não sabia como colocar em palavras.

— Ele era... ele era legal? Ele cuidou de você?

Em vez de respondê-la, Jonas inclinou a cabeça para o lado, e seus olhos azuis, mais turvos que os de Tristan — mas observadores também — a examinavam com atenção.

— Por que você está fazendo essas perguntas?

— O quê? — Dylan murmurou, enrolando. Ela deu meio passo para trás, até suas costas encostarem suavemente em outro carro estacionado.

— O que você de fato quer saber, Dylan?

Era estranho ouvir seu nome em um sotaque estrangeiro. Soava esquisito, desafinado. Não era ela. Perturbada e confusa como se sentia, combinava com seu humor de uma forma bizarra.

— Dylan? — Jonas a trouxe de volta do devaneio.

— Sinto falta dele — admitiu, olhando para o chão, surpresa por contar a verdade. Após poucos segundos, ela ergueu a cabeça e se deparou com Jonas encarando-a, sua expressão simpática e um pouco confusa. — Nós passamos por muita coisa juntos, e eu... eu sinto falta dele.

— Quando você chegou aqui? — Jonas perguntou.

— Agora. Quero dizer, logo antes de vir visitar você. Uma hora, talvez? — Ainda havia horas?

A pequena ruga entre os olhos de Jonas se aprofundou e ele franziu o rosto ainda mais.

— E você veio diretamente aqui me ver? Você não tem família que queira encontrar? Pessoas da sua vida que pensou que nunca veria de novo?

Dylan olhou para longe antes de responder, um pouco envergonhada da resposta verdadeira.

— Não quero aquelas pessoas. Quero o Tristan.

— O que houve na sua jornada?

— O quê? — Distraída por sua pergunta, Dylan se virou de volta para o alemão. Ele estava apoiado no carro em que estivera trabalhando, com os braços cruzados sobre o peito, o rosto indeciso enquanto ele tentava entender.

— Não estou entendendo. Quando conheci Henrik... desculpe, o seu Tristan — corrigiu ele, vendo o rosto de Dylan se fechar —, eu já sabia que estava morto. Eu soube quase de imediato quem ele era, o que havia acontecido. Estava feliz por ter a sua companhia durante a minha jornada, mas então, quando acabou, nós nos separamos. E foi só isso. Segui em frente e ele seguiu para a alma seguinte. Se penso nele, é com afeto. Mas eu não poderia dizer que senti falta dele.

Dylan o encarou, desapontada. Ele estava certo: não entendia. Não conseguia. Na verdade, ela provavelmente poderia passar por cada nome na lista do livro de Tristan e não encontraria uma alma que havia sentido o que ela sentiu, que soubesse como era ter essa dor persistente que agitava seu estômago, como se uma parte vital dela estivesse faltando.

Era tanto um pensamento reconfortante quanto deprimente.

Dylan virou de lado, afastando-se de Jonas. Ele ainda a estava observando com pena, e era doloroso ver o reflexo de seu rosto desanimado neles. Ela não queria nada mais do que se afastar dele, encontrar um lugar silencioso para se esconder e lidar com a bagunça de pensamentos paralisando seu cérebro.

— Olha, obrigada por me ouvir. Eu vou... vou deixar você voltar para o seu carro. Você está consertando?

— Sim. — Jonas sorriu de uma forma quase travessa, com suas bochechas gordas fazendo seus olhos quase desaparecerem. — Sempre quis um carro quando estava vivo. — Sua escolha de palavras abalou Dylan, mas ela manteve sua expressão impassível. — Agora posso brincar o quanto quiser. Apesar de eu achar que ele funcionaria independentemente do que eu fizesse. Ainda assim, gosto de fingir que faço a diferença. Eu estava tão empolgado quando atravessei para esse lado e o vi que quase não notei que estava de volta em Stuttgart! — Ele deu a Dylan um sorriso levemente triste. — É uma das vantagens desse lugar, pelo menos... ir para casa.

Casa. Lá estava de novo. Os olhos de Dylan ficaram nublados, seus lábios se apertando, demonstrando irritação.

— Não vou pra casa — disse.

— Como assim? — Jonas estreitou os olhos como se não entendesse.

— A sala de registros pode levar você pra qualquer lugar, certo? — Dylan perguntou.

— Bom, sim. — Jonas ainda parecia atrapalhado. — Mas quando você cruzou a linha na terra desolada, quando atravessou pra cá... — Ele pausou, inclinando a cabeça para o lado enquanto a encarava. — Você não foi pra casa?

Era a vez de Dylan parecer confusa.

— Eu ainda estava no que parecia ser a terra desolada — respondeu.

— Você tem certeza? — pressionou ele.

Dylan ergueu as sobrancelhas para ele. Ela tinha muita certeza.

— Absoluta — disse ela. — Eu estava parada exatamente no mesmo lugar. Só que, só que o Trist... o meu barqueiro tinha desaparecido.

— Não pode ser — Jonas disse, sua testa franzida de preocupação. — Todas as outras pessoas com quem falei, minha família, amigos, tiveram seu primeiro momento no além no lugar que tinham como lar.

Dylan não sabia mais o que dizer. Ela deveria se sentir mal, imaginava ela, por não ter sido levada para sua casa antiga ou para a casa de sua avó.

Mas ela não se sentiu mal. Ela se sentiu tranquilizada. Deveria estar com Tristan, é isso que seu cérebro estava lhe dizendo. Por mais que odiasse a terra desolada, o frio, o vento, as *subidas*, era ali que ela deveria estar.

Ela não pertencia àquele lugar. Não se encaixava, como sempre.

— Eu não deveria estar aqui — murmurou, mais para si mesma do que para Jonas. Ela se afastou. Queria ficar sozinha. Sozinha para pensar, sozinha para chorar. Ela forçou uma animação falsa em sua voz. — Bom, divirta-se com seu o carro. Obrigada outra vez. — Dylan partiu antes das palavras finais saírem de sua boca, passos rápidos a levando para longe, seus olhos buscando os vasos de flores e o número 9 de latão.

— Ei! Ei, espera!

Deixando um suspiro escapar entre os dentes, Dylan parou por um segundo e, então, se virou com cautela.

Jonas se afastou do carro e percorreu metade da distância que havia entre eles. Preocupação envelhecia seu rosto, tornando-o quase adulto.

— Você não vai tentar, vai? — perguntou, sua voz tão baixa que Dylan quase não a ouviu.

— Tentar o quê?

Ele olhou para a direita e para a esquerda antes de responder. As sobrancelhas de Dylan se ergueram, intrigadas.

— Voltar. — Ele falou as palavras apenas com os lábios, sem pronunciá-las.

— O quê? — Dylan gritou, inconscientemente se movendo para que ficassem frente a frente. — Como assim voltar? — Voltar para onde? Para a terra desolada? Ele estava dizendo que havia uma maneira?

Jonas fez um "shh", suas mãos gesticulando um aviso

enquanto olhava ao redor. Dylan ignorou seu pânico, mas baixou a voz quando perguntou outra vez.

— Como assim tentar voltar? Achei que não tinha como voltar.

— Não tem — ele respondeu de imediato, mas sua expressão era evasiva.

— Mas… — começou Dylan.

— Mas nada. — Jonas começou a se afastar, mas Dylan não o deixou, indo atrás dele como uma sombra.

— As pessoas tentaram — arriscou ela. A compreensão a atingiu como um raio. — Os nomes riscados — respirou ela. Ela estava errada antes? Será que eram almas que haviam se perdido não no caminho de ida, mas no caminho de volta? Era possível.

— Você não pode voltar. — Jonas repetiu as palavras de Caeli quase como se a resposta estivesse gravada, mas ele não conseguiu manter a expressão inocente diante da descrença evidente de Dylan.

— Como fizeram? — ela demandou, avançando outra vez. Um lençol de silêncio cobriu o alemão. — Como eles fizeram isso, Jonas?

Ele pressionou os lábios, pensando.

— Eu não sei.

Dylan encarou de volta, esperançosa demais para ficar tímida.

— Você está mentindo — ela disse, olhando-o com perspicácia.

— Não estou, Dylan. Não sei como é feito. Mas sei que é suicídio.

Dylan riu com amargura.

— Já estou morta.

Ele a olhou intensamente.

— Você sabe o que quero dizer.

Ela pensou a respeito por um instante. Morta. Morta *de verdade*. Desaparecida. Era assustador, seu coração começou a bater de forma dolorosa em seu peito apenas com a ideia. Mas ao mesmo tempo... Qual era o sentido de ficar ali? Sim, mais cedo ou mais tarde, Joan, seu pai, Katie, todos eles atravessariam. Ela poderia ter sua vida antiga de volta, ou alguma versão estranha dela. E ela poderia ficar tão solitária quanto, tão inadequada quanto havia sido antes da terra desolada.

Não valia a pena esperar uma vida inteira por isso. Se ela soubesse que Tristan estava vindo, então talvez conseguisse aguentar ficar ali. Mas isso não aconteceria. Ele nunca, nunca mesmo, viria. O pensamento enviou um choque de agonia para o seu âmago e ela fechou os olhos com a dor. Tristan. Ela ainda se lembrava perfeitamente da sensação ardente de seus lábios contra os dela, seus braços apertados ao lhe abraçar. Que irônico aquele ter sido o momento em que ela se sentira mais viva em toda sua existência.

Valia a pena arriscar sua existência para sentir aquilo de novo?

Sim.

— Como você pode ter tanta certeza se nem sabe como fazer isso? — desafiou Dylan. Ela se recusava a ser dissuadida por sua negatividade, não quando ele havia lhe dado uma esperança para se agarrar.

— Não, Dylan. Você não entende. — Jonas balançou a cabeça, suas mãos erguidas, alarmado. — Há almas aqui que assistiram a séculos passar. Elas conheceram centenas, talvez milhares de almas que tentaram escapar rastejando de volta, voltar para a esposa ou filhos. Nenhuma delas jamais voltou aqui para contar a história. Você viu os espectros, sabe o que fazem.

Dylan mordeu o lábio, pensando.

— Como você sabe delas? Das pessoas que tentaram?

Ele sacudiu uma mão com desdém.

— Boatos.

Boatos. Ela deu um passo para frente, olhos fulminantes. Jonas tentou dar um passo para trás, mas não havia aonde ir. Dylan o fuzilou com os olhos, decidida.

— Boatos de quem?

CAPÍTULO VINTE E TRÊS

Ela morava em uma construção de madeira que Dylan só poderia descrever como um casebre, cercado por quilômetros e quilômetros de planícies. Era um lugar isolado e selvagem, com cachorros latindo e nuvens trovejantes e suspensas, apesar da chuva estar escondida no céu cinza-chumbo. Eliza. A alma mais velha que Jonas conhecia. Se alguém era capaz de lhe dar respostas, dissera ele a Dylan, era Eliza.

Jonas a havia levado até ali simplesmente atravessando uma porta que ficava em sua rua. Em um instante eles estavam cercados por casas e, no seguinte, por areia e feno. Dylan o observou fechar um pequeno portão, com pedaços torcidos de madeira unidos por pregos enferrujados.

— Você já esteve aqui? — Dylan perguntou enquanto ele apontava o caminho para a casa da velha, onde uma luz brilhava em uma janela. Estava muito mais escuro ali, e o brilho quente era acolhedor.

— Não. — Jonas balançou a cabeça. — Mas não conheço outra pessoa que possa te ajudar.

Ele lhe lançou um olhar engraçado, e Dylan percebeu que ele esperava que Eliza tentasse fazê-la desistir em vez de ajudar. Ela olhou para a casa em ruínas, um pouco nervosa.

— Quem é ela? — perguntou. — Como ela sabe dessas coisas?

— Ela está aqui há muito tempo — respondeu Jonas.

Dylan apertou os lábios, insatisfeita. Aquilo não respondia de fato sua pergunta, mas ela sentia que isso era tudo que Jonas sabia.

Jonas pisou com confiança em uma varanda que parecia instável e bateu na porta, mas Dylan ficou para trás. Apesar de ter confrontado Jonas sem hesitação alguma, ela se sentia insegura, tímida com a ideia de falar com outra alma. Talvez fosse porque ela era velha, uma adulta de fato. Talvez fosse porque ela nunca havia conhecido Tristan. O que quer que fosse, fazia Dylan querer desistir em vez de seguir em frente. Se Jonas não a tivesse acompanhado, sabia que não teria chegado até ali.

Ela pensou em mudar de ideia, em dizer a Jonas para não se incomodar. Tristan parecia ainda mais distante nesta implacável paisagem estrangeira. Mas, então, uma voz vinda de dentro gritou "Pode entrar", e Jonas empurrou a porta para abri-la, sinalizando com a mão para que ela entrasse. Não havia nada que Dylan pudesse fazer além de obedecer.

Do lado de dentro, o casebre era um pouco mais acolhedor, e isso acalmou um pouco seus nervos. Um fogo queimava, e as paredes estavam adornadas com tecidos tricotados. Havia apenas um cômodo, com a cama no canto de uma das paredes, e uma pequena cozinha sob a janela no outro canto. No meio, uma anciã estava sentada, enrolada em cobertores, embalando-se delicadamente em uma cadeira de balanço antiga. Dylan continuou a olhar ao redor, curiosa, e se perguntou se era assim que os santuários da terra desolada pareciam antes de entrarem em decadência.

— Eliza, esta é a Dylan, e... — começou Jonas.

— E você quer saber como voltar — ela disse, terminando a frase, com sua voz aveludada e fraca. Quando Dylan virou a cabeça para olhá-la — surpresa com o fato de que ela havia sido tão rápida em adivinhar o motivo de sua visita — seus olhos estavam alertas, perfurantes.

— Como você sabia... — Dylan se perdeu sob o olhar sagaz que Eliza lhe lançou.

— As pessoas sempre vêm até mim quando querem saber isso. Vi centenas como você, querida — disse ela, mas não de forma desagradável.

— Você pode me dizer como fazer? — Dylan perguntou, os dedos de sua mão esquerda cruzando atrás das costas.

Eliza a examinou por um momento longo.

— Sente-se — ela disse, enfim.

Dylan franziu a testa. Ela não queria se sentar. Ela estava agitada, reprimida. Queria se mexer, caminhar e liberar um pouco da tensão que fazia seus músculos contraírem. Ela queria descobrir o que a anciã sabia e ir embora, recomeçar.

Eliza olhou para Dylan como se soubesse exatamente o que ela estava pensando. Então, gesticulou outra vez para a única outra cadeira no recinto.

— Sente-se.

Dylan se sentou na beirada, com as mãos entre os joelhos para impedi-las de se agitar, batucar ou tremer. Ela olhou fixamente para a anciã, sem notar o próprio Jonas se acomodar discretamente no canto de uma mesa atrás dela.

— Por favor, me diga o que você sabe — ela pediu.

— Eu não *sei* nada — respondeu a velha. — Mas ouvi coisas.

— Qual a diferença?

Eliza sorriu para ela, mas a expressão estava tingida de tristeza e melancolia.

— A certeza.

Aquilo quebrou o ritmo de Dylan, mas apenas por um instante.

— Me conte o que você ouviu, então. Por favor.

Eliza se remexeu em seu assento, ajustando as franjas dos xales enrolados ao redor de seus ombros.

— Eu *ouvi* — disse ela, enfatizando a última palavra — que é possível cruzar de volta pela terra desolada.

— Como? — respirou Dylan.

— Você já sabe como esse lugar funciona. Tudo o que tem que fazer é achar a porta.

— E onde ela fica? — A pergunta saiu dos lábios de Dylan antes de Eliza sequer ter terminado de falar. A velha parecia divertir-se com a ansiedade dela, os cantos de seus lábios se contorcendo.

— Qualquer porta.

— O quê? — A voz de Dylan era forte, impaciente. — Como assim?

— Qualquer porta leva você até lá. Não se trata da porta, mas de você.

— Não pode ser. — Dylan balançou a cabeça com desdém. — Se qualquer porta pudesse levar as pessoas até lá, todo mundo tentaria.

— Não, não tentariam — Eliza rebateu gentilmente.

— É claro que sim! — explodiu Dylan. Ela estava ficando brava, sentindo que isso era uma perda de tempo.

O BARQUEIRO **243**

— Não — repetiu Eliza. — Porque quando a maioria das pessoas tenta abrir aquela porta, e você está certa, muitas de fato tentam, ela se tranca.

— É esse lugar — sussurrou Dylan. — É como uma prisão, não deixa você sair. Eu sei — continuou ela, vendo Eliza balançar a cabeça —, a maioria das pessoas não quer ir embora. Mas deveriam deixar que fossem quando quisessem.

— Você está errada — disse Eliza. — Não é este lugar. São as almas, elas que se impedem.

— Como? Por quê? — Dylan deslizou ainda mais para a ponta da cadeira, subitamente interessada.

— Elas não querem realmente ir. Não, não é bem isso. Elas querem ir, mas mais do que isso, não querem morrer. Bem lá no fundo, elas sabem que atravessar a terra desolada provavelmente será a morte delas, e este pensamento as impede, faz com que permaneçam aqui. Porque elas sabem que se forem pacientes, se esperarem, provavelmente verão seus amados outra vez. Elas simplesmente não conseguem correr o risco de tentar e fracassar, sabendo que será o fim verdadeiro.

Dylan ouviu o aviso em suas palavras: *fique aqui. Espere.* Mas o que Eliza não percebia era que esperar não faria Tristan chegar a ela.

— Então como você faz a porta abrir?

Eliza abriu as mãos, como se a resposta fosse óbvia.

— Você tem que querer voltar mais do que quer que sua alma sobreviva.

Dylan considerou aquilo. Ela queria? Achava que sim. E, aparentemente, não custaria nada experimentar a porta e descobrir. Mas mesmo que voltasse para a terra desolada, e então? Como encontraria Tristan? Duvidava que Eliza poderia lhe contar isso. Será que já houvera uma alma que queria reencontrar o seu barqueiro? Dylan não se importava se ela e Tristan fossem para lá ou voltassem para o mundo real. Nem se morassem na terra desolada. Ela estremeceu ao pensar nos espectros, em encará-los outra vez, mas o faria. Ela só queria... ela só queria Tristan.

Eliza suspirou, arrancando Dylan de seus pensamentos.

— São sempre os jovens que querem voltar — murmurou ela. — Sempre.

— Você não ficou tentada? — perguntou Dylan, distraída por um momento.

Eliza balançou a cabeça, seus olhos ficando sombrios com pesar.

— Não, menina. Eu era velha, sabia que não teria que esperar muito até meu marido se juntar a mim.

— Onde ele está? Ele está aqui? — Dylan fez a pergunta antes de perceber quão grosseira havia sido.

— Não. — A voz leve e baixa de Eliza quase desapareceu por completo. — Ele não conseguiu atravessar a terra desolada.

— Sinto muito — Dylan sussurou, olhando para o seu colo, envergonhada.

O rosto de Eliza se fechou, e lágrimas ameaçaram saltar de seus olhos, mas então ela pareceu se recompor, se endireitando e respirando fundo.

— Imagino que você queira saber o que acontece depois que chega do outro lado — ela disse.

Dylan deu de ombros. Ela não tinha pensado tão longe, não estava mais tão ansiosa para voltar para sua vida antiga quanto estava para voltar para lá. Pareceria esquisito, no entanto, se ela não parecesse interessada. Ela não tinha certeza se queria confessar suas intenções verdadeiras. Contar a ela seria diferente de contar a Jonas.

— Eu *ouvi*... — Mais uma vez, Eliza buscou transmitir a Dylan o risco que ela corria — ... que se conseguir chegar ao seu corpo, você pode entrar nele novamente.

— Ele ainda estará lá? — Dylan ficou horrorizada, esquecendo-se, por um momento, que isso não era parte de seu plano. — Com certeza alguém já o terá recolhido. Minha mãe vai ter me enterrado. Ah, meu Deus, eu não voltaria no caixão, voltaria? E se ela mandou me cremar? — Pânico e repulsa transformaram suas palavras finais em um gritinho.

— Dylan, o tempo parou. Para você, pelo menos. Seu corpo estará exatamente onde estava.

Dylan assentiu, aceitando isso. Planos se formavam em sua mente. Ela conseguia se ver remando para atravessar o lago, escolhendo um caminho para cruzar o vale. Ela pensou no chão vermelho-sangue, no céu queimado, mas mesmo essas imagens apavorantes não conseguiam balançá-la. Sua determinação se solidificava. Ela iria tentar, sabia disso. De alguma forma, faria a porta se abrir e iria tentar. Encontraria Tristan. Ela sorriu para si mesma, satisfeita com sua decisão. Ao erguer a cabeça, viu Eliza observá-la de perto.

— Há mais alguma coisa — disse a velha, devagar. — Alguma coisa que você não está me contando. — Seus olhos observaram o rosto de Dylan. Era desconfortável, como se Eliza estivesse tentando ver nas profundezas do seu ser. Dylan sorriu, lutando contra o desejo de se virar. — Você não quer voltar — contemplou ela. — Não o caminho todo. O que é que você busca, Dylan?

Qual era o sentido em mentir? Dylan mordeu os lábios

por um momento e, então, decidiu confiar nela. Havia se decidido, de qualquer forma, independentemente do que Eliza tivesse a dizer. Talvez a velha pudesse ajudá-la.

— Quero encontrar o meu barqueiro — confessou, em voz baixa.

Sua confissão pairou no ar. Dylan prendeu a respiração, esperando pela reação de Eliza. A velha manteve o rosto impassível, apenas um leve franzir de lábios revelava suas emoções enquanto ela refletia sobre as intenções de Dylan.

— Isso é mais difícil — ela disse, depois de um minuto doloroso. O coração de Dylan disparou.

— Mas não impossível?

— Talvez não impossível.

— O que eu tenho que fazer?

— Você tem que encontrá-lo.

Dylan piscou duas, três vezes, confusa. Não era difícil. Ele estava ajudando outra alma a atravessar. Ela só esperaria em um santuário e, mais cedo ou mais tarde, ele viria até ela.

Então ela se lembrou. Ela se lembrou de ver os contornos sombrios circulando como fantasmas pela terra desolada tingida de vermelho. Ela se lembrou dos espectros negros seguindo com insistência cada um de seus passos com insistência. E os orbes. Os orbes brilhantes iluminando o caminho, dando às almas algo para seguir, mantendo-as seguras. Será que Tristan só seria aquilo para ela agora, um orbe? Se sim, como ela o diferenciaria dos milhares de outros? *Você vai saber*, uma vozinha disse no fundo de sua mente. Mas só uma vez. Em voz baixa. Porque todo o resto de seu cérebro ouviu a voz com escárnio. Isso não era um filme romântico clichê. Isso era a vida real. Se Tristan era uma dessas coisas, se ela não pudesse vê-lo, ouvi-lo, ela nunca o encontraria.

— Como eu o encontro? — perguntou ela. — Eu os vi, os outros barqueiros na terra desolada. Eles não são pessoas, eles são só...

— Luz — terminou Eliza. Dylan assentiu, porque era uma descrição tão boa quanto qualquer uma. — Mas — continuou ela —, ele ainda é o *seu* barqueiro. Mesmo se tiver guiado outra alma. Mesmo se tiver guiado mil. Se você o vir, irá enxergá-lo como sempre.

Os olhos de Dylan se encheram de uma alegria sincera. Então havia uma chance... Era possível. Ela ouviu Jonas tossir baixo atrás dela e se virou para sorrir para ele. Apenas um palpite a havia levado até Jonas. Quanto tempo ela demoraria para descobrir essas respostas sozinha? Quantos anos de vida haviam custado a Eliza para entender completamente como esse lugar funcionava?

— Como você sabe tudo isso? — perguntou Dylan, ainda com um sorriso enorme.

No entanto, a anciã não retribuiu a expressão. Ela suspirou.

— Eu já disse, e isso é algo que você precisa se lembrar, Dylan, eu não *sei*. Eu realmente não sei. Você estaria correndo um risco enorme.

Suas dúvidas não conseguiam diminuir o entusiasmo súbito de Dylan, apesar de ela estar determinada a tentar.

— Quanto tempo você acha que consegue sobreviver na terra desolada? — Eliza perguntou. — Mesmo que encontre o seu barqueiro. Por quanto tempo você acha que pode enganar os demônios?

— Ficaremos nos santuários — disse Dylan. — Eles não podem entrar.

— Tem certeza? Você está mudando o jogo, Dylan.

Como você sabe que os santuários ainda estarão lá, que ainda funcionarão para você?

Dylan franziu a testa, pega de surpresa pelas palavras de Eliza.

— Bom, não vamos ficar na terra desolada, então — declarou, mas parte da confiança havia desaparecido de sua voz. Eliza riu com desdém, mas sua expressão era de pena.

— E para onde vocês vão?

— Ele pode vir comigo? — Dylan sussurrou, tímida. Seu coração, antes disparado, diminuiu o ritmo, batendo de forma errática, tão nervoso pela resposta quanto ela.

— Para onde?

— Aqui. Lá. Qualquer lugar. Não importa.

— Ele não pertence a este lugar.

— Nem eu — retrucou. Ela tentou ignorar a simpatia com a qual Eliza sorria para ela.

— E o lugar dele não é com você, tampouco. Ele não é humano, Dylan. Não tem sentimentos como nós, não sangra.

— Ele sangra, sim — Dylan murmurou. Ela queria dizer a Eliza que ele podia sentir também, que a amava, mas sabia que a velha não acreditaria nela e não queria ter que defender as palavras de Tristan quando ela mesma não tinha certeza do quanto acreditava nelas.

— O quê? — perguntou Eliza, parecendo confusa e incerta pela primeira vez.

— Ele sangra, sim — repetiu Dylan. — Quando... quando os demônios o pegaram, quando o levaram pra baixo, eles o machucaram. Mas ele voltou pra mim. E estava coberto de machucados e arranhões.

— Nunca tinha ouvido falar disso — disse Eliza devagar. Ela ergueu a cabeça para Jonas, parado atrás de Dylan, e ele também balançou a cabeça.

— Eu vi — afirmou Dylan. Ela se inclinou para a frente e encarou Eliza. — Ele pode vir comigo? Se não pra cá, de volta. De volta para o outro mundo?

A alma anciã se embalou para frente e para trás enquanto pensava. Depois de alguns instantes, ela balançou a cabeça. Dylan sentiu seu estômago gelar.

— Eu não sei — disse ela. — Talvez. Isso é o melhor que posso te dar. É um risco. — Ela olhou intensamente para Dylan. — Vale a pena?

Tristan estava sentado na cadeira frágil do santuário, imóvel, observando a mulher dormir. Apesar de ela já estar na idade adulta — tinha comemorado seu trigésimo sexto aniversário no mês anterior —, ela parecia muito jovem encolhida na cama de solteiro estreita. Seu longo cabelo castanho serpenteava ao redor de seus ombros e a ponta de sua franja encostava nas sobrancelhas. Sob o lilás pálido de suas pálpebras, ele conseguia ver seus olhos indo de um lado para o outro, sonhando. Não havia espaço em seu cérebro nebuloso para se perguntar o que ela via. Ele apenas estava contente por seus olhos estarem fechados. Quando estavam abertos, quando olhavam para ele, eles tinham exatamente o tom certo e errado de verde, e ele não aguentava olhar de volta.

Ele suspirou, levantou-se da cadeira, espreguiçou-se e, então, andou até a janela. Estava escuro do lado de fora, mas isso não era um problema para ele. Era fácil identificar os contornos em redemoinho, sombra sobre sombra, que se amontoavam ao redor da construção minúscula, farejando, saboreando. Esperando. Eles estavam frustrados. Não tinham pegado nem mesmo um pedacinho da alma que ele estava guiando. Nem naquele dia, nem no dia anterior, ou no dia anterior a esse. Na verdade, aquela era a travessia mais fácil que ele tinha feito em muito, muito tempo. Ele sorria sombriamente para si mesmo enquanto pensava no quanto Dylan teria preferido as ruas planas dessa terra desolada de decadência urbana. Ela não teria se perturbado com os arranha-céus abandonados que faziam a mulher virar o pescoço a cada três segundos.

Ele sempre havia pensado nela naqueles termos, como "a mulher". Não queria pensar em seu nome. Ela era um trabalho para ele, não uma pessoa, apesar de ser educada e animada. Sua disposição animada enchia o ar com calor e deixava o céu brilhando, azul. Ela era doce, também, engolindo as mentiras que ele contava sem questionar. Toda noite eles chegavam no santuário com muito tempo de sobra. O que era bom, porque Tristan não estava com cabeça para aquilo.

Vazio. Era tudo que ele conseguia sentir. Um vazio sem emoções. Sem pensamentos. Se ele se concentrasse, poderia ter sentido pena da mulher. Ela parecia gentil. Era agradável, educada, tímida. O que havia acontecido com ela era injusto: esfaqueada enquanto dormia por um ladrão asqueroso. Ela merecia compaixão, mas Tristan estava tão ocupado sentindo pena de si mesmo que não sobrava para mais ninguém.

Um barulho o fez virar bruscamente a cabeça para trás, mas ele relaxou logo antes de concluir o movimento. Era só a mulher tossindo baixo enquanto se movia no colchão. Tristan a observou com cuidado por um momento, apreensivo, mas ela não acordou. Bom. Ele não achava que aguentaria conversar.

Contemplar a noite não era distração suficiente. Depois de batucar os dedos de forma silenciosa no peitoril da janela por muito tempo, Tristan retomou sua vigília na cadeira dura de madeira. Ele estimava que havia ainda uma hora, talvez duas, antes de o sol nascer. Com sorte, a mulher dormiria até lá.

Isso dava muito tempo a Tristan. Nas seis horas em que estivera sentado ali, sozinho, havia conseguido não pensar nela. Ele se permitiu um sorriso de esguelha. Era um recorde. E também o máximo de tempo que ele aguentaria. Olhos do mesmo tom de verde que a alma dormindo calmamente ao lado dele, mas em um rosto diferente. O sorriso de Tristan se ampliou enquanto ele se permitia chegar o mais perto que podia de sonhar.

CAPÍTULO VINTE E QUATRO

— O que você vai fazer?

Eles haviam deixado a anciã Eliza em seu casebre. Dylan, sem ter qualquer outro lugar para ir, havia seguido Jonas de volta para o lugar que ela agora sabia ser a recriação de uma rua em Stuttgart, a cidade em que ele vivera quando criança antes de sua curta carreira militar. Eles estavam sentados no capô de seu carro, e o rádio ainda assobiava, ao fundo, melodias antigas que Dylan não reconhecia.

Ela suspirou, tentando clarear a cabeça.

— Vou voltar — respondeu ela.

Jonas a olhou, sua expressão séria.

— Tem certeza de que é a coisa certa a fazer? — perguntou, cauteloso.

— Não. — Dylan deu um sorriso torto. — Mas vou fazer mesmo assim.

— Você pode morrer — alertou Jonas.

O meio-sorriso de Dylan sumiu de seu rosto.

— Eu sei — ela respondeu suavemente. — Eu sei. Eu deveria ficar aqui em algum lugar, esperar pela minha mãe, pelos meus amigos. Encontrar meus parentes. Eu deveria apenas aceitar. Sei que deveria.

— Mas não vai — Jonas terminou por ela.

Dylan fez uma careta e baixou o olhar para as mãos que estavam fechadas e unidas com força. O que mais ela poderia dizer? Jonas não entendia. Ela não podia culpá-lo. Mal fazia sentido para ela o fato de a coisa certa a fazer também poder ser a coisa errada.

— Minha mãe sempre me disse que eu era teimosa — ela falou, sorrindo. — Tristan dizia o mesmo.

— Sério? — Jonas riu. Ela assentiu.

— Acho que eu realmente o irritava no início. Não parava de dizer que ele estava indo na direção errada.

Era engraçado agora, lembrando daqueles primeiros dias. Quantas vezes ela o havia feito parar para convencê-la?

— Ele contou a história do Papai Noel para você? — Jonas perguntou, rindo consigo mesmo.

— Sim! — Dylan riu. Que bizarro! Quando ela imaginara a história, tinha sido moderna. Ela tinha imaginado o espaço decorado do shopping no centro da cidade. Será que teria sido a mesma coisa em, o quê? 1930? Antes? — Ele te admirava muito, sabe — disse ela a Jonas. — Quando ele me contou sua história, disse que você era admirável. E nobre.

— Ele disse? — Jonas pareceu contente, sorrindo amplamente enquanto Dylan fazia que sim com a cabeça, confirmando a verdade em suas palavras.

— Acho que ele é admirável também — contemplou ele. — O trabalho que ele faz, a forma como só vai e volta, de novo e de novo. Não é nada justo.

— Eu sei — murmurou Dylan.

Nada daquilo era justo. Nada do que havia acontecido a Jonas, a ela. Não o que ainda acontecia com Tristan. Ele merecia ser libertado de seu… bom, "trabalho" não era o termo correto. As pessoas são pagas por um trabalho. E você pode se demitir, ir embora. O que Tristan tinha era uma obrigação. E ele havia sofrido o suficiente.

— Quando você vai tentar? — perguntou Jonas, acordando-a de sua reflexão.

Dylan fez uma careta. Ela não tinha certeza. Sua primeira ideia foi esperar até a manhã. Seria melhor, dando a ela o dia inteiro de luz para tentar e chegar a um santuário. Mas então outro pensamento a atingiu. Tristan havia lhe dito que ela não precisava mais dormir, e fazia quanto tempo que ela estava acordada? Ela ainda não se sentia cansada. A noite existia ali? O sol ainda estava no alto do céu, assim como estava antes de irem encontrar Eliza.

Se o tempo não era um problema, ela imaginava que a resposta era: quando ela estivesse pronta. E quando seria isso?

Nunca.

Agora.

Ela pensou sobre o que estava encarando: uma porta que poderia não abrir, uma terra desolada, um exército de espectros e uma busca sem esperança por Tristan. Era uma perspectiva terrível, que a fazia tremer.

E o que ela poderia fazer para se preparar? Absolutamente nada.

Dylan experimentou um momento de puro terror. Será que ela podia mesmo fazer isso? Sua determinação fraquejou, a parte racional de seu cérebro lutando de forma desesperada contra a ideia de ser obliterada, apagada. Os céus vermelhos e demônios rodopiantes que a esperavam do outro lado da porta. Por que ela estava fazendo isso?

Tristan. Seus olhos tão, tão azuis. O calor de sua mão entrelaçada com força às dela. A suavidade de seus lábios ardendo dentro de sua alma.

— Não existe momento como o agora.

Qualquer porta, Eliza dissera. Qualquer uma a levaria aonde queria ir, desde que ela estivesse certa de que queria ir lá. Mas Dylan sabia para onde queria ir. Menos de dez minutos depois ela estava na frente da porta, inspirando o odor inebriante que vinha dos vasos de flores laranjas e amarelas e apertando os olhos contra o clarão de luz do sol refletido no número brilhante de latão pendurado bem no centro da porta. Esta, de verdade, era a porta que a havia trazido até este lugar, onde quer que fosse. Parecia apropriado que fosse a porta que ela usaria para sair.

Dylan contemplou a pequena maçaneta redonda. Jonas havia lhe explicado como funcionava. Tudo em que ela tinha que pensar era aonde queria ir, e quando abrisse a porta, estaria lá. Ela fixou na mente uma visão da terra desolada: as colinas altas e ondulantes, o vento gelado, o céu coberto de nuvens. Sua mão começou a ir para a frente, mas, então, ela hesitou. Isso não estava certo. Aquela não era a terra desolada real. Sem Tristan, ela sabia o que veria. Encolhendo-se de leve, ela pensou em uma imagem diferente, uma que era uma paisagem pintada com diferentes tons de vermelho. Lá era onde ela estava indo de verdade.

Ela cerrou os dentes, concentrada, e estendeu os dedos de novo.

— Dylan. — Jonas segurou seu pulso, parando-a.

Soltando um suspiro rápido, secretamente aliviada por ter uma chance de adiar o momento, mesmo que por poucos instantes, Dylan se virou para ele.

— Como você morreu?

— O quê? — Completamente despreparada para a pergunta, ela não conseguia fazer nada além de olhá-lo com a boca escancarada.

— Como você morreu? — ele repetiu.

— Por quê? — Dylan perguntou, aturdida.

— Bom, é só que... Se você conseguir, e espero mesmo que consiga... — Ele lhe lançou um sorriso rápido — ... você vai voltar para o seu corpo, bem do jeito que estava. O que quer que tenha acontecido com ele ainda vai ter acontecido. Então, só estava me perguntando, como você morreu?

— Acidente de trem — Dylan murmurou, seus lábios quase imóveis.

Jonas assentiu, pensativo.

— Quais foram seus ferimentos?

— Eu não sei.

Estava tudo tão escuro e tão quieto. Ela não fizera ideia alguma de que estava morta. Se houvesse luz no vagão, o que ela teria visto? Seu corpo estaria lá, estendido pelo assento? Ela tinha sido esmagada? Decapitada?

Se ela estivesse tão ferida assim, seu plano funcionaria?

Dylan balançou a cabeça de leve para afastar os seus pensamentos mórbidos antes que roubassem sua coragem. Ela já tinha decidido, se lembrou. Ela faria isso.

— Eu não sei — repetiu —, mas não importa. — *Tristan é tudo o que importa*, pensou. — Adeus, Jonas.

— Boa sorte. — Ele sorriu hesitante para ela, e Dylan

sabia que ele achava que ela não conseguiria. Ela deu as costas para sua dúvida. — Ei, só mais uma coisa.

Desta vez, Dylan suspirou, realmente frustrada.

— O quê? — ela perguntou sem olhá-lo, com as mãos ainda estendidas rumo à maçaneta.

— Mande um oi pra ele. — Pausa. — Espero que você sobreviva, Dylan. Talvez eu te veja de novo.

Ele se despediu conforme se afastava do caminho. Dylan sentiu um leve pânico quando virou e viu a distância aumentar entre eles.

— Você não vai ficar? — perguntou ela.

O que ela realmente queria era pedir que ele fosse com ela, mas ela não podia fazer isso. Não o faria.

Ele balançou a cabeça, ainda caminhando para trás.

— Não quero ver — confessou.

Ele acenou rapidamente, com um sorriso final e, então, se apressou para longe. Dylan o observou atravessar a rua, perambulando entre os carros até desaparecer dentro de uma casa. Ela estava sozinha.

A rua pareceu estranhamente silenciosa. Hostil. Era quase fácil virar as costas e encarar a porta por uma terceira e última vez. O coração batia forte no peito, e pequenas gotas de suor nervoso se formavam em seu lábio superior. Ela alcançou a maçaneta e, em sua mente, delineou a imagem daquele pesadelo banhado em vermelho-sangue e, conforme seus dedos agarravam o metal frio, seus lábios tremiam, murmurando "terra desolada, terra desolada" de novo e de novo. Ela pegou a maçaneta, inspirou uma última vez e a girou.

Dylan esperava que nada acontecesse. Ela pensava que encontraria uma força intransponível, uma tranca que nunca conseguiria arrombar. Ela honestamente acreditava que teria que ficar por horas reunindo coragem e convicção até ter certeza, total certeza, de que queria fazer isso.

Mas a porta abriu com facilidade em sua mão.

Surpresa, ela a escancarou e espiou pela abertura.

A terra desolada.

A terra desolada queimando, vermelha. O céu estava riscado com laranja queimado e violeta. Já era o meio da tarde. Isso era assustador.

O caminho que ela havia seguido naquele último dia com Tristan — quando ela ainda acreditava que ele viria com ela, quando o sol ainda estava brilhando forte — se estendia na frente dela. Em vez do marrom dourado da areia e do cascalho, era negro como a meia-noite. Ele parecia ondular, como se algo borbulhasse sob a superfície. Brilhava de leve, como melaço.

Prendendo a respiração, Dylan levantou o pé e o baixou suavemente. O caminho se manteve. Depois de uma hesitação momentânea, ela deu outro passo. Seus dedos soltaram a porta. Ela não precisou se virar para ver, ela soube quando fechou. Soube no mesmo segundo. Porque ela não estava mais sozinha.

Almas. No instante em que voltou ao domínio dos barqueiros, se viu cercada de almas. Elas eram exatamente como se lembrava: transparentes, sombrias, como fantasmas agitando-se no ar. Elas tinham rostos, corpos, mas pareciam tanto estar lá quanto não estar. Era a mesma coisa para as vozes. Quando Dylan as havia observado do santuário, ela estava longe demais e protegida pelas paredes da cabana para ouvi-las. Mas agora elas faziam barulho, falando por todos os lados. Mas nada do que diziam era claro. Era como ouvir sob a água, ou com um ouvido pressionado contra a parede. Cercando-as, circulando com atenção, estavam os espectros. Dylan arfou, mas eles não fizeram nenhum movimento em sua direção. No entanto, eles a assustavam. Ela lançou um olhar automático sobre o ombro, espiou a porta firmemente fechada. Será que deveria voltar?

Não.

— Vai, Dylan — disse ela para si mesma. — Se mexe.

Suas pernas obedeceram, e ela começou a ir para frente em uma marcha dura que parecia constantemente prestes a irromper em um trotar. Com tudo o que podia, ela mantinha os olhos fixos no caminho à sua frente. Sua vista estava firme em um círculo de montanhas distantes. Montanhas que ela sabia que rodeavam a beira de um lago, em cuja praia havia um santuário.

O caminho era sulfuroso. Os vapores fumacentos que o cobriam em uma neblina giravam ao redor de seus pés, fogos fátuos que pareciam prontos para se transformar em mãos, agarrando-a se ela demorasse demais. Ela não tinha certeza se era sua imaginação, mas seus pés pareciam quentes demais, como se o calor estivesse se infiltrando pela sola de seus tênis. O ar, também, era desconfortavelmente quente. Era como Dylan imaginava que seria parar no meio de um deserto, sem nem mesmo uma brisa para afastar o calor enjoativo. Tinha sabor de areia e cinzas, e sua boca já estava seca. Ela tentou respirar pelo nariz, e seus pulmões imploraram por mais oxigênio. Ela sabia que estava perto de hiperventilar, mas não conseguia parar.

Apenas chegue no primeiro santuário. Era só isso que tinha que fazer, e ela não pensaria em nada além disso. *Apenas chegue no primeiro santuário*.

Cerrando os punhos, ela fixou os olhos adiante. Ela estava tentada, muito tentada a olhar para as almas, ver quem havia passado, mas seu sexto sentido dizia que isso era perigoso. Com o canto de seus olhos, conseguia ver as sombras cintilantes dos espectros. Sem a luz de um orbe brilhante para atrair seu olhar, eles não pareciam tê-la notado. Mas se notassem... ela não teria um barqueiro para protegê-la. Ela seria uma presa fácil.

— Não olhe, não olhe — repetiu ela entredentes, enquanto se apressava.

Ela avançou, avançou e avançou, sem olhar para nada além das colinas à frente, observando-as ficarem cada vez maiores, e cada vez mais escuras com o pôr do sol.

Dylan chegou ao santuário justo quando o sol, brilhando como um carvão quente, começou a encostar na montanha mais alta. Ela estava ofegante, mas não pelo esforço. Apesar de ter caminhado cada vez mais rápido, tentando acompanhar a velocidade da luz que se apagava, ela ofegava pelo estresse de manter os olhos fixos em frente. As almas haviam continuado a passar por ela velozmente e em grandes quantidades, mas ela estivera assustada demais para parar e olhá-las, captando apenas trechos de conversas, frases e palavras sem sentido e, de vez em quando, lamentos de partir o coração.

Mas quanto mais tarde ficava, mais ela notava que as almas ao seu redor tentavam viajar rápido. Ela havia notado, observando de canto de olho, a urgência na qual as deslumbrantes luzes brancas — lindas na semiescuridão — tentavam persuadi-las a seguir em frente. Aquelas almas estavam flertando com o perigo, abusando da sorte. Elas tinham um longo caminho até chegar à fronteira antes do cair da noite, e seus barqueiros sabiam disso. Assim como os espectros.

Eles emitiam um som como nada que Dylan já havia escutado antes. Gritos e risadas misturados. Ódio e deleite, desespero e empolgação. O som a congelava até os ossos. Era quase impossível não olhar, não se virar para a fonte do som e ver qual criatura poderia estar tão feliz e, ainda sim, tão atormentada. Ela ficou imensamente aliviada quando viu o santuário naquela vastidão sangrenta. Estava aflita com a possibilidade de não alcançá-lo, ou com o risco de aquele não ser o mesmo santuário. Mas lá estava, um oásis no deserto. E, quando Dylan cruzou o portal para dentro da cabana, seu esforço era tanto que ela quase chorava.

A noite passou devagar depois disso.

Ela acendeu o fogo e deitou na cama. Fechou os olhos. Queria dormir. Não porque estava cansada, mas para se esconder. Apenas para passar o tempo. Mas a inconsciência a abandonara. Em vez disso, ela passou as horas ouvindo as risadas dos espectros em êxtase ao se deliciarem com almas que haviam sido lentas demais, e cujos barqueiros haviam falhado.

CAPÍTULO VINTE E CINCO

— Estou morta.

Não era uma pergunta, então Tristan não se preocupou em responder. Ele apenas olhou diretamente para a frente, deixando as luzes cintilantes das chamas o embalarem em um devaneio. Ele odiava essa parte. Odiava o choro, as lamúrias e as súplicas. Na verdade, eles tinham ido bastante longe, quase chegaram ao vale sem a mulher perceber o que estava havendo. Eles poderiam ter atravessado todo o caminho até a fronteira — um feito que Tristan nunca havia conquistado com as milhares de almas que tivera que conduzir —, não fosse pelos espectros. Esta alma, esta mulher, era tão tímida, doce e obediente que não havia, nunca, questionado as palavras de Tristan. Tinha se tornado quase irritante, como se ela fosse uma folha de papel em branco, completamente vazia. Mas havia sido conveniente.

Os espectros, no entanto, nunca deixariam uma alma tão inocente e ingênua passar pela terra desolada sem uma briga. Eles haviam ousado agressões à luz do sol, usando as frágeis sombras de árvores e moitas para atacar. Tinha sido fácil fugir, mas eles faziam muito barulho, e não havia nada que ele pudesse fazer para evitar que a mulher olhasse na direção dos ruídos.

— O que houve comigo? — A voz dela era um sussurro assustado.

Tristan piscou uma vez, arrastando-se de volta pelo cômodo, e a encarou. Seus ombros estavam inclinados para a frente, seus olhos, imensos, seus braços enrolados ao redor do peito, como se estivesse tentando se abraçar. Ele a olhou, olhou para sua expressão patética, e não sentiu absolutamente nada. Ainda assim, ele era seu barqueiro, e tinha que responder.

— Um assaltante entrou na sua casa. Você foi esfaqueada enquanto dormia.

— E aquelas... coisas lá fora, o que são?

— Demônios, espectros. — Ele não disse mais do que isso. Não queria ter que dar explicações longas.

— O que vão fazer comigo?

— Se te pegarem, vão devorar sua alma, e você vai virar um deles. — Tristan olhou para fora para não ver o terror em seu rosto. Apesar de seu estado, ele estava começando a sentir pena dela, mas não poderia ceder a isso. Não de novo.

Houve um silêncio que durou por tanto tempo que Tristan quase se virou para ler a expressão da mulher. No entanto, ele podia ouvir sua respiração entrecortada. Ela estava chorando. Aquilo era algo que ele não queria ver.

— Pensei que você fosse me roubar no começo, sabe — ela murmurou, sua voz mais firme do que ele esperaria. Ela deu uma risada sem humor. — Quando te vi fora da minha casa, pensei que você fosse um dos trombadinhas da vizinhança que tinha vindo me roubar. Eu ia chamar a polícia.

Tristan assentiu sem encará-la. Ele havia percebido a expressão em seu rosto quando ela espiou pela janela, o que o preocupou por um breve momento. Era o jeito como ele estava vestido, sua idade, rosto. Estava tudo errado para aquela mulher. Ele deveria ser mais velho, mais educado. O tipo de homem em quem ela confiaria. Ele não deveria ser o mesmo garoto enviado para levar Dylan do trem.

Por que ele não havia mudado? Não fazia sentido. Ele nunca havia mantido uma forma antes. E quando começaram a ir embora pela rua dela, ele podia jurar que viu alguém *olhando* para ele. Ele não entendeu, mas não gostou. Ficara mais difícil tentar esquecer Dylan desta maneira, deixar a dor para trás.

— O que teria acontecido — ela disse, enfim — se eu tivesse tentado fugir de você?

Ele encarou as chamas.

— Eu teria impedido você.

Houve silêncio enquanto a mulher considerava isso. Tristan tentou se desconectar, mas não conseguia desligar a mente. Ele se pegou desejando que a mulher falasse, só para quebrar o silêncio. Ela obedeceu um momento depois.

— Aonde estamos indo?

É claro que ela faria essa pergunta. Tristan havia formado uma resposta padrão para isso muitos, muitos anos antes.

— Estou guiando você pela terra desolada. Quando terminar a jornada, estará segura.

— E onde estarei? — ela perguntou prontamente.

— Em frente.

Em frente. Eles sempre seguiam em frente. E ele voltava. Havia aceitado essa grande injustiça há muito tempo, e ela havia parado de o incomodar. Até que...

Ele abriu a boca, seus pensamentos formando uma mensagem. A mulher teria uma eternidade à sua frente, então com certeza poderia separar uns poucos momentos para procurar uma alma por ele, certo? Mas antes de sequer decidir o que queria dizer, ele fechou boca novamente.

Dylan fora aonde ele não podia alcançá-la. Nem suas mãos, nem suas palavras. E qual era o sentido de enviar uma mensagem quando não havia jeito algum de ela enviar uma de volta?

Ele suspirou.

— Amanhã temos uma jornada perigosa pra fazer — começou ele.

O vale seria traiçoeiro. Ele precisava se concentrar. Ele precisava ser um barqueiro.

A terra desolada não era mais fresca sob a luz do amanhecer. Dylan parou na soleira da cabana. Ela estava lá há algum tempo, brigando consigo mesma. Já havia espectros do lado de fora, serpenteando pela superfície do lago como pássaros. No entanto, de novo, eles não vieram para perto dela. O santuário parecia a estar protegendo bem. Ela podia ficar ali. Ficar segura e esperar por Tristan. Mas e se ele não chegasse até lá? E se a alma que ele estivesse guiando fosse velha demais, lenta demais? Além disso, ela ansiava por ele. A ideia de esperar, por quanto tempo fosse, era excruciante. Ela tinha que encontrá-lo.

Mas o lago. Ela quase se afogara ali. Arrastada para dentro da água, ela havia afundado. Criaturas das profundezas haviam se divertido com ela, arrastando, puxando, rasgando. Se Tristan não tivesse agarrado a barra de sua calça e a levado à superfície em segurança, ela nunca teria deixado o lago. Dylan se lembrou do sabor da água. Imunda, estagnada, poluída. Era grossa, como óleo na língua. E aquilo havia acontecido na sua própria terra desolada, coberta de verde.

Nessa nova paisagem selvagem e em chamas, era pior. A água fazia espuma, venenosa e fumacenta. A superfície era uma névoa que não parecia sólida o suficiente para aguentar o peso do barquinho danificado, mas ele estava lá, oscilando suavemente na superfície. Isso era um alívio. Como tinha virado, ela ficou preocupada de que tivesse afundado, ou chegado à tona completamente quebrado. Mas lá estava ele, bem onde o havia deixado.

No meio do lago.

Ela suspirou enquanto refletia. Havia apenas duas opções: engatinhar até lá e entrar, ou caminhar ao redor do lago. Caminhar era muito mais atraente do que entrar na água negra e oleosa, com coisas escondidas nas profundezas obscuras. Mas era um longo caminho. Ela estaria correndo contra o sol, e não tinha muita certeza de que poderia vencer.

Então de fato era apenas uma escolha entre o que era pior: a água ou a noite.

Tristan havia pensado que a melhor maneira era usar o barquinho, apesar dos perigos sob a superfície. Isso deveria significar simplesmente que o caminho por terra era longo demais — e, nessa versão da terra desolada, quente demais

— para atravessar antes de escurecer. E ela já havia sobrevivido às águas gélidas do lago antes. Ela nunca estivera do lado de fora na escuridão da noite.

O lago, então. O triturar dos seus pés nas pedrinhas que formavam a praia era o único som enquanto ela acelerava pela leve subida rumo à praia. Não havia almas para ver aquela hora. Todas deviam estar emergindo de santuários, assim como ela, prontas para atravessar o lago. Dylan havia pensado nelas por muito tempo enquanto esperava o amanhecer, enquanto tentava, sem sucesso, não ouvir os gritos. Ela não conseguia ver seus santuários, mas deviam estar próximos, resguardando-as do escuro e dos demônios. Dylan estivera feliz de ficar sozinha, de um jeito estranho. As outras almas a deixavam desconfortável. Elas eram assustadoras... estranhas. E, apesar de saber que era ridículo, ela tinha inveja por elas ainda estarem com seus barqueiros enquanto ela ainda precisava encontrar o seu.

E não fazia a mínima ideia de como fazer isso. Mas ela se negava a pensar nesse problema. Um passo de cada vez, esta era a maneira de sobreviver. E o próximo passo era atravessar o lago.

Ela quase desistiu na beirada da água. As ondas pintaram as pontas de seus tênis. Ir mais além significaria deixar o líquido imundo tocar sua pele, e dar a qualquer criatura espreitando na água uma chance de agarrá-la. Dylan vacilou, mordendo o lábio, mas de fato não havia escolha. Era ir em frente ou voltar. Inspirando fundo, ela forçou seus pés a se moverem.

Frio. Calor. As duas sensações atingiram-na de uma vez só, e ela se sobressaltou. Mais grosso que a água, o líquido lutava contra cada passo. Ele girava ao redor de seus joelhos, de suas coxas. Apesar de não conseguir ver o fundo do lago, seus pés sentiam o caminho, tropeçando sobre a mistura desigual de areia e pedras. Até ali, tudo bem. Era mais do que desagradável, mas ela ainda estava de pé, e ainda não tinha sentido os puxões de garras de nenhuma criatura escondida nas profundezas. Poucos passos à frente, ela teve de erguer as mãos da superfície. A água tipo piche a lambia, e ela se sentia enjoada. Esperava chegar ao barquinho antes de ter que nadar.

Dylan fixou os olhos nele. Estava exagerando antes: o barco não estava no meio do lago, mas pelo menos a uma piscina de distância dele. Suas esperanças de andar pela água o caminho inteiro foram destruídas quando outro passo fez a água bater em seu peito e, então na garganta. Ela esticou o pescoço, tentando manter a boca vazia, mas as fumaças nocivas entravam no seu nariz, fazendo-a sentir vontade de vomitar. Ela estava tremendo de frio, tremendo com tanta força que quase não sentiu algo deslizando devagar ao redor de sua perna esquerda e, então, de seu tornozelo direito. Na sua cintura.

Quase.

— Merda! O que foi isso? — chiou ela. Seus braços, ainda erguidos, desceram num tapa para espantar o que quer que segurava o seu casaco. Ela sentiu o toque de escamas pontiagudas contra a palma de sua mão antes de afastá-la. No entanto, a criatura a circulou de volta, atacando-a por trás, pegando seu capuz de forma que a gola do casaco a sufocasse na garganta.

Dylan girou na água, chutando e estapeando e se debatendo. Gotículas escuras e oleosas respingaram, molhando seu cabelo e bochechas. A água encontrou um caminho até seus olhos e boca. Cuspindo e cega, ela tirou o casaco da boca da criatura e se lançou na direção do barquinho, tentando nadar e lutar ao mesmo tempo. Foi desajeitado e exaustivo, mas ela conseguiu fazer as criaturas pararem de segurá-la com força, e o barco estava cada vez mais próximo. Quase lá. Ela o alcançou, os dedos buscando as bordas. Conseguiu alcançá-lo, suas mãos se fecharam de forma dolorosa e, de repente, ela não conseguia respirar. Três daquelas coisas tinham enfiado os dentes no seu casaco, e a força que tinham juntas era demais para ela conseguir se soltar.

Elas mergulharam, jogando-se no lago congelado, puxando-a com elas. Dylan abriu a boca para gritar justo quando a água cobriu seu rosto. Ela inundou sua boca, grossa e tóxica. A garota entrou em pânico, soprando para fora todo o ar em seus pulmões, desesperada demais para esvaziar a boca para pensar. Assim que seus pulmões se esvaziaram, eles lutaram para inflar, apertando e contraindo. Dylan manteve os lábios cerrados, lutando contra o desejo de respirar. Ela estava indo mais e mais fundo. Lampejos de antes vieram à sua mente, mas não havia Tristan para salvá-la desta vez.

Tristan. Ela viu o rosto dele em sua mente com total clareza. Isso lhe deu forças para lutar. Dando um puxão no zíper, ela se virou e se contorceu até sair do casaco, então nadou para cima, desesperada. Para cima, cima e cima. Estava indo longe demais? Para o caminho errado? Para baixo? Ela não conseguiria lutar contra o desejo de respirar por muito mais tempo.

Quando ela achou que ia desmaiar pela falta de ar, sua cabeça irrompeu na superfície e ela puxou oxigênio para dentro de seus pulmões, respirando com força. Ela alcançou o barco cegamente, com lágrimas escorrendo pelo seu rosto e criando linhas na cola negra que cobria sua pele. Segurando-se com ambas as mãos, ela deu um impulso para subir no barquinho.

Por um momento, Dylan se deitou com o rosto para baixo, ofegante, tentando sentir se havia algo preso em seus tornozelos antes de ter de se virar e encarar os horrores, mas não havia nada além do frio. Desajeitadamente, ela se revirou e se ajeitou no assento de madeira duro. Seu corpo inteiro tremia, tanto de medo quanto de frio, e sua cabeça girava. Ela estava encharcada também, suas roupas cobertas com a água viscosa do lago. Mas estava viva.

Agora ela tinha que remar. Não havia remos, mas ela se lembrava que não havia da outra vez... no início. Dylan fechou os olhos, tateou sob seus joelhos e procurou ao redor com os dedos.

— Vamos lá, vamos lá — murmurou, arranhando as pranchas de madeira. — Foi assim para o Tristan. De que outro jeito você quer que eu atravesse?

Nada. Dylan abriu os olhos, olhando ao redor do lago. O outro lado ficava no mínimo a oitocentos metros, e o ar estava completamente calmo, nenhum vento para empurrá-la suavemente para o outro lado — nem que ela tivesse uma vela. E de jeito nenhum ela nadaria. Nada a tiraria daquele barco.

—Ah, qual é! — gritou, sua voz surpreendentemente alta no escuro. — Eu odeio esse lugar! Me dá um par de remos!

Ela bateu nas laterais do bote, depois se virou e se jogou no assento de novo, totalmente desesperada.

Os remos estavam arrumados nas cavilhas para remo, esperando por ela.

Dylan os encarou, espantada.

— Ah — ela disse. Então olhou para o céu, receosa.
— Obrigada?

Sem saber ao certo sobre com quem estava falando — se é que havia alguém — e se sentindo tola pelo chilique, apesar de não ter ninguém ali para vê-la, ela pegou os remos, mergulhou-os na fumaça escura e começou a remar.

Remar era *difícil*. Dylan se lembrava vagamente de Tristan rindo da sua cara quando ela perguntou se ele queria que remasse um pouco, dizendo alguma coisa sarcástica do tipo não querer ficar na água para sempre. Não parecera muito difícil quando ele fez aquilo, mas Dylan estava achando quase impossível. O barquinho não ia na direção que ela queria, e tentar avançar pela água estranhamente nebulosa era como tentar mover o peso do mundo. Para piorar, suas mãos continuavam escorregando no cabo dos remos, e ela havia esfolado a pele interior do seu dedão nos primeiros dez minutos, então aquela área inteira latejava. Mas a dor mal se notava em comparação ao que ela sentia em suas pernas e costas. Era um progresso muito, muito lento.

No entanto, mais ou menos na metade do caminho, ela encontrou algo para distrai-la momentaneamente da sua lentidão. Um barco passou por ela indo na direção oposta. Ele deslizava devagar, com seus passageiros ondulando sob a luz. Uma vez que o primeiro barco passou, houve outro, e então outro. Logo a superfície do lago estava inundada de pequenos veículos, uma flotilha sombria criando uma neblina na superfície do lago.

Era muito mais difícil não encarar essas almas e os espectros que pairavam sobre elas, prontos para arrancá-las dos botes e puxá-las para baixo da superfície turva da água. Voltar pelo caminho no qual havia vindo era o único sentido para o qual remar agora, então Dylan não tinha opção além de se concentrar na direção dos barcos, tentando não olhar para eles. Ela tentou manter os olhos na popa de seu próprio bote, mas era difícil. O movimento explodia ao redor, na sua visão periférica, e ela tinha de lutar constantemente contra o instinto de erguer os olhos.

Em especial quando um barco teve problemas. A água ao redor da sua embarcação permaneceu calma, mas Dylan soube o que estava acontecendo sem nem precisar erguer a cabeça. Primeiro, o barulho mudou. Em vez do toque leve de água contra a lateral do veículo e dos murmúrios retorcidos de cem conversas, houve um lamento estridente. Diferente do som gutural e áspero dos espectros, estava vindo de uma alma, ela tinha certeza. Então houve a luz. A fraca luz incandescente dos orbes mal estava fazendo diferença sob a luz ardente vermelha do sol. Mas na direção do grito, o orbe mais próximo se iluminou intensamente. Foi como de repente tirar óculos de cor, e o mundo, só por um instante, parecer ter cores normais.

Ela viu o barco imediatamente. Estava logo à frente do seu, talvez a cem metros de distância, chacoalhando de um lado para o outro como se estivesse sendo atacado por um furacão. Era difícil olhar, porque o orbe flutuando no meio do barco brilhava com tanta força que machucava a vista. Ainda assim, ela não conseguia tirar os olhos. Não deveria. O orbe estava chamando por ela. Não, ela percebeu. Estava chamando pela alma dele... mas a alma estava ignorando.

A alma estava olhando para dentro da água.

Bem na frente de Dylan, a água se ergueu em um formato retorcido que parecia, de onde ela estava, uma garra. A garra se desprendeu do lago e se dividiu em uma dúzia — não, duas dúzias de criaturinhas menores, como morcegos.

As criaturas do lago.

O enxame desceu sobre a alma, e o barco começou a pular e a dar solavancos, virando de forma perigosa. Como se estivessem esperando permissão, os espectros circundantes se juntaram ao ataque.

— Não! — gritou Dylan, percebendo um segundo antes que o barco estava prestes a virar.

Assim que a palavra saiu, ela grudou a mão sobre a boca, mas era tarde demais. Eles a ouviram. As criaturas do lago continuaram a puxar a alma para baixo, para as profundezas da água, distraídas do orbe, que agora pulsava furiosamente. Então os espectros foram na direção dela. Sem orbe, sem barqueiro, eles não precisavam esperar o escuro para se deliciarem com ela.

— Droga! Droga! Sua idiota.

Dylan começou a remar de forma maníaca, forçando os remos pela água com o máximo de velocidade e força que podia. Não era suficiente. Nem de perto. Os espectros estavam voando, planando sobre os vapores, como se aquilo fosse seu combustível. No tempo que lhe havia custado dar três remadas apressadas, eles fecharam metade da distância. Ela já conseguia ouvir seus rosnados deleitados.

Era isso. Ela iria morrer.

Dylan parou de remar, parou de respirar e os encarou, esperando. Ela sabia exatamente qual seria a sensação quando eles dessem um soco em seu peito: como gelo em seu coração. Em seus últimos segundos, ela se perguntou quanto tempo duraria, quanto doeria.

Conforme eles se apressaram pelos metros finais, ela fechou os olhos. Não queria ver seus rostos.

Mas nada aconteceu.

Eles ainda estavam ali, ela sabia. Podia ouvi-los, silvando e rosnando e grunhindo, mas ela não conseguia sentir nada. Nada além do ressoar de seu pulso e o suor gelado descendo por suas costas, apesar do calor intenso do maldito sol. Confusa, Dylan abriu os olhos, permitindo apenas que o primeiro traço de vermelho entrasse.

Eles ainda estavam ali, ela podia vê-los ao seu redor. Ela fechou os olhos outra vez, retorcendo o rosto inteiro. Por que não a estavam atacando? Era difícil de compreender, difícil de acreditar que eles pudessem estar tão perto e não a tocar... só porque ela tinha os olhos fechados? Mas ela não tinha nenhuma outra explicação. Mal ousando respirar, Dylan tateou cegamente até achar os remos. Tão devagar que doía, ela os mergulhou e começou a remar. Uma remada por vez, ela atravessou a água. Os resmungos cresceram até virarem rugidos, mas um ruído frustrado, e ainda assim, nada a tocava.

— Não olhe, não olhe, não olhe — repetiu Dylan, murmurando as palavras no mesmo ritmo em que remava. Ela estava tremendo com o esforço de não espiar. Pior do que isso, ela não conseguia ver aonde ia, e sabia que não era boa o suficiente para remar em linha reta. Quem sabe onde acabaria? Desde que estivesse fora da água, ela estaria feliz. Tentou se lembrar de qual era a distância da praia até o santuário sobre a colina. Não parecera um caminho muito longo, só uma colina. *Só uma colina. Só uma colina.* Ela focou neste pensamento. Nisso, e em manter os olhos fechados.

Um solavanco atrás dela quase desfez todo seu esforço. Por um momento, ela achou que os espectros estivessem atacando de novo e seus olhos se abriram rápido, em pânico, antes que pudesse forçá-los a fechar de novo. Ela viu de relance a imagem rápida de algo negro mergulhando na direção dela antes de franzir as pálpebras juntas, amassando o rosto inteiro para mantê-los fechados. Ela tentou remar, mergulhar os remos na água, mas eles bateram em algo duro, empurrando suas mãos, fazendo a dor disparar em ambos pulsos. Então, houve um ruído alto que enviou outro pico de adrenalina pelo seu corpo antes que o bom senso alcançasse seu cérebro.

A orla. Ela tinha chegado à orla. O barquinho não estava mais balançando suavemente, ele estava encalhado na praia.

Sair do barquinho com os olhos fechados foi esquisito. Até mesmo encalhado como estava, ele virava e se agitava enquanto Dylan se mexia, fazendo-a gritar e perder o equilíbrio. Então, quando se lançou para frente, pela lateral, a queda pareceu assustadoramente distante. Quando seus pés alcançaram o chão, ela se assustou, enviando agonia e frio para cima de ambas suas pernas.

Ela estava na água.

CAPÍTULO VINTE E SEIS

O pavor de perceber aquilo quase a quebrou outra vez. Seus olhos se abriram, tremendo, e viram os espectros circulando sua cabeça como um enxame de abelhas. Ela os fechou de novo, de imediato, mas ainda conseguia sentir o frio gélido do lago ondulando até seus joelhos. Era sua imaginação ou havia algo deslizando perto de seus tornozelos, serpenteando como uma cobra prestes a dar o bote? Horrorizada, ela arrancou o pé esquerdo da água, mas, o que quer que fosse, apenas se moveu suavemente para sua outra perna. Desta vez, não havia dúvida: havia algo ali.

Grunhindo, Dylan agiu. Ela disparou violentamente até a costa, olhos fechados, o andar desastrado porque, a cada passo, ela tinha que erguer o tênis, chacoalhando o tornozelo para se livrar de qualquer coisa que se prendesse. Ela não devia olhar e, como no vagão de trem vazio onde tudo isso havia começado, sua mente preenchia os espaços em branco. Ela imaginava as criaturas como um meio-termo entre uma enguia e um caranguejo, com garras que prendiam ou uma boca gigante, como a de um tamboril cheio de dentes afiados. Nauseada e em pânico, ela correu, sem parar até ouvir o triturar seco de seixos sob seus pés.

Sobrecarregada e exausta, ela se jogou no chão, de quatro, e arranhou as pedras com os dedos. *Terra seca*, ela disse a si mesma. *Terra. Você está segura.*

Mas, ainda com medo de abrir os olhos, ela estava totalmente perdida. Havia um caminho subindo a montanha, ela sabia, mas isso era na terra desolada *dela*. Não necessariamente ali. E mesmo que fosse, como ela o encontraria se não conseguia abrir os olhos?

Sem ideias, Dylan contorceu o rosto, angustiada, e uma lágrima escapou de suas pálpebras fechadas com força, caindo e explodindo em sua mão. Sua boca se virou para baixo, seus lábios tremendo, e seus ombros começaram a balançar conforme ela começava a chorar. Estava paralisada. Presa. Será que as outras almas haviam conseguido chegar apenas até ali?

Ela ficou no mesmo lugar por dez minutos, dez minutos preciosos de luz do dia, antes de um pensamento lhe ocorrer. Talvez ela pudesse ver... desde que não *olhasse*. Se conseguisse manter a cabeça baixa, encarando apenas o chão, resistindo à tentação de fixar os olhos nas coisas que estavam brigando por sua atenção a todo custo. Se ela conseguisse fazer isso...

Era uma ideia melhor do que ficar ali e esperar a noite dominá-la. O escuro, o frio, os gritos: a isso ela sabia que não conseguiria sobreviver.

Respirando cuidadosamente, ela abriu os olhos, hesitante. Focando em nada além de olhar direto para baixo, em *não* olhar de verdade, ela esperou. Demorou apenas três segundos. Um espectro voou para o chão, tocando de

leve as pedrinhas, e foi direto para seu rosto. Dylan piscou
— uma reação automática —, mas conseguiu não olhar
para o movimento e se manter focada no chão. No último
segundo, o espectro desviou, rosnando com raiva em seu
ouvido ao passar, fazendo o vento agitar uma mecha solta
de seu cabelo.

— *Isso!* — Dylan sussurrou.

Mas um espectro era fácil. Ao perceber que ela agora
havia aberto os olhos, o resto dos demônios voadores tentaram a mesma abordagem, mergulhando em conjunto atrás
dela, um após o outro. O ar havia se tornado um redemoinho
confuso de trevas, dificultando a visão, mas Dylan os ignorou
naquele momento, levantando de forma desajeitada. Ela teve
que levar as mãos à frente para se equilibrar, desorientada
pelos movimentos, e arrepios surgiram em seus braços conforme o ar vibrou ao redor dela.

Virando a cabeça lentamente para a esquerda e direita, ela tentou ver sua rota. Deveria ficar perto do galpão do
barco, mas apesar de ele haver estado ali, Dylan não conseguia ver a velha cabaninha que o guardava. Não ter galpão
significava não ter a rota, mas será que ela precisava mesmo
disso? Ela sabia que tinha que subir, e isso deveria ser o
suficiente. Teria que ser, porque a tarde estava indo embora
numa velocidade assustadora.

Olhos baixos, ela se concentrou no cascalho negro e
escorregadio e, então, conforme se afastava da praia, no
chão de terra vermelha. Tufos de plantas cresciam nas encostas, mas nada das urzes e da grama alta com as quais ela
tinha se acostumado. Eram plantas roxas e pretas, com folhas afunilando em pontas finas e hastes armadas com espi-
nhos irregulares. Elas fediam também, soltando um cheiro

forte de podridão e decadência quando seu jeans encostou nelas. Agora que se movia para longe do lago, o calor atacava com um fervor renovado. Suas roupas secaram e endureceram, manchadas de preto da água, e começaram a grudar nela quando o suor infiltrou sua pele. O topo de sua cabeça queimava sob o brilho intenso do sol.

Era horrível. Ela não conseguia respirar, estava exausta e, a cada instante, os espectros mergulhavam na direção dela tentando pegá-la distraída outra vez. Ela não ousava levantar a cabeça para ver até onde tinha que ir, mas suas pernas ardiam, e suas costas doíam por ficar curvada. Assustada, com dor e desgastada, Dylan franziu o rosto e começou a chorar. Os espectros riram, como se pudessem pressentir o quão perto ela estava de desistir, de sucumbir, mas ela não conseguia se controlar. As lágrimas borraram sua visão, e seu caminho colina acima tornou-se errático.

Quando o cascalho enfim deu lugar ao chão pedregoso que marcava o começo do topo da colina, o pé de Dylan chutou uma pedra que se recusou a sair do caminho, e ela tropeçou. Esticando os braços, ela arfou, focando o olhar no chão que se acelerava em sua direção.

Suas mãos absorveram o peso da queda e, então, seu peito bateu no chão, estalando sua cabeça para cima. Ela se viu cara a cara com um espectro. Houve tempo apenas para ver seu minúsculo rosto enrugado assumir em um olhar perverso antes de mergulhar nela, deixando-a toda fria, como se tivesse sido submergida no lago gelado.

Uma vez que havia visto um, parecia impossível evitar olhar para o resto, e eles atacaram em massa, empurrando e puxando, penetrando até seus ossos. Com Dylan no chão, os espectros já haviam vencido metade da batalha. Ela se sentiu afundando, deslizando para baixo como se a terra dura e compacta fosse areia movediça.

— Não! — Soluçou. — Não, não, não!

Ela não tinha chegado até ali para morrer agora. De novo, o rosto de Tristan dançou na frente dos olhos dela, o azul vívido de sua expressão um remédio perfeito para aquele inferno maldito. Foi como uma corrente de ar fresco, encorajando Dylan. Com um esforço monumental, ela firmou os pés no chão e se lançou para cima, livrando-se dos espectros que apertavam suas mãos e seu cabelo. Então ela correu.

Suas pernas queimavam, seus pulmões doíam, e as garras de infinitos espectros se puxavam com força sua camiseta saturada de suor e seu cabelo. Encarando o topo da colina, ela lutou contra a posse deles. Os espectros uivavam e rosnavam, zunindo ao redor dela como abelhas furiosas. Mas Dylan seguiu em frente. Ela chegou ao topo, e a descida, ela sabia, seria muito, muito mais fácil.

Na verdade, fácil demais. Muito rápido — rápido demais. Seus pés não conseguiram aguentar a gravidade puxando-a para baixo na encosta. Ao contrário dos espectros, essa era uma batalha que ela não podia vencer — e não queria. Em vez disso, ela se deixou cair em queda livre, correndo para frente, concentrando-se apenas em mover as pernas o mais rápido possível, ficando reta. Se ela caísse ali, seria seu fim. Desabando, agitando-se, ela não seria capaz de pensar onde seus olhos estavam focados.

O santuário apareceu subitamente. Estava ali, bem na frente dela. O declive estabilizou, deixando mais fácil controlar a velocidade. Ela estava tão perto, conseguiria chegar. Os espectros sabiam disso também, então duplicaram seus esforços, enroscando-se em suas pernas para tentar fazê-la tropeçar de novo e voando tão perto de seu rosto que ela sentia suas asas ferroarem sua bochecha. Tarde demais. Dylan tinha o santuário para olhar e nada que os espectros fizessem tiraria seu foco dali.

Ela disparou pela esquina da cabana e se jogou porta adentro. Ela sabia que não precisava, mas a bateu atrás de si. O alívio tomou seu corpo. Ela ficou parada no meio do único cômodo, puxando oxigênio para dentro de seus pulmões em chamas, tremendo inteira.

— Cheguei — sussurrou. — Cheguei.

Ela se sentia exausta, como se sentira em sua última travessia do lago. Por um tempo, ela ardeu, aquecida pelo pânico e pela adrenalina que eram como ácido em suas veias. Mas sob a luz fraca da cabana, o ar esfriou rapidamente. Logo, ela estava tremendo de frio.

Dylan esfregou seus braços nus. Não era só o frio que a fazia tremer. Sombras surgiam no chão enquanto os espectros circulavam a janela. Ela tentou ignorá-las, mas não era fácil. O som de seus lamentos ia direto para dentro de seu cérebro, e com nada além do silêncio na cabana de pedra, havia pouco para distrair seus ouvidos.

Ela se jogou em uma das cadeiras e ergueu as pernas para descansar os pés no assento, apoiando o queixo nos joelhos e abraçando-se para se aquecer. Mas não era suficiente, e logo seus dentes começaram a bater. Dylan levantou com esforço e foi com dificuldade até a lareira. Não havia fósforos para acender o fogo como no santuário anterior, mas ela se lembrou de como havia feito da última vez, e de como os remos haviam aparecido no barco. Usando a madeira de um pequeno cesto ao lado, ela construiu um triângulo torto e encarou com força o seu centro.

— Por favor? — pediu ela, numa voz baixa. — Por favor, eu preciso disso.

Nada aconteceu. Dylan fechou os olhos e fez o seu pedido patético outra vez, prendendo a respiração e cruzando os dedos. Houve um estalo, seguido de um breve som de algo sendo lançado. Quando ela abriu os olhos de novo, havia chamas.

— Obrigada — sussurrou ela automaticamente. Era desconfortável ajoelhar no piso frio de pedra, mas ela não se moveu. Apesar de o fogo não mostrar sinais de apagar, era pequeno e aquecia pouco. Ela tinha que manter os dedos logo acima das chamas minúsculas para sentir seu delicioso calor. A luz também permaneceu ali enquanto as sombras engrossavam do lado de fora. Ela desejou que houvesse velas para acender.

Conforme o fogo aumentava, o frio se dissipava gradualmente. Devagar, os arrepios que torturavam Dylan se dissolveram. Ela torceu o nariz ao sentir o fedor pútrido da água do lago subindo de suas roupas enquanto o tecido aquecia no calor do fogo. Estava se sentindo imunda, e nem conseguia imaginar a própria aparência. Olhando ao redor, ela viu a grande pia embutida, a cômoda. Este foi o santuário no qual ela havia conseguido lavar suas roupas antes. Já tinha usado todo o sabão, ela sabia, mas se conseguisse pelo menos passar uma água nas roupas, já se sentiria melhor. Mais limpa. E desta vez não haveria Tristan para vê-la vestida nos trapos grandes demais que ele havia encontrado em uma das gavetas.

Ela sorriu para si mesma, lembrando-se do quão envergonhada havia ficado, circulando semivestida, suas roupas íntimas penduradas à vista em uma das cadeiras.

Sem as histórias de Tristan, a pia pareceu demorar muito mais tempo para encher, e sem o restinho de sabão, ela não tinha certeza de quanta diferença havia feito às manchas negras imundas cobrindo suas roupas. Ainda assim, ela tirou a sujeira delas o máximo possível e as pendurou nas costas das cadeiras. Então, vestiu as roupas grandes da cômoda e, ignorando a cama onde havia se aninhado ao calor de Tristan, ela se encolheu no resto de tapete gasto ao lado do fogo. Não fazia sentido se deitar, de qualquer forma. Ali, sozinha, com os uivos sem fim dos espectros do lado de fora, ela nunca dormiria.

A noite se arrastou. Dylan tentou não pensar, deixando as chamas a embalarem até se desconectar, do jeito que Tristan disse a ela que fazia durante os primeiros dias de travessia, quando as almas ainda dormiam. Não era fácil — cada ruído a fazia pular e sua cabeça virava como um guindaste para observar a escuridão das janelas — e o tempo passava devagar, até que o vermelho nascer do sol a fez levantar. Ela gemeu enquanto rolava de um lado para o outro do tapete e se levantou. Ela havia dado um mau jeito durante a noite, e seus músculos gritavam de dor. Desajeitadamente, tentando se mover o mínimo possível, ela tirou as roupas emprestadas e vestiu suas roupas rasgadas e semirrígidas. Elas ainda pareciam horrivelmente imundas, mas cheiravam um pouco melhor, pensou ela, levantando as mangas de sua camiseta até o nariz e cheirando com cuidado. Ela se incomodou um pouco por causa da rigidez de seu jeans, tentando dobrar a bainha para impedir que a lama sulfurosa se infiltrasse tão rapidamente. Então, ela mexeu com o cabelo, tentando prendê-lo em um coque.

O que realmente estava fazendo, ela sabia, era procrastinar. Já passava da hora de sair da cabana, e ela estava desperdiçando a valiosa luz do dia. Mas hoje seria difícil. Ela havia conseguido atravessar o lago, mas agora teria que atravessar a terra desolada para encontrar o próximo santuário. A forma como ela via o lugar agora, sem Tristan, era quase sem características e totalmente desconhecido, com sua areia vermelha e suas moitas escurecidas. E ela tinha que fazer a jornada sem olhar para nenhuma das outras almas, seus orbes guias ou os espectros que pairavam ao redor deles. Além de tudo, ela tinha que, de alguma forma, fazer isso tudo enquanto procurava pelo seu próprio orbe, que poderia ou não ter a aparência de Tristan.

Impossível. Completamente impossível.

Ela agarrou a cadeira à sua frente, subitamente tomada por uma esmagadora sensação de pânico, e apertou os olhos para não chorar. Não adiantava chorar, ela havia se colocado nessa posição. Ir em frente ou voltar. Essa era sua escolha. O barco ainda estava ali, agora perfeitamente encalhado na costa. Ela poderia remar pelo lago, se refugiar no último santuário e atravessar a fronteira no dia seguinte.

E ficar totalmente, completamente, *eternamente*, sozinha.

Dylan inspirou fundo, segurou, e se forçou a expirar devagar. Engolindo em seco, ela empurrou o medo e a incerteza para longe. Imaginou o rosto de Tristan quando eles se encontrassem e ele percebesse que ela havia voltado. Imaginou a sensação de seus braços ao redor dela enquanto ele a aninhava em seu peito. O cheiro dele. E mantendo aquela imagem firme em sua mente, ela andou pelo cômodo estreito e escancarou a porta. Ela faria isso.

Assim que pisou fora das fronteiras protetoras da cabana, os espectros à espera começaram sua dança cruel, circulando, mergulhando e tentando fazê-la olhar para eles. Ela os ignorou, mantendo o olhar fixo no horizonte, focando em ver, mas sem olhar. Era como olhar para fora do para-brisa de um carro enquanto milhões de gotas de chuva batiam contra o vidro. Era difícil não permitir que seus olhos focassem, e fazia doer a sua cabeça, mas era mais fácil do que olhar para baixo o tempo todo. Uma mistura de cinza fumacento e bordô, o sol vermelho-sangue ainda tinha que nascer totalmente. Seus olhos, vidrados, examinaram os picos e vales, tentando achar algo que reconhecesse — um caminho, um ponto de referência, qualquer coisa.

Nada. Ela tinha quase certeza de que nunca estivera naquele lugar antes. O terror a tomou outra vez e ela estava quase acabada, perturbada por um demônio assobiando perigosamente perto de seu ouvido, sibilando de forma ameaçadora para ela. Apesar de vacilar, ela conseguiu lutar contra a vontade de se virar na direção do bicho. *Pense*, ela disse a si mesma. *Deve ter alguma coisa.*

Mas não tinha. Nada além das hostis pedras irregulares e do chão sangrento. Isso e as primeiras almas flutuando na direção dela, muito longe.

— De onde vocês estão vindo? — Ela se perguntou em voz alta.

De um santuário. Elas devem ter passado a noite em um santuário. E todas pareciam estar vindo da mesma direção. A única coisa sensata a fazer, raciocinou, era seguir na direção delas e esperar que a trilha a levasse até onde ela precisava estar.

Feliz por ter ao menos tomado uma decisão, Dylan deu um passo à frente, decidida. Ela tentou não pensar a respeito do fato de que estava deixando para trás o único santuário cuja localização ela tinha certeza. Aquilo apenas deixou o medo engatinhar de volta, o que tornava mais difícil lutar contra os espectros.

Tristan. Ela poderia encontrar Tristan naquele dia. Ela repetiu o pensamento de novo e de novo, como um mantra silencioso que lhe dava força. Força para seguir caminhando quando o chão se inclinou à sua frente, e força para batalhar quando o sol chegou ao seu pico, queimando tudo sem misericórdia. Força para ignorar as sombras disparando constantemente em sua visão periférica.

Quando o sol estava em seu ápice, lançando fogo em sua cabeça, ela começou a passar pelas primeiras almas que caminhavam, cansadas, na outra direção. Elas eram difíceis de olhar, muitas se lamentavam e choravam, e cada ser cintilante que ela via, cujo rosto não tinha marcas de expressão ou cuja sombra ondulava perto demais do chão, era uma alma perdida cedo demais. Uma criança despreparada para morrer. Elas a faziam pensar no garotinho com câncer que Tristan havia guiado, apesar de ela ter de se lembrar que aquela trágica alma tinha sido perdida para os espectros e poderia, agora, ser uma das sombras miseráveis.

No entanto, ela se forçou a olhar para cada alma, porque qualquer uma delas poderia estar sendo guiada pelo seu orbe, seu barqueiro. Contudo, nenhum dos círculos pulsantes de luz a chamou, e enquanto as almas passavam, suas esperanças começaram a desmoronar. Ela estava, de fato, procurando por uma agulha num palheiro. Se completasse o caminho de volta ao trem e ainda não o tivesse encontrado, não saberia o que fazer.

Quando chegou ao santuário, ela se assustou. Dylan não esperava estar perto, supondo que estivesse mesmo na direção certa. O sol estava longe de se pôr, e ainda descontava sua ira em sua testa. Ela ainda estava observando as almas, mas elas estavam muito menos frequentes agora. A maioria delas estava bem a caminho de seu próximo refúgio. A pequena cabana de pedra estava quase escondida pelos dois picos montanhosos das duas montanhas imensas que a cercavam. Se Dylan estivesse prestando atenção, teria visto a depressão profunda à frente e percebido onde estava. Como Tristan havia dito, o vale sempre estava lá.

Em vez disso, a construção surgiu de surpresa. Dylan gritou de alívio quando viu suas paredes despedaçadas, suas janelas quebradas e podres. Era tão desagradável quanto acolhedora, e ela acelerou o passo desajeitadamente, apesar de seus membros doloridos, para completar os poucos metros finais. Cansada, Dylan só faltou cair sobre a porta, e tropeçou até a cama. Descansando os cotovelos nos joelhos, ela posicionou o queixo nas mãos e observou os arredores.

Por mais feliz que estivesse de ter chegado até ali, ela não gostava de estar de volta. Esse era o santuário onde tinha passado um dia e duas noites sozinha, esperando desesperadamente pela volta de Tristan. A visão da lareira de ferro forjado, a única cadeira em que ela havia sentado por um dia inteiro, vendo a terra desolada de verdade passar — a primeira vez que de fato a havia visto — trouxe uma avalanche de memórias e emoções. Pânico. Medo. Isolamento.

Não. Ela afastou o desespero que ameaçava estrangulá-la. Era diferente desta vez. Ela estava diferente. Forçou seu corpo a ficar de pé, pegou a cadeira e a empurrou até a porta. Abrindo-a num movimento único, ela se esticou a ponto de estar minimamente dentro da soleira, e encarou o lado de fora, os espectros e o vale vermelho como sangue.

De manhã, ela sairia e procuraria Tristan. Desta vez, jurou para si mesma, ela não seria refém de seu medo. Desta vez, *ela* iria encontrá-lo.

CAPÍTULO VINTE E SETE

— Vamos ter que ir um pouco mais rápido.

Tristan fez uma careta, olhando da mulher para o céu escurecendo. Eles tinham levado muito tempo para atravessar os lodaçais. Tempo demais. Não havia mais tanta luz sobrando e eles ainda tinham o vale inteiro para atravessar. Não era culpa dela. Ela tinha achado difícil atravessar a lama grossa, costurando um caminho pela grama alta. Havia precisado de ajuda, mas Tristan não quis encostar nela.

Naquele momento, no entanto, ele queria ter feito isso. Os uivos preenchiam o ar ao redor deles. Os espectros ainda estavam fora de vista, mas estavam lá. A luz estava diferente também. Uma nuvem grossa pairava sobre eles e, por causa dela, a luz do dia duraria muito menos. Ele imaginava que isso era de se esperar. Era demais acreditar que a mulher fosse manter sua mente calma e contente. Não quando sabia que estava morta.

Ela não havia falado muito a respeito. Houve lágrimas, mas silenciosas, como se ela não quisesse incomodá-lo.

Outra coisa pela qual se sentir grato. Essa alma realmente havia facilitado o máximo possível para ele. Ele se sentia mal por ter sido tão frio e distante com ela. Mas essa tinha sido a única maneira de conseguir seguir em frente. Eles nem teriam chegado até ali de outra forma.

— Por favor, Marie — Tristan estremeceu. Ele odiava usar seu nome. — Precisamos continuar.

— Desculpa — ela se desculpou humildemente. — Desculpa, Tristan.

Tristan fez uma careta. Idiota, ele tinha se apresentado a Marie com o mesmo nome. Sentia-se sufocado demais pelo luto para inventar um nome novo, e ele se adequava à forma em que parecia preso. No entanto, ele o odiava. Cada vez que ela o dizia, ele ouvia a voz de Dylan.

Marie começou a caminhar com mais propósito, mas um olhar para as sombras longas se reunindo ameaçadoramente na frente deles dizia a Tristan que não era suficiente.

Ele suspirou, cerrando os dentes.

— Vamos lá — disse ele, apertando o cotovelo dela enquanto a empurrava para a frente, forçando-a a ir mais rápido até ela começar uma corridinha. Ele correu também e, porque era mais fácil, soltou seu cotovelo para pegar sua mão, puxando-a. Os uivos se intensificaram e o ar se agitou enquanto os espectros começaram a descer, libertados pela escuridão invasora, as sombras aumentando. A mulher ouviu a mudança e seus dedos apertaram os de Tristan com mais força. Ele conseguia sentir seu medo, sua total confiança nele. Cada respiração era pontuada por um soluço minúsculo que perfurava desde suas omoplatas até seu peito. Era doloroso. Ele tinha que lutar contra o desejo de largar a mão dela e correr. Não dos espectros, mas dela.

— Não é longe, Marie — encorajou ele. — O santuário fica logo depois dessas montanhas. Vamos conseguir.

Ela não respondeu, mas ele ouviu seus passos se apressarem, e a força com a qual segurava diminuía conforme ela passava de um trotar para uma corrida. Aliviado, ele se esforçou para ir mais rápido.

— Tristan! — A palavra quase se perdeu no vento antes de alcançar seus ouvidos, mas ele ouviu seu eco e ergueu a cabeça. — Tristan!

Será que sua mente estava lhe pregando peças? Ou essa era uma nova tortura que os demônios tinham inventado para distrai-lo para fazê-lo perder foco? Porque não havia nenhuma outra forma daquela voz existir na terra desolada. Aquele som tinha ido embora. *Ela* tinha ido embora.

— Tristan!

— Não é ela, não é ela — ele sussurou, apertando mais a mão da mulher. Dylan tinha partido, e ele tinha um trabalho a fazer. Tinha que levar a mulher ao santuário. Quase lá. Quase lá. Ele ergueu a cabeça e fixou o olhar na cabana. A porta estava aberta.

— Tristan!

Havia uma figura parada na entrada, acenando para ele. Apenas uma silhueta, nada mais que isso, mas ele sabia quem era. Não podia ser, não era possível que fosse. Mas era.

Surpreso, Tristan soltou a mão da mulher.

Dylan colocou a mão sobre a boca, percebendo, tarde demais, o que havia feito.

Ela o havia visto do outro lado do vale. Um orbe, muito mais brilhante do que todos os outros. Havia atraído seu olhar, chamado sua atenção como uma mariposa para as chamas. Enquanto ela se concentrava no orbe, coisas estranhas aconteceram. O vermelho intenso da paisagem estéril, os profundos tons de bordôs e roxo do pôr do sol haviam oscilado, com a cor indo e voltando, como uma televisão sem sinal. Vermelho-sangue se transformou nos tons sóbrios de verde, marrom e malvas tediosas de sua terra desolada escocesa.

Dylan havia levantado depressa da cadeira e corrido rumo à porta, os dedos beliscando o batente. Os espectros haviam gritado, animados, mas ela havia parado logo antes, olhando para fora.

Tristan. Ela podia vê-lo. *Ele*. Não como um orbe pulsante de luz, mas como uma pessoa, um corpo, um rosto. Dylan sorriu, puxando o ar como se não tivesse respirado desde... desde que ele a havia deixado. Tristan estava correndo, puxando alguma coisa conforme a imagem clareava. A paisagem parou de piscar e se estabilizou no deserto coberto de urzes que ela conhecera antes. As outras almas desapareceram, os espectros enfraquecendo até virarem sombras. Apenas seus assobios e lamúrias a impediram de sair correndo para encontrá-lo.

Enquanto assistia, Dylan percebeu que ele estava puxando outra alma. Ela não conseguia ver quem era. Eles estavam distorcidos, não tão transparentes quanto as outras almas que ela tinha visto, mas ainda não exatamente reais. Meio fora de sintonia. Uma mulher. Ela corria também. Dylan sentiu uma punhalada de ciúmes quando viu que estavam de mãos dadas.

Foi então que ela gritou o nome dele. Ela o fez uma, duas, três vezes para se certificar que ele a havia escutado até que, enfim, ele olhou para cima, no sentido do santuário. Dylan acenou com energia, animada e frenética — porque Tristan e a alma estavam nos 45 do segundo tempo, como tinha acontecido com ela —, e ele a viu. Ela notou choque, horror e alegria em seu rosto. Tudo ao mesmo tempo.

E ele soltou a mão da mulher.

Foi instantâneo. As sombras que pairavam sobre eles, como uma nuvem pessoal, atacaram a mulher mergulhando em espiral. Ela entrou em pânico, agarrando o ar. Dylan assistiu, ainda com a mão sobre a boca, os seres tomarem conta. Era mais horroroso, mais sólido, mais real do que assistir uma alma ser levada para as profundezas do lago.

E era tudo culpa dela.

Eles pegaram o cabelo da mulher, seus braços, atacaram seu torso, tudo em um piscar de olhos. Tristan se virou quase de imediato, viu o que estava havendo, e Dylan o assistiu tentar salvá-la. Ele esticou os braços, parecendo tentar puxar o ar, mas nada aconteceu, os demônios continuaram seu ataque à mulher. O assombro passou pelo rosto de Tristan, mas em um piscar de olhos uma expressão determinada o apagou. Ele mergulhou, afastando espectro depois de espectro dela, mas eles apenas davam a volta e se aproximavam de novo por outro ângulo. Dylan ficou parada na soleira, estendendo a mão em um gesto empático, e contemplou a alma sendo puxada para baixo da superfície.

A culpa recaiu sobre ela, esmagando-a com seu peso. Ela havia matado a mulher. Quem quer que fosse, Dylan a havia matado. Ela tinha um marido? Filhos? Estava esperando vê-los outra vez? Um lampejo de Eliza, esperando para sempre por alguém que nunca viria, veio à sua mente. Tudo porque ela havia gritado. Ela colocou a mão sobre a boca para se impedir de chamá-lo outra vez. Mas era tarde demais, o dano já havia sido causado. A mulher estava morta.

O que ela havia feito?

Tristan não se virou para olhá-la, mas encarou a grama alta onde a alma havia desaparecido. Ele não parecia notar os espectros restantes que o cercavam como tubarões, com os dentes à mostra, prontos para rasgar sua presa.

Ele não reagiu quando um deles voou até ele, atacando seu ombro. Ou quando o próximo atacou seu rosto. Dylan ficou boquiaberta. Aquilo era sangue escorrendo pela sua bochecha? Por que ele não estava se movendo? Por que ele não estava fazendo nada para se defender?

Por que ele não estava correndo para o santuário? Para ela?

Outro espectro foi na direção dele, e outro. E então mais. Eles pareciam em êxtase diante de sua postura apática. Sem perceber, Dylan ultrapassou a soleira e correu pelo caminho antes que seu cérebro percebesse suas ações. Estava muito escuro agora. O fogo queimando na casinha brilhava muito mais que a luz que morria no céu. Se ele não se mexesse, se ela não o alcançasse...

— Tristan! — Ela voou na direção dele. — Tristan, o que você está fazendo?

Espectros atacavam seu rosto, mas nunca tinha sido tão fácil ignorar seus movimentos aleatórios.

— Tristan!

Enfim, ele pareceu despertar. Ele se virou, ainda cercado pelas sombras negras, e seu rosto, inicialmente sem expressão, pareceu voltar à vida, como se acordasse de um transe. Ele a alcançou justo quando ela disparou até ele.

— Dylan — ele sussurrou. E, então, assumiu o controle. — Mexa-se!

O que quer que o tivesse paralisado antes havia ido embora. Passando uma mão ao redor de seu braço e apertando-o com tanta força que doía, ele disparou de volta pelo caminho que ela viera. Os espectros chiaram e rosnaram, mas ele se movia tão rápido que eles não conseguiam segurá-lo por tempo suficiente, e suas garras eram inúteis para capturar Dylan, atrás dele. Um passo por vez, Tristan empurrou e brigou contra seus puxões e mordidas. De cabeça baixa, maxilares cerrados, mão firmemente enrolada ao redor do pulso de Dylan, ele os guiou para o santuário.

— O que você está fazendo aqui? — Ele a encurralou assim que entraram. O clamor dos espectros diminuiu no plano de fundo e a casinha ficou silenciosa e tranquila, exceto pela raiva que parecia emanar de cada poro de Tristan.

— O quê? — Dylan olhou para ele, confusa. Ele não estava feliz em vê-la? O fogo gelado em seus olhos dizia que não. Eles queimavam ao encará-la. Não era uma ilusão de ótica, era assustador.

— O que você está fazendo aqui, Dylan?

— Eu… — Dylan abriu e fechou a boca, mas nenhum som saiu. Não era assim que ela tinha imaginado aquela conversa. Houve bem menos abraços e muito mais frieza.

— Você não deveria estar aqui — continuou Tristan. Ele começou a caminhar rápido, agitado, passando uma mão pelo cabelo e, então, agarrando uma mecha. — Eu te levei para o outro lado, até a fronteira. Você não deveria voltar.

Um sentimento estranho tomou conta de Dylan. Suas bochechas ficaram quentes e seu estômago se revirou. Seu coração batia em intervalos erráticos no peito, ferindo-a. Ela baixou os olhos antes que Tristan pudesse ver as gotas grossas que escorriam pelo seu queixo.

— Desculpa — sussurrou para o piso de laje. — Eu cometi um erro.

Ela conseguia ver que havia de fato cometido um erro. As palavras que ele dissera não haviam sido nada além de mentiras para fazê-la atravessar com segurança. Ele não havia dito nenhuma delas a sério. Dylan pensou na alma que ele estivera guiando, a mulher que ela havia matado por acidente com nada além de sua própria idiotice. Pensou sobre como eles estavam de mãos dadas enquanto corriam do perigo. Ela havia engolido as mentiras de Tristan com a mesma facilidade que Dylan? Seu olhar fulminava o chão, e ela se sentiu de imediato incrivelmente infantil.

— Dylan — Tristan disse o nome dela outra vez, mas com muito mais gentileza. A mudança em seu tom lhe deu coragem suficiente apenas para erguer os olhos. Ele havia parado de caminhar, e analisava-a com um olhar muito mais suave. Envergonhada, ela esfregou as bochechas e fungou de volta as lágrimas que ainda permaneciam. Tentou olhar para longe enquanto ele se aproximava, mas ele continuou até estar perto o suficiente para descansar sua testa contra a dela.

— O que você está fazendo aqui? — murmurou ele.

As mesmas palavras, mas desta vez, uma pergunta, não uma acusação. Esta era mais fácil de responder, se ela fechasse seus olhos, se ela não tivesse que olhar para ele.

— Eu voltei.

Ele suspirou.

— Você não deveria ter feito isso. — Pausa. — Por que você voltou, Dylan?

Dylan engoliu em seco, confusa. Agora que sua raiva havia passado, agora que ele a estava tocando, seu rosto bem na frente dela, se ela tivesse a coragem de erguer os olhos, se atrapalharia novamente. Havia apenas uma forma de descobrir a verdade. Ela respirou fundo.

— Por você. — Ela esperou por uma reação, mas não houve uma. Ao menos não uma que ela pudesse ouvir. Ela ainda não tinha coragem de abrir os olhos. — Você falou sério? Alguma parte do que disse?

Outro suspiro. Mas podia ser de frustração, vergonha, arrependimento. Dylan estremeceu, esperando. Algo quente pressionou sua bochecha. Uma mão?

— Eu não menti pra você, Dylan. Não sobre isso.

Sua respiração acelerou enquanto ela processava suas palavras. Ele havia falado sério. Ele de fato sentia o que ela sentia. Dylan curvou os lábios em um sorriso tímido, mas manteve uma rédea curta no calor crescendo em seu peito. Ela não tinha certeza se podia confiar nisso, ainda não.

— Abra os olhos.

Tímida de repente, Dylan hesitou por um momento e, então, levantou as pálpebras. Inspirando fundo, ela ergueu os olhos até encontrar o olhar dele. Ele estava mais perto do que ela havia imaginado, perto o suficiente para suas respirações se misturarem. Ainda segurando sua bochecha, ele puxou o rosto dela até seus lábios se tocarem, os olhos azuis ainda penetrando os dela. Ele a segurou ali por um instante, depois se afastou e a apertou contra seu peito.

— Eu não menti pra você, Dylan — ele sussurrou em seu ouvido —, mas você não deveria estar aqui.

Dylan endureceu, tentou se afastar, mas ele a segurou com força, recusando-se a deixá-la se mover.

— Nada mudou. Eu ainda não posso seguir em frente com você, e você não pode ficar aqui. Você viu o que houve com aquela mulher. Mais cedo ou mais tarde, isso aconteceria com você. É perigoso demais.

A respiração de Dylan parou enquanto ela processava suas palavras, e uma avalanche de culpa a esmagou.

— Eu matei aquela mulher — ela sussurrou no ombro dele. Quase não havia volume em suas palavras, mas Tristan de alguma forma a ouviu.

— Não. — Ele balançou a cabeça, o movimento fazendo seus lábios tocarem o pescoço dela. A pele ali formigou.

— Eu a matei. Eu soltei a mão dela.

— Por minha causa…

— Não, Dylan — Tristan a interrompeu, com mais firmeza. — Ela era minha responsabilidade, eu a perdi. — Ele respirou fundo e os braços ao redor dela apertaram, quase de forma desconfortável. — Eu a perdi. Esse lugar é assim. É um buraco do inferno. Você não pode ficar aqui.

— Quero ficar com você — Dylan implorou.

Tristan balançou a cabeça com gentileza.

— Aqui não.

— Volta comigo — ela implorou.

— Eu já te disse, eu não posso. Não posso nunca ir lá, eu… — Tristan soltou um ruído frustrado, seus dentes cerrados.

— E do outro lado, então? — Dylan o empurrou, lutando contra o seu aperto quando ele tentava continuar segurando. — O meu mundo. Venha de volta pela terra desolada comigo, de volta para o trem. A gente poderia…

Tristan a encarou, suas sobrancelhas franzidas. Ele balançou a cabeça devagar, colocando um dedo nos lábios dela.

— Também não posso fazer isso — disse ele.

— Você já tentou?

— Não, mas…

— Então você não sabe. A alma com quem eu falei disse...

— Com quem você falou? — Os olhos de Tristan se estreitaram.

— Uma anciã, Eliza. Ela é quem me contou como voltar pra cá. Ela disse que a gente poderia conseguir, se a gente...

— *Poderia* — Tristan ecoou de forma duvidosa. — Dylan, não tem volta.

— Você *sabe* disso? — Dylan pressionou. Tristan hesitou. Ele não sabia, ela percebeu. Ele acreditava. Não era a mesma coisa. — Não vale a pena tentar?

Ela mordeu o lábio, ansiosa. Se ele realmente, de verdade, tivesse falado sério antes, se ele a amava de verdade, ele não iria querer tentar?

Tristan inclinou a cabeça de um lado para o outro, sua expressão desamparada, sombria.

— É um risco grande demais — ele disse. — Você acredita nessa mulher só porque ela disse o que você queria ouvir, Dylan. A única coisa que eu sei é que você não está segura aqui. Se você ficar na terra desolada, sua alma não vai sobreviver. Amanhã eu vou te levar para o outro lado do lago.

Dylan estremeceu com mais do que a ideia de atravessar a água de novo. Ela deu um passo para trás e cruzou os braços sobre o peito. Seu rosto estava com uma expressão teimosa fixa.

— Não quero voltar pra lá. Não sozinha. Vou voltar para o trem. Venha comigo. Por favor? — Ela transformou a última palavra em um apelo. E era. Ela não tinha intenção de voltar para o trem sozinha, não faria sentido sem ele. Essa coisa toda, tudo o que havia arriscado, tudo era para voltar para ele. Ela também teve que correr um risco, mas o tinha feito. Ele não estava disposto a arriscar também? Um risco por ela?

Ela observou Tristan lamber os lábios, engolir em seco, e viu a hesitação em seu rosto. Ele estava balançado. O que ela poderia dizer para convencê-lo, para fazê-lo ceder?

— Por favor, Tristan. Podemos só tentar? Se não funcionar... — Se não funcionasse, os espectros podiam ficar com ela. Ela não atravessaria a fronteira sozinha. Mas era melhor não mencionar isso. — Se não funcionar, você pode me levar de volta. Mas podemos ao menos tentar?

Ele fez uma careta, dividido.

— Eu não sei se posso — ele disse. — Eu não escolho... Quero dizer, não tenho livre arbítrio, Dylan. Meus pés... eles não são meus. Às vezes eles me fazem ir aonde tenho que ir. Como... — Ele baixou a cabeça. — Como quando me fizeram caminhar pra longe de você.

Dylan o considerou.

— Você ainda é meu barqueiro. Se eu fugisse, se você não conseguisse me fazer ir com você e eu corresse, você teria que me seguir?

— Sim — ele respondeu, estendendo a palavra, sem entender aonde ela estava indo com aquilo.

Dylan sorriu.

— Então eu vou na frente.

Ela sabia que não havia convencido Tristan por completo, mas ele não tentou dissuadi-la. Em vez disso, eles ficaram sentados na cama de solteiro, e ele a ouviu descrever cada coisa que lhe havia acontecido desde que se separaram, na fronteira. Ele ficou fascinado com cada detalhe, nunca tendo visto o que ela vivenciara. Tristan sorriu quando ela contou sobre sua visita a Jonas, apesar de seus olhos escurecerem quando ela confessou que havia sido o soldado nazista que a havia levado para Eliza e a ajudado a abrir a porta de volta para a terra desolada. Caeli lhe interessou imensamente também, e seus olhos se arregalaram quando Dylan falou sobre os livros na sala de registros.

—Você viu um livro com as minhas almas? —perguntou.

Dylan assentiu.

— Foi assim que encontrei o Jonas.

Tristan considerou aquilo por um momento.

—Ainda tinha muitas páginas em branco?

Dylan o encarou, perplexa com a pergunta.

— Não tenho certeza — admitiu. — Estava mais ou menos dois terços preenchido, talvez.

Tristan assentiu com a cabeça, então viu sua expressão confusa.

— Eu só estava me perguntando se… caso eu preenchesse meu livro, se eu estaria livre — explicou ele.

Dylan não sabia o que dizer em resposta às suas palavras e ao olhar profundamente triste que surgiu em seus olhos ao dizê-las.

— É estranho — ele disse após um longo momento de silêncio. — Eu não consigo decidir nem se gostaria de ver isso. Se eu tivesse a oportunidade, quero dizer. Como eu me sentiria, olhando pra todos aqueles nomes?

— Orgulhoso — disse Dylan. — Você deveria se sentir orgulhoso. Todas essas almas, essas pessoas, estão vivas por sua causa. Você sabe o que quero dizer — ela brincou, dando uma cotovelada gentil nas costelas de Tristan quando ele a olhou ironicamente por conta de sua escolha de palavras. Se eles ainda estavam pensando e sentindo, então obviamente ainda estavam vivos?

— Acho que é verdade. Se você colocar na balança, eu guiei mais almas do que perdi.

Dylan prendeu a respiração, pensando nos registros deletados.

— Vi nomes com uma linha os atravessando — comentou em voz baixa. Ele assentiu.

— São almas perdidas. Almas capturadas pelos espectros. Fico feliz que estejam registradas em algum lugar, e é o mínimo que seus nomes fiquem próximos de quem foi responsável por perdê-las.

Um pequeno soluço escapou dos lábios de Dylan, mas ela o sufocou rápido. Tristan se virou para vê-la, seus olhos preocupados, curiosos, e ela teve que confessar seus pensamentos.

— Deveria ter um livro pra mim, então — sussurrou.

— Por quê? — Tristan pareceu confuso, sem entender o que causava a angústia em seu rosto.

— Hoje. — Sua voz quebrou. — Aquilo foi minha culpa. A alma daquela mulher deveria ficar com o meu nome.

— Não — Tristan se remexeu na cama e pegou o rosto dela com ambas as mãos. — Não, eu já disse. Aquilo foi culpa *minha*.

Lágrimas quentes e gordas escorreram pelas bochechas de Dylan e cobriram os dedos dele enquanto ela balançava a cabeça, negando.

— Minha culpa — murmurou ela.

Ele secou seu rosto com os dedões e puxou-a delicadamente até seus rostos encostarem, testa com testa, queixo com queixo. A culpa ainda revirava o estômago de Dylan, mas ela de repente não parecia tão esmagadora. Não quando ela não podia respirar, não quando sua pele estava formigando em todos os lugares em que ele a tocava, seu sangue fervendo e correndo pelo seu corpo.

— Shhh — murmurou Tristan, confundindo sua respiração irregular com choro. Ele deu um meio sorriso e então acabou com a pouca distância que ainda havia entre eles. Gentilmente, ele abriu a boca de Dylan com a sua, os lábios se tocando com delicadeza. Contra a vontade dela, se afastou por um minuto, contemplando-a com paixão, antes de empurrá-la contra a parede para beijos mais profundos e famintos.

Quando o dia raiou, o céu estava claro e azul. Dylan se levantou na soleira da casa e olhou ao longe com gratidão. Esta terra desolada era mil vezes melhor que a fornalha deserta que ela aguentara antes. Tristan também deu um sorriso de esguelha quando saiu e viu o clima.

— Sol — ele comentou, encarando o céu brilhante.

Dylan apenas sorriu de forma travessa para ele. Seus olhos estavam brilhando, mostrando um verde muito mais vibrante, muito mais bonito que os tons da terra desolada. Tristan não conseguia evitar sorrir de volta para ela, apesar do pensamento que estava preso com firmeza no fundo de seu estômago.

Aquilo não iria dar certo. Mas Dylan simplesmente se recusava a acreditar nisso. Ele tinha medo de sua frustração esmagadora, a frustração que ele sabia que viria, mas que tentava afastar da mente. Ela estava ali, por enquanto, estava segura, e ele deveria tentar aproveitar o tempo a mais que havia conseguido com ela. Isso era mais do que ele jamais ousara esperar.

Ele só esperava que não fosse terminar com uma pena delicadamente apagando o nome dela de uma página em seu livro.

— Vamos lá — disse Dylan, caminhando para longe dele. O vale parecia amplo e convidativo, banhado na luz da manhã, mas Tristan permaneceu na soleira, observando-a ir.

Ela caminhou cerca de cem metros até perceber que não havia o som de cascalho como o de seus próprios passos. Ele a viu parar, cabeça meio inclinada, buscando ouvi-lo. Depois de um segundo, deu a volta. Seus olhos se arregalaram, alarmados, antes de localizá-lo, bem onde o havia deixado.

— Vamos lá — ela chamou, sorrindo, encorajadora.

Ele pressionou os lábios em uma linha fina.

— Não sei se consigo — gritou ele de volta. — Vai contra tudo, todas as regras.

— Tente — incentivou Dylan.

Tristan suspirou em um tom grave. Tinha prometido à Dylan que iria tentar. Fechando os olhos por um momento, ele se concentrou em seus pés. *Mexam-se*, pensou ele. Ele esperava que nada acontecesse, esperava permanecer grudado ao chão, uma pressão incessante segurando-o no mesmo lugar.

Em vez disso, ele pisou com facilidade pelo caminho.

No mesmo instante, Tristan parou. Ele mal ousou respirar, esperando por um trovão, uma dor. Alguma coisa para puni-lo por ousar desobedecer as ordens não-ditas. Nada aconteceu. Incrédulo e desconfiado, ele continuou no sentido de Dylan.

— Isso parece estranho — confessou ele em voz baixa quando quase a havia alcançado. — Eu fico esperando algo me parar.

— Mas até agora nada?

— Até agora, nada — concordou ele.

— Bom. — Sentindo-se ousada, Dylan entrelaçou seus dedos ao redor dos dele. Ela começou a caminhar e, após um puxão leve, Tristan a seguiu.

O vale não apresentou dificuldade alguma. Na verdade, foi gostoso. Eles poderiam ser qualquer casal jovem passeando de mãos dadas no interior. Não conseguiam ver ou ouvir nenhum som dos espectros. Dylan ficava perturbada por saber que estavam ali, pairando sobre seus ombros, esperando que ela perdesse o foco, olhasse para longe de seu orbe. Ela queria perguntar a Tristan o que ele via, se era a grama verde e as colinas cobertas em urze que ela conseguia ver, ou a terra desolada como era de fato. Mas alguma coisa prendeu sua língua. Ela tinha medo que, falando a respeito, chamasse atenção, fazendo a miragem se desintegrar e situando-os de volta sob o sol queimador vermelho. Aquela paisagem, ela sabia, seria muito mais difícil de atravessar. Não — a ignorância era uma bênção.

Para além do vale, havia um vasto pântano. O clima generoso não havia feito nada para absorver as poças de água estagnada ou secar a lama grudenta. Dylan observou o cenário com desgosto. O pântano fedia, e ela se lembrou da forma como havia grudado em seus tornozelos, prendendo-a. Depois da tranquilidade do vale, este era um forte lembrete de que ela estava na terra desolada, de que o perigo ainda pairava sobre ela.

Ao seu lado, Tristan suspirou de forma dramática. Ela olhou para ele, confusa com o som, e viu que seus olhos estavam divertidos. Ele lhe lançou um sorriso indulgente.

— Quer ir nas minhas costas? — sugeriu.

— Você é incrível — ela disse.

Ele revirou os olhos, mas se virou para que ela pudesse subir em suas costas.

— Obrigada — Dylan murmurou em seu ouvido, já em cima dele.

— Aham — ele respondeu ironicamente, mas ela viu suas bochechas se erguerem em um sorriso.

Dylan pesava nas costas de Tristan, seus braços logo cansando de mantê-la na posição, mas ele não se queixou, trilhando o caminho e evitando o pior da lama. Mesmo com o peso extra, ele não parecia afundar no atoleiro lamacento. Logo, o pântano não era mais do que uma memória distante, e o olhar de Dylan recaiu sobre uma montanha gigante, esperando-a com paciência. Ela torceu o nariz e bufou, descontente. Duvidava que conseguiria convencer Tristan a carregá-la naquele trajeto também.

— No que você está pensando? — ele perguntou.

Dylan não quis admitir seus esquemas. Em vez disso, ela perguntou algo que a estava atormentando de forma silenciosa.

— Eu estava me perguntando… aonde você foi? Depois de me deixar.

Ela havia lhe contado cada parte de sua história na noite anterior, mas evitara de propósito perguntar isso. Não queria trazer à tona o que ele havia feito, como ele a havia enganado. Traído.

Tristan ouviu a pergunta real.

— Sinto muito — disse ele. — Eu sinto muito por ter tido que fazer isso.

Dylan fungou baixo, determinada a não ficar chateada. Ela não queria que ele se sentisse culpado, não queria que ele soubesse o quanto aquilo havia doído. Ao menos ele não estivera lá para vê-la desmoronar, pensou.

— Não tem problema — ela sussurrou, apertando os ombros dele.

— Tem sim — discordou ele. — Eu menti pra você e sinto muito. Mas eu pensei... eu pensei que era a coisa certa pra você. — As palavras finais saíram com dificuldade e, apesar de se segurar, Dylan sentiu um nó em sua garganta. — Quando vi você chorar, quando ouvi você gritar por mim... — A voz dele vacilou. — Doeu mais do que qualquer coisa que os espectros poderiam ter feito comigo.

A voz de Dylan estava muito baixa.

— Você conseguia me ver? — perguntou. Ele assentiu.

— Só por mais ou menos um minuto. — Ele deu uma risada curta e amarga. — Geralmente, essa é minha parte favorita. Um minuto inteiro em que sou responsável por ninguém além de mim. E consigo dar uma olhada rápida no além. Só um vislumbre. Do que a alma considerava sua casa.

Dylan ficou tensa nas costas dele. Ela se lembrou de Jonas dizendo a mesma coisa. Que ele tinha sido instantaneamente transportado de volta para casa, para Stuttgart.

— Isso não aconteceu pra mim — ela disse devagar. — Eu não saí da terra desolada.

— Eu sei — ele suspirou.

— Por que será? — perguntou ela. — Por que eu não fui pra nenhum lugar?

Ela conseguiu contar três dos passos longos e confiantes de Tristan antes de ele responder.

— Eu não sei — murmurou, mas suas palavras não pareciam verdade.

Tristan a soltou assim que o solo começou a firmar sob seus pés. De início, Dylan resmungou, sentindo falta do calor de ficar aninhada a ele — e do luxo de ser carregada —, mas ele pegou sua mão de novo e sorriu para ela de cima. Ela retornou o gesto, mas o sorriso sumiu de seu rosto ao ver a subida íngreme diante deles.

— Sabe, eu realmente odeio ter que ir morro acima — disse Dylan sem rodeios.

Tristan apertou seus dedos de forma reconfortante, mas o olhar que lhe deu era esperançoso.

— A gente sempre pode voltar — falou, indicando o outro lado do lamaçal.

— Nós não conseguiríamos chegar — respondeu Dylan. O sol, brilhando forte no céu sem nuvens, já havia começado sua descida.

— Não — concordou Tristan com suavidade. — Não conseguiríamos mesmo.

— E não tem nada pra mim daquele lado — terminou ela. — Não vou voltar se não posso ir com você.

Tristan fez uma careta, mas não tentou discutir.

— Vamos lá, então — disse, começando a ir em frente e puxando sua mão.

Caminha, caminhar, caminhar. Para cima, cima, cima. As panturrilhas de Dylan logo estavam queimando, sua respiração penosa. Quanto mais alto subiam, mais o vento aumentava e, conforme a tarde passava, tufos espessos de cinza começavam a se formar sobre suas cabeças. Mesmo sob o frescor do clima novo, Dylan suava, e teve que desvencilhar sua mão da de Tristan, envergonhada por suas palmas úmidas. Apesar da manhã ter sido quente e brilhante, o orvalho ainda se demorava sob as gramas grossas e urzes que cobriam o chão, e ela sentiu o desconforto familiar subindo enquanto água fria infiltrava as pernas de seu jeans.

— Podemos ir mais devagar? — arfou ela. — Talvez descansar um pouco?

— Não — a resposta de Tristan foi curta e grossa, mas quando Dylan se virou para encará-lo, surpresa, viu que ele estava olhando para o céu, não para ela. Seu rosto estava franzido, preocupado, seus lábios para baixo de forma infeliz. — Vai anoitecer logo. Não quero você presa aqui fora.

— Só por um minuto — implorou Dylan. — Nós nem conseguimos ouvi-los ainda.

Mas assim que as palavras deixaram sua boca, o farfalhar do vento mudou. Uma segunda melodia começou, mais estridente, mais aguda. Lamúrias e chiados. Os espectros.

Tristan os ouviu também:

— Vamos lá, Dylan — ordenou e, ignorando-a quando ela tentou se afastar, pegou sua mão com força e começou a acelerar morro acima.

CAPÍTULO VINTE E OITO

Tristan sabia que Dylan estava cansada. Ele conseguia ouvir em seus passos pesados, sua respiração difícil; ele conseguia sentir em seu braço, puxando-o para trás com cada passo. Ele sabia e se sentia mal por isso, mas sabia também que se eles fossem pegos naquela montanha quando as sombras caíssem, os espectros não teriam dó algum. Dylan quase parecia ter perdido o medo deles — ou talvez apenas pensasse que ele poderia protegê-la da fome deles —, mas ela estava sendo tola de flertar com o perigo. Dylan não conseguia notar, ele percebeu, mas os espectros estavam furiosos. Não só eles haviam falhado em pegá-la no caminho de ida para a terra desolada, como ela havia voltado. Ela havia voltado e os derrotado. Sozinha. Sem um barqueiro para ficar entre ela e suas garras frenéticas.

Eles estavam determinados a fazê-la pagar por sua arrogância.

Tristan pensou nas garantias que havia dado a ela uma vez — de que nunca a perderia, nunca deixaria que os espectros a pegassem. Ele estava completamente confiante na época, mas agora não tinha tanta certeza. Graças a Dylan, o jogo havia mudado, ele havia mudado, e não conhecia todas as regras dessa nova configuração. Mesmo que estivesse começando a ter uma ideia, isso não servia de nada para afastar suas dúvidas.

Chegando ao pico da montanha, ele pausou por um curtíssimo momento, deixando Dylan alcançá-lo e recuperar o fôlego. Esse não era o pico mais alto que escalariam se ela conseguisse o que queria e eles se aventurassem por todo o caminho de volta ao trem, mas era alto o suficiente para Tristan analisar a paisagem que se extendia por quilômetros e quilômetros em todas as direções.

Indo até ele, descendo inclinações e subindo vales sinuosos, estavam os corações pulsantes dos outros barqueiros, levando suas almas para a segurança, assim como ele fazia. Era estranho... ele normalmente não reparava neles, mas agora se sentia como uma pedrinha no oceano, indo contra a maré. Todos os seus instintos diziam para ele se virar, se juntar à peregrinação de volta rumo à fronteira da terra desolada, mas ele lutou contra o sentimento.

Com a noite se aproximando, aquele caminho seria a morte para Dylan.

— Vamos lá — estimulou ele, disparando para a frente de novo. — Quase lá, Dylan. O santuário é na base dessa colina.

— Eu sei — ela disse baixinho, a respiração novamente sob controle.

É claro que ela sabia, ela estivera lá antes. Tristan sorriu sombriamente para si mesmo e então seguiu em frente, seus pés descendo por uma rota segura, pela encosta coberta com areia grossa. Apesar das apreensões de Tristan, eles conseguiram terminar a descida do último pico em um tempo bom, e ele fechou a porta, deixando para trás os uivos frustrados dos espectros antes de ficar tarde o suficiente para que eles aparecessem para Dylan. Ele suspirou, aliviado, descansando a cabeça na entrada deformada de madeira por um momento antes de se mover para acender o fogo. Dylan ficou parada perto da janela, encarando o lado de fora. Ela não se mexeu, nem quando ele foi até ela, com o fogo aceso, e a abraçou por trás.

— O que você está olhando? — ele murmurou em seu ouvido.

— Nada — ela respondeu suavemente, franzindo a testa. — Mas isso não está certo, está? Eles devem estar lá. Você consegue vê-los?

— Os espectros?

— Não. — Dylan balançou a cabeça. — As outras almas, os outros barqueiros.

Tristan ficou quieto por um longo momento.

— Consigo vê-los — disse, enfim.

Dylan assentiu, séria, digerindo aquilo. A cabeça dele descansava em seu ombro e, pelo canto de olho, ele conseguia ver sua boca se virar para baixo.

— Está tarde — ela disse.

— Está sim — concordou. Ele a apertou contra seu corpo. — Mas estamos seguros.

Suas palavras não tiraram o olhar preocupado do rosto de Dylan.

— Eles não podem entrar, Dylan. Os espectros. Você sabe disso. Estamos absolutamente seguros, eu prometo.

— Eu sei — murmurou ela.

— Então o que houve?

— Quantas almas estão lá fora? — perguntou ela, virando-se para encará-lo, seus olhos refletindo a luz do fogo.

Tristan a encarou por um momento. Então, olhou pela janela, seus olhos mapeando o campo à frente.

— Não muitas — disse ele. — A maioria já está em seus santuários.

O olhar de Dylan se voltou para a janela. Ela levantou uma de suas mãos e, devagar, a pressionou contra o vidro. Silvos irromperam do lado de fora, e Tristan ficou tentado a puxar o braço dela para longe. Ele não queria que os espectros achassem que ela os estava provocando.

— Você pode me ajudar a vê-los também? — perguntou ela de repente. — Do jeito que eu os vi antes, quando estava sozinha?

— Por que você quer fazer isso? — perguntou ele.

Ela deu de ombros.

— Só queria ver.

Parecia um pedido inocente o suficiente, mas Tristan estava alarmado pelo olhar estranho que ainda franzia sua testa e enrijecia seus lábios. Ele suspirou, então a puxou para perto, descansando sua têmpora contra a dela. Concentrando-se na janela, ele forçou sua mente a descortinar o campo verdejante, revelando o inferno abaixo. Dylan ofegou em voz baixa e ele soube que funcionou.

— Estou vendo! — exclamou ela. — É que nem antes! — Houve uma pausa. — O que eles estão fazendo?

A voz de Tristan era sombria.

— Correndo.

Eles haviam ficado no santuário por poucos minutos, não era tempo suficiente para que o fogo acendesse direito, mas naquele meio tempo a tarde havia se transformado em noite e a luz havia dado lugar à escuridão. Havia apenas três almas ainda visíveis, e elas estavam se chacoalhando e se esquivando furiosamente enquanto seus barqueiros tentavam arrastá-las pelo trecho final. A boca de Tristan se estreitou em uma careta. Nem todos conseguiriam chegar.

De súbito, ele se afastou de Dylan, levando a terra desolada vermelha consigo.

— Ei, não! — Ela se virou para encará-lo. — Traz a vista de volta!

— Não.

— Tristan, traz de volta!

— Você não quer ver, Dylan. Eu juro.

Ela empalideceu. Ele a observou engolir em seco enquanto processava suas palavras.

— Quem está lá fora? — Dylan perguntou em um sussurro.

Ele apertou os lábios, relutante. Ela deu um passo para frente, na direção dele, e repetiu a pergunta.

— Quem está lá fora, Tristan?

Ele suspirou, seus olhos se voltando para o lado de fora — onde ele ainda conseguia ver com clareza os três retardatários — em vez de observar a reação dela.

— Um velho, uma mulher e… — Ele parou.

— E? — pressionou ela.

— Uma criança. Uma menininha.

Dylan colocou a mão sobre a boca e disparou de volta para a janela, pressionando seu rosto contra o vidro.

— Onde ela está? — demandou. — Ela ainda está lá fora? Eu quero ver, Tristan! Me mostra!

Ele balançou a cabeça, e Dylan viu sua expressão pelo reflexo da janela.

— Tristan!

— Não, Dylan. — Ele cruzou os braços sobre o peito, decidido. Já era ruim o suficiente que ele conseguisse ver. Não faria Dylan testemunhar o horror. A mulher havia desaparecido, chegado com segurança onde deveria estar. O velho, no entanto, já tinha afundado, e dois ou três espectros restavam, marcando o lugar onde havia sido pego.

De alguma forma, apenas a criança permanecia, mas com certeza não por muito mais tempo.

— O que está acontecendo? — Dylan exigiu saber, fazendo-o pular quando ela bateu a mão contra a janela. O vidro estremeceu com a força do ataque, mas se manteve firme. — Me deixa ver, Tristan! Quero saber o que está acontecendo.

O que estava acontecendo? A pequena estava tão cercada de espectros que Tristan mal conseguia vê-la. Ele conseguia apenas ver seus contornos protegidos pelos braços de seu barqueiro. E, apesar de ela estar muito longe, conseguia ver sua expressão assustada, sua boca aberta gritando, os olhos cheios de lágrimas. Seu rosto apavorado ficou gravado no cérebro dele, outra memória que ele sabia que jamais perderia.

— Tristan! — O grito agudo de Dylan chamou sua atenção de volta para ela. — O que está acontecendo?

— Estão cercados — ele murmurou com suavidade.

Ela mordiscou o lábio, com uma expressão de desespero no rosto, e pressionou com mais força o vidro, como se pudesse alcançá-los. Ela se virou subitamente, e o encarou. Tristan estendeu as duas mãos e deu dois passos para trás. Ele sabia o que ela diria.

— Você tem que ajudá-los! — ela disse.

Ele balançou a cabeça.

— Não posso.

— Por que não?

— Só não posso. Cada barqueiro é responsável apenas pela alma que está carregando. Nenhuma outra.

Dylan o fuzilou com o olhar, incrédula.

— Mas isso é absurdo!

— É como é — ele disse, exaltado.

Ela deu as costas para ele e ele sentiu uma pontada de dor por seu julgamento feroz. Não era culpa dele, ele não fazia as regras.

— Falta muito pra eles? — Dylan perguntou em voz baixa.

— Não — ele disse. — Mas eles não vão conseguir. Tem espectros demais.

Demais. Dylan fechou os olhos, sentindo o vento frio entorpecer sua testa. Ela se lembrou da sensação deles: puxando, arranhando, mordendo. Atravessando-a com socos e deixando gelo e pavor para trás. Ela pensou na pobre criança passando por isso e seus olhos se encheram de lágrimas. Não era justo. Não estava certo!

Como Tristan podia deixar isso acontecer?

Ela foi subitamente tomada por uma ideia maluca. Não faltava muito, Tristan havia dito. Então eles não precisariam de muito tempo. Só um minuto, mais ou menos. Talvez apenas alguns segundos. Tudo que eles precisavam era algo para distrair os espectros...

Ela se jogou para trás e se lançou pela porta, seu corpo inundado pela adrenalina, sua determinação afastando o medo. Uma distração de poucos segundos era tudo o que precisavam. Ela podia providenciar isso.

— Dylan! — Tristan gritou seu nome e ela o ouviu se mover, sentiu seus dedos passando de raspão pelas suas costas quando tentou alcançá-la, mas ele foi lento demais. Ela já estava do lado de fora.

Dylan não sabia aonde estava indo, onde a alma com dificuldades estava, então se conformou em correr por um caminho para longe do santuário. Passos pesados ecoaram atrás dela enquanto Tristan a perseguia. Ela ainda conseguia ouvi-lo chamar seu nome, sua voz uma mistura de pânico e raiva. No entanto, um milissegundo depois, todos os sons foram bloqueados quando seus ouvidos foram preenchidos por rosnados e silvos. O ar ao seu redor se encheu de movimentos e Dylan sentiu como se tivesse sido mergulhada em água gelada. Arrepios irromperam em seus braços. No entanto, ela continuou correndo. Se os espectros estavam atrás dela, sua tática estava funcionando.

Do nada, alguma coisa a pegou, segurando-a com força, mas esse aperto era muito mais consistente que qualquer coisa que havia sentido dos espectros. Era quente, também. Dylan percebeu o que era um segundo antes de ouvir Tristan gritando, furioso, nos seus ouvidos.

— O que você pensa que está fazendo, Dylan?

Ela o ignorou, lutando quando ele tentou arrastá-la de volta para trás. Em vez disso, seus olhos varreram o escuro em vão.

— Eles ainda estão lá? Você consegue vê-los?

— Dylan! — Tristan se jogou nela, e ele era muito mais forte. Ele a forçou de volta, um passo por vez, enquanto ela continuava a resistir. — Dylan, para com isso!

Era difícil distinguir o que vinha dos espectros e o que era Tristan, mas Dylan sentia que estava sendo atacada por todos os lados. Seu rosto ardia, seu cabelo estava sendo puxado em mechas pequenas e arrancado do seu couro cabeludo, e ela não conseguia respirar, já que os braços de Tristan estavam dolorosamente apertados na altura dos seus pulmões. Ela tropeçou, um pé prendendo na perna dele enquanto ele brigava com ela, e sentiu seu peso desmoronar no chão. Os espectros gargalharam, felizes e, pela primeira vez, Dylan percebeu o que estava fazendo. O que estava arriscando.

Sua vida. Seu tempo com Tristan.

Quanto tempo ela havia ficado ali fora? Um minuto? Talvez poucos segundos a mais? Isso teria que ser o suficiente. Abruptamente, ela parou de lutar contra Tristan e permitiu que ele a arrastasse de volta para o santuário e para a luz do fogo.

Pela segunda vez, Tristan bateu a porta. Ele se inclinou contra ela, arfando, tentando dominar o pânico que deixava seu pulso fora de controle. Dylan havia tropeçado para o meio do recinto, e ele conseguia sentir seu olhar. No entanto, manteve seus olhos em frente, tentando acalmar sua raiva.

— Eles conseguiram? — ela perguntou em voz baixa.

— O quê? — Ele virou a cabeça na direção dela e a fuzilou com o olhar.

— A criança e o barqueiro. Eles conseguiram? Eu achei… eu achei que se criasse uma distração…

Tristan a olhou boquiaberto.

— É *isso* que você estava fazendo? Se sacrificando por uma estranha? — Sua voz aumentou em tom e volume. — Dylan! — As palavras pareciam falhar, e ele caiu em silêncio.

— Eles conseguiram? — ela repetiu, seu tom suave como uma leve censura.

— Sim — ele sibilou entredentes.

Um sorriso tímido surgiu nos lábios de Dylan. O gesto apenas agravou o humor de Tristan. A sobrevivência deles serviria de justificativa para ela, prova de que ela fizera a coisa certa. Ele cerrou os dentes.

— Nunca, nunca mais faça algo assim de novo! — ordenou ele. — Você percebe quão perto ficou de ser levada?

Dylan abaixou a cabeça, enfim arrependida.

— Sinto muito — sussurrou, agora tremendo mais com medo da raiva de Tristan do que estivera de parar de existir. — Eu precisava fazer alguma coisa. Eu não podia deixar outra pessoa ser levada também...

Seus olhos se encheram de lágrimas antes que pudesse ver a expressão de Tristan suavizar.

CAPÍTULO VINTE E NOVE

Para Dylan, a raiva de Tristan demorou a passar. Ele se sentou em uma das cadeiras de encosto duro da cabana, seus braços cruzados sobre o peito e o olhar fixo na lareira. As tentativas hesitantes que Dylan havia feito de conversar foram encerradas muito antes que pudessem começar, e ela se retirou para a cama estreita e desconfortável. Ela deitou de lado, com seu braço servindo de travesseiro, encarando a silhueta dele.

Ela não estava arrependida. Um pouco da culpa que ela andava carregando consigo desde a pobre mulher que fora levada por sua falta de cuidado havia ido embora. Ela nunca poderia trazer aquela alma de volta, sabia disso, mas ao menos sua presença ali havia feito *alguma coisa* boa. E ela não tinha sido ferida, não havia sido levada. Então, na verdade, Tristan não tinha motivo para ficar bravo, pensou.

Mas Tristan não estava bravo. Encarando o chão da lareira, ele não conseguia sentir o calor da fúria, apenas o peso frio da dúvida e incerteza. Ele estava preocupado. Eles estavam na metade do caminho de volta para o trem, já haviam ultrapassado os obstáculos mais perigosos, e nenhum deles havia sido suficiente para convencer Dylan a parar, a abrir mão desse comportamento irresponsável e voltar para a segurança de sua vida nova além da fronteira da terra desolada, onde ela estaria segura. Ele se perguntou por que ele não estava discutindo com ela, por que a deixava arrastá-lo para mais e mais longe de onde ela deveria estar. A resposta era óbvia, e isso o angustiava ainda mais.

Ele queria que ela estivesse certa.

Fraqueza, era isso. Ele era fraco e estava cedendo, deixando-se acreditar que no fim dessa jornada eles ficariam muito bem juntos. Fraqueza. E, naquela noite, aquilo quase a havia matado. Mas olhando por cima de seu ombro, absorvendo a maneira como ela o encarava, seus olhos arregalados e desafiadores, seu corpo inteiro gritando por conforto, ele sabia que não tinha forças para dizer não a ela. Para tomar o controle e forçá-la a segui-lo. Ele podia, ele sabia. Havia feito isso nos primeiros dias.

Ele podia, mas não o faria.

Tristan suspirou e se levantou, empurrando a cadeira para o lado com o pé.

— Tem lugar aí pra dois? — perguntou ele, indo até ela e apontando para a cama frágil.

Dylan sorriu, sua expressão cheia de alívio, antes de ela se apertar contra a parede, abrindo espaço suficiente para ele se esticar. Quando Tristan deitou ao lado dela, seus corpos se tocaram da cabeça aos pés, e ele teve de se grudar à cintura dela para não cair. Mas ela não pareceu se importar. Seu sorriso se ampliou e um rubor tingiu suas bochechas.

— Eu sinto muito mesmo sobre antes — sussurrou. Então sorriu, de leve, e mudou a frase. — Sinto muito por preocupar você.

Tristan sorriu, triste. Não era a mesma coisa, de forma alguma. Mas provavelmente seria a única desculpa que ele receberia.

— E não vou fazer de novo — acrescentou ela. — Eu prometo.

— Bom — murmurou ele. Então, pressionou os lábios suavemente contra a testa dela. — Descanse. Temos um caminho longo amanhã.

Ele se mexeu na cama, virando para deitar de costas, e puxou Dylan para o seu peito. Ela descansou a cabeça no ombro dele, sorrindo. O que Katie diria se a visse agora? Ela não iria acreditar. Se ela e Tristan de fato conseguissem voltar, isso renderia uma conversa de SKYPE e tanto. Depois, na escola. Ela tentou imaginar Tristan sentado ao lado dela na aula, escrevendo uma redação, observando aviões de papel voarem pela sala. O que ele pensaria dos idiotas da Kaithshall? Dylan conseguia imaginar seu rosto horrorizado. Ela riu em silêncio, mas se negou a explicar para Tristan quando ele ergueu a cabeça para olhá-la com curiosidade.

Na manhã, um véu fino de neblina pairava sobre a terra desolada, escondendo os picos mais altos. Tristan não comentou nada, mas puxou as mangas compridas de seu casaco para cobrir os braços. Depois, ele olhou para Dylan. A camiseta dela era fina e estava rasgada em alguns lugares. Não ofereceria muita proteção contra o soco frio do vento matinal.

— Aqui — ele disse, deslizando os braços para fora das mangas. — Use isso.

— Tem certeza? — perguntou Dylan, mas ela já estava aceitando. Com gratidão, passou o tecido pesado sobre a cabeça, puxando as mangas para baixo até cobrirem suas mãos por completo. — Ah, assim é melhor — disse, estremecendo um pouco ao sentir o calor do corpo dele contra a sua pele.

Tristan sorriu amplamente, os olhos contemplando seu corpo de cima a baixo. Ela sorriu de volta, sabendo que provavelmente parecia uma criança com roupas de adulto. O casaco era ridiculamente grande para ela, mas era acolhedor e, quando enfiou o queixo para baixo para aquecer o nariz na gola, percebeu que tinha o cheiro dele.

— Pronta? — perguntou ele.

Dylan espiou a colina mais próxima, seu topo ainda escondido pelas nuvens mais baixas, e assentiu lentamente.

Eles caminharam no mesmo ritmo, escalando pela manhã afora. Apesar da neblina se erguer em redemoinho, afastando-se céu adentro, ela não se dissipou por completo, então o dia permaneceu frio. Embora Dylan tivesse dito a Tristan que iria na frente, era ele quem abria o caminho. Ele tinha que fazer isso, já que Dylan não fazia ideia de que direção seguir. Ela tentou relembrar os dias em que fizeram a jornada pela primeira vez, marchando na direção oposta. Naquela altura, ela já havia descoberto que estava morta?

Dylan ficou surpresa quando seus olhos discerniram algo familiar, algo de que ela *de fato* lembrava.

— Ah! — exclamou, parando de repente.

Tristan deu dois passos a mais e então parou, olhando de volta para ela com curiosidade.

— O quê?

— Conheço esse lugar — disse ela. — Eu me lembro.

Uma clareira. Repleta de grama verde e exuberante, pontuada com flores silvestres roxas, amarelas e vermelhas. Uma trilha de terra fina passava de forma elegante pelo centro.

— Estamos quase no santuário — disse ela. E não havia dúvidas. Assim que as palavras saíram de sua boca, ela ergueu a cabeça e lá, logo depois do pasto, estava a cabana. A pequena casinha de madeira onde ela descobrira por que tinha sido a única a sair do vagão de trem.

Apesar do sol estar escondido, a luz ainda estava forte e, pela primeira vez, eles não precisaram se apressar. Em vez disso, Tristan parecia contente em passear, seus dedos apertados com força ao redor dos de Dylan. O caminho era realmente estreito demais para duas pessoas caminharem lado a lado, mas enquanto suas pernas se encostavam suavemente nas flores silvestres, aromas delicados subiam e perfumavam o ar. Era perfeito, como um sonho.

Aquele pensamento trouxe algo do fundo da memória de Dylan. Outro sonho, caminhando de mãos dadas com um estranho bonito. O último sonho que tivera antes de toda essa loucura começar. O cenário estava errado: a umidade pesada da floresta havia sido trocada pela tranquilidade da clareira, mas o sentimento, a sensação de felicidade, de completude, era a mesma. E apesar do homem no sonho nunca ter tido um rosto de fato, Dylan sabia instintivamente que era Tristan. Será que sua mente tinha alguma suspeita de que isso aconteceria? De que era pra ser? Destino? Aquilo parecia impossível, mas ainda assim...

— Sabe, eu tenho uma teoria — ela falou em voz baixa, sem querer perturbar a paz do momento.

— Diga — encorajou Tristan, com uma ponta de cautela na voz.

— Sobre o que houve quando atravessei a linha.

—Aham — ele incentivou.

— Bom, eu acho... — Ela apertou a mão de Tristan um pouco mais. — Acho que eu fiquei na terra desolada porque é aqui que estou destinada a ficar, é onde eu deveria estar.

— Você não deveria estar aqui — ele respondeu rapidamente.

— Não, eu sei disso. — Ela sorriu, negando-se a ficar chateada com a careta em seu rosto. — Mas acho que eu estava destinada a ficar com você.

A revelação veio acompanhada de um silêncio. Dylan não olhou para Tristan para analisar sua reação, mas contemplou os arredores, apreciando a beleza da paisagem. Ela estava certa, sabia disso. E com essa certeza, veio uma paz interior, um contentamento. Ela subitamente se sentiu em casa ali, em um lugar onde ela não tinha direito algum de estar.

— Sabe, vai ser engraçado — ela comentou, falando para preencher o silêncio de Tristan, não querendo ouvir sua negação, se é que estava pensando nisso.

— O quê? — murmurou ele, soltando a mão dela, mas erguendo um braço para abraçá-la, seus dedos brincando com uma mecha solta de cabelo.

Dylan achou difícil se concentrar em algo além dos arrepios que passavam por sua pele e erguiam o cabelo em de pescoço, mas Tristan virou o rosto para olhá-la, esperando uma resposta.

— Ser normal de novo — ela completou. — Sabe, comer e beber e dormir. Falar com as pessoas. Voltar para a minha vida antiga, fingir que isso nunca aconteceu. — Então um pensamento lhe ocorreu. — Eu... eu vou me lembrar, não vou?

Tristan demorou um momento para responder, então ela o sentiu dar de ombros.

— Eu não sei — admitiu ele. — Você está tentando fazer algo que ninguém conseguiu fazer antes. Não sei o que vai acontecer, Dylan.

— *Nós estamos* tentando fazer algo que ninguém conseguiu fazer — corrigiu ela.

Ele não disse nada, mas ela viu seus lábios se retorcerem, uma careta se formando em seu rosto.

Dylan suspirou. Talvez fosse melhor se ela não se lembrasse. Seria muito mais fácil voltar a ser uma aluna da Kaitshall, uma garota que brigava com a mãe, que tinha que andar lado a lado com os idiotas na vizinhança. Ela não conseguia se imaginar fazendo qualquer uma dessas coisas agora.

Talvez fosse melhor.

Então ela se deu conta que havia uma coisa de que precisava se lembrar. Ela virou a cabeça e percebeu Tristan a observando. A expressão dele a fez se perguntar se ele conseguia ler os pensamentos que passavam pelo seu cérebro.

— Eu vou lembrar de você — sussurrou ela.

Ela não tinha certeza se estava tranquilizando Tristan ou ela mesma.

Tristan sorriu, triste.

— Espero que sim — respondeu. Então a beijou. Quando se afastou, Dylan percebeu que ele tinha algo em sua mão, guardado com gentileza entre seu dedão e o indicador. Uma flor, seu caule delicado quase dobrado com o peso das vibrantes pétalas roxas. — Aqui. — Ele a colocou nas grossas mechas de seu cabelo. — Realça a cor dos seus olhos.

Tristan tracejou os dedos pelo rosto dela ao baixar a mão, e Dylan corou furiosamente, com as bochechas cor escarlate. Ele riu e pegou sua mão outra vez. Com uma pressão suave, a conduziu um pouco mais rápido para a casinha. Só por via das dúvidas.

Aquela noite passou rápido demais, Dylan sentiu. Ainda assim, ao mesmo tempo, não passou rápido o suficiente. Ela queria aproveitar cada segundo com Tristan, mas se preocupava com a possibilidade de, cada vez que eles parassem daquela forma, ele tentar encontrar outras maneiras, outros argumentos para convencê-la a mudar de ideia. No entanto, ele estava de bom humor, rindo e brincando e, apesar de Dylan não ter certeza se ele estava sendo sincero, não conseguiu lutar contra sua empolgação contagiante. Ele até a convencera a dançar, cantando uma musiquinha — levemente desafinada —, já que não havia música além dos assobios e lamentos dos espectros do lado de fora da cabana no frio e escuro.

Dylan ficou surpresa quando as luzes começaram a mudar do lado de fora, mas assim que se tornou óbvio que o amanhecer estava a caminho, ela começou a perturbar Tristan, ansiosa para partir. Ele tomou o tempo que foi preciso, apagando as últimas chamas brilhantes na lareira e esfregando as pilhas de cinzas com o sapato. Mesmo que não houvesse mais motivo para demorar, ele se negou a deixar Dylan abrir a porta antes do sol atingir seu pico sobre as primeiras montanhas ao leste.

— Podemos ir *agora*? — gemeu Dylan quando os raios de luz passaram pela janela.

— O.k., o.k.! — respondeu Tristan, mas ele estava sorrindo para ela de forma doce, balançando a cabeça diante de sua ansiedade. — Costumava ser eu que não conseguia te botar de pé de manhã. Só faltava arrastar você porta afora.

Dylan sorriu para ele, lembrando-se de como havia esperneado, choramingado, reclamado.

— Eu devo ter transformado sua vida num inferno, no começo — admitiu ela.

Ele riu.

— Inferno talvez seja uma palavra muito forte. Pesadelo, talvez... — Ele parou de falar e piscou para ela.

— Pesadelo! — Dylan deixou seu posto de sentinela na porta e empurrou o braço dele de forma brincalhona. — Não sou um pesadelo! — Então ela se virou e olhou para fora, para as infinitas montanhas da terra desolada que a esperavam. — Mas parece mais fácil ir nessa direção. Como ir montanha abaixo. — Ela deu de ombros e voltou o falso olhar furioso para Tristan. — Então vamos!

O entusiasmo de Dylan durou até cerca de metade da subida da primeira colina. Então suas panturrilhas começaram a queimar e uma pontada de dor surgiu no lado esquerdo de seu corpo, apunhalando-a a cada respiração difícil. Agora, no entanto, Tristan parecia querer forçá-la a seguir adiante, e ele fingiu não ouvir suas reclamações e pedidos constantes de pausa.

— Você se lembra de quanto tempo levamos para chegar à cabana da outra vez? — ele perguntou quando as reclamações dela ultrapassaram sua última gota de paciência.

— Os espectros nos pegaram e eu quase perdi você. Nós temos um longo caminho pela frente, e isso foi ideia sua — ele a lembrou.

Dylan fez uma careta, colocando a língua para fora. Ela também não estava ansiosa pelo último santuário, porque se lembrava de ser um total desastre: sem teto, com apenas uma parede de pé. Também era o último obstáculo real entre eles e o túnel, e Dylan sabia, simplesmente sabia, que Tristan iria usar isso como sua última chance de convencê-la a não seguir adiante.

Ela não estava errada. Assim que estavam abrigados com segurança na "cabana", com os espectros reduzidos a sussurros, longe graças ao ritmo implacável que Tristan estabelecera, e o fogo estalando alegremente, ele se sentou na frente dela e a olhou com um olhar muito sério.

Dylan suspirou, mas manteve seu rosto impassível.

— Dylan... — Tristan hesitou, mordendo o interior de sua bochecha. — Dylan, tem algo errado...

Ela fechou os lábios e reprimiu um resmungo.

— Olha, a gente já falou disso. Você prometeu tentar. Tristan, a gente veio até aqui. Não podemos voltar agora, não sem... — Ela se interrompeu. Ele havia estendido uma mão para pedir que parasse de falar.

— Não estou falando disso — ele falou.

Dylan ia retomar de onde tinha parado, mas então franziu a testa, piscando.

— O quê?

— Tem algo de errado... comigo...

— Como assim? — Ela o encarou com os olhos arregalados, subitamente nervosa. — O que tem de errado com você?

— Eu não sei. — Ele soltou um suspiro levemente trêmulo.

— Você está se sentindo mal? Doente?

— Não...

Mas ele estava hesitante, incerto. Dylan sentiu seu estômago gelar.

— Tristan, eu não estou entendendo.

— Olha isso — ele disse, suavemente.

Ele ergueu a camiseta, revelando seu abdômen. De início, Dylan ficou distraída por uma fina trilha de cabelo dourado que descia de seu umbigo, mas ela de repente viu do que ele falava.

— Quando isso aconteceu com você? — sussurrou ela.

Tristan tinha um corte vermelho cru, irregular, descendo pela lateral direita de seu corpo. A pele ao redor dele estava inchada, inflamada, e cheia de cortes mais superficiais.

— No outro dia, quando os espectros estavam atacando você.

Dylan ficou boquiaberta, em silêncio. Ela não havia pensado que suas ações pudessem ferir Tristan, mas ao vê-lo se mover na cadeira, ele estava claramente com dor. Como havia conseguido esconder isso por dois dias inteiros? Será que ela era tão egoísta que não havia notado? Sentiu nojo de si mesma.

— Sinto muito — murmurou. — É minha culpa.

Tristan baixou a camisa, escondendo o ferimento.

— Não. — Ele balançou a cabeça. — Não é disso que estou falando, Dylan. É a ferida. — Ela o encarou, sem entender. — Não está sarando — explicou. — Deveria ter desaparecido. Quando fui atacado antes, sarou em poucos dias. Mas agora… é como se eu fosse… se eu fosse… — Ele sorriu.

Dylan apenas continuou a encará-lo, pasma. Ele estava prestes a dizer *humano*?

— E não é só isso — prosseguiu. — Quando eu… eu deixei você — disse ele, gaguejando —, quando eu fui para a alma seguinte, para Marie, eu não mudei.

— O quê? — Dylan mexeu a boca, mas nenhum som saiu.

— Eu fiquei assim, exatamente neste formato. — Ele pausou. — Isso nunca tinha acontecido antes.

Por um longo momento, houve silêncio enquanto Dylan considerava aquilo.

— O que você acha que isso significa? — perguntou ela, enfim.

— Eu não sei — ele murmurou, reprimindo a esperança que sentia, esperança que não gostava de admitir nem para si mesmo. Ele riu. — Eu nem deveria estar aqui.

— Por que não? — Dylan franziu a testa, confusa.

Ele deu de ombros, como se fosse óbvio.

— Quando perdi Marie, eu devia ter sido removido, levado para a alma seguinte.

— Mas… mas eu estava lá.

— Eu sei. — Ele assentiu. — E de início, eu pensei que talvez fosse por isso que eu não tinha ido, que eu tinha que ficar com você até você ser entregue em segurança outra vez. Mas talvez não seja isso. Talvez eu… — Ele hesitou, procurando a palavra. — Talvez eu esteja quebrado ou algo assim. — Ele sorriu brevemente para ela. — Quero dizer, eu realmente não devia ser capaz de voltar pelo caminho desta forma. Não está certo, Dylan.

— Talvez você não esteja quebrado — ela disse devagar. — Talvez você esteja consertado. Talvez, como você disse, quando você faz o suficiente, guia almas suficientes, você termina.

— São muitos "talvez" juntos. — Ele deu um sorriso gentil. — Eu não sei. Não sei o que isso significa.

Dylan não parecia querer compartilhar de sua incerteza, de sua preocupação. Ela se sentou mais reta, sua boca se abrindo em um sorriso, os olhos brilhantes.

— Bom... bom, além disso... — Ela apontou com a cabeça para a lateral do corpo de Tristan que, agora percebia, ele protegia com seu braço direito. — Tudo parece estar indo a nosso favor. Talvez a gente só devesse aceitar, aproveitar o momento.

— Talvez — disse ele, mas seu olhar era cético. Ele não queria dizer nada para Dylan, mas havia um ínfimo pensamento que o incomodava no fundo de sua mente: quanto mais eles avançavam pela terra desolada, pior seus ferimentos pareciam ficar. Dylan pensava que estava lutando para voltar à vida. Tristan não conseguia evitar de se perguntar se algo diferente o aguardava.

CAPÍTULO TRINTA

Apesar de jurar o contrário para Tristan, Dylan estava nervosa sobre retornar para o túnel do trem e tentar voltar para dentro de seu corpo. Ela pensou sobre o que Jonas dissera, como ele a alertou que voltaria para seu corpo exatamente como ele estava. Ela desejou que não estivesse tão escuro assim no vagão do trem. Não fazia ideia de quão ferida havia estado, o que é que havia tirado sua alma de sua casca física. Ela não fazia ideia de quanto iria doer quando acordasse de volta.

E, enfim, o pior de tudo, ela tinha medo de acordar sozinha de volta no trem. De perceber que havia conseguido voltar para o mundo, para a vida, e descobrir que Tristan estava certo, que não podia vir com ela. Ela não sabia o que faria se isso acontecesse. Só podia esperar e rezar para que o destino não fosse tão cruel.

Era uma aposta grande, e seu estômago se apertava, nauseado, cada vez que ela pensava a respeito, mas não havia nenhuma outra escolha, nenhuma outra opção. Tristan estava absolutamente certo de que não podia — não conseguia fisicamente — passar a linha da terra desolada, e ele não a deixaria ficar lá. Aonde mais ela podia ir?

Lugar nenhum.

Havia muito com o que se preocupar. Ainda assim, de alguma forma, apesar de tudo isso, enquanto eles atravessavam o caminho no último dia, o sol permaneceu alto no céu, as nuvens sem dar o mínimo sinal de vida. Dylan não conseguia pensar em nenhum outro motivo para isso exceto o fato de estar com Tristan. Ela sobreviveria ao que quer que acontecesse, desde que ficassem juntos. Ela conseguiria lidar com qualquer coisa. A luz brilhante a tranquilizava, também. Ajudava a manter seus pensamentos perturbadores no fundo da mente, banindo-os para as sombras, onde pertenciam.

Dylan esperava reconhecer o fim da jornada, conseguir discernir pontos de referência que a diriam que estavam quase lá, e permitir que a empolgação e a coragem a tomassem. Mas a última colina era igual à anterior, e a todas as que haviam passado antes disso. Ainda assim, eles subitamente estavam parados em seu pico, olhando para baixo, para um conjunto de trilhos de trem enferrujados.

Era ali. Este era o lugar onde ela havia morrido. Dylan olhou para a frente, para a linha do trem, esperando sentir algo. Perda, tristeza, talvez dor. Em vez disso, ela apenas sentiu o enjoo rastejante do medo e da ansiedade, o mesmo nervosismo contra o qual estivera batalhando o dia todo. Ela o engoliu para dentro, já havia tomado a decisão.

Sua mão deslizou para o bolso de seu jeans, os dedos acariciando as pétalas da flor selvagem que Tristan lhe dera, suaves como cetim. A flor já tinha murchado, mas ela se recusava a jogá-la fora. Em vez disso, apegou-se como se ela fosse um talismã. Algo para ligá-la à terra desolada, para ligá-la a Tristan. Dylan apenas esperava que fosse o suficiente para mantê-los juntos.

Ela respirou fundo para se acalmar.

— Estamos aqui — ela disse, sem necessidade. Tristan não poderia de forma alguma ter ignorado os trilhos do trem, eles eram a única coisa para se olhar na paisagem ondulante.

— Estamos aqui — concordou ele.

Ele não parecia nervoso como ela. Ou ansioso. Ele soava triste. Como se estivesse convencido de que aquilo não iria funcionar, e estivesse apavorado com a possível frustração de Dylan. Ela não deixou seu cinismo perturbá-la, já tivera dificuldades suficientes silenciando suas próprias dúvidas.

— Então a gente só segue os trilhos? — perguntou ela.

Tristan fez que sim com a cabeça.

— Certo. — Ela balançou os braços para frente e para trás algumas vezes, hesitando. — Certo, vamos fazer isso.

Tristan não se moveu, e ela percebeu que ele a estava esperando assumir a frente. Dylan inspirou fundo uma vez, depois outra. Seus pés não pareciam querer se mover. Eles pareciam de chumbo, pesados demais para levantar da grama ensopada de orvalho. Isso era só medo, ou era a terra desolada relutando em deixá-la ir?

— Vai funcionar — ela murmurou para o ar, baixo demais para que Tristan ouvisse. — Nós vamos voltar.

Comprimindo os lábios em sinal de determinação, ela marchou em frente. Uma mão segurava a de Tristan com força e, passo a passo, ela o arrastou junto, atrás dela. Ele estava mancando, uma mão permanentemente grudada à lateral do seu corpo. Mas ficaria bem. Se ela conseguisse

O BARQUEIRO **335**

fazê-lo atravessar aquele último trecho, levá-lo de volta ao mundo dela, ele ficaria bem. Ela se forçou a acreditar nisso.

Eles desceram a colina até Dylan conseguir subir as vigas da ferrovia que transformavam os trilhos em uma escada. Depois, ela se virou — após conferir com Tristan se estava indo na direção certa —, e começou a seguir a linha no sentido da boca do túnel. Os trilhos faziam uma curva por dentro, então de início ela não conseguia vê-la. Do nada, eles a ultrapassaram, e lá estava: uma montanha gigantesca, imóvel, parada em seu caminho. Os trilhos pareciam se curvar na direção dela e desaparecer, como uma estrada que não dava para lugar algum. No entanto, quanto mais perto chegavam, mais o arco negro na base da montanha parecia crescer, até Dylan conseguir ver com clareza onde o trem havia entrado na montanha. Entrado, sem sair.

Um buraco negro escancarado e amplo parecia chamá-la. Ela estremeceu, os cabelos da nuca se arrepiando. E se, e se, e se? Dúvidas sussurravam furiosamente no fundo de sua mente de novo, mas ela tentou ignorá-las. Ela levantou a cabeça e andou em frente, determinada.

— Dylan — Tristan a puxou até pará-la e virar o rosto para encará-lo. — Dylan, isso não vai funcionar.

— Vai sim…

— Não, não vai. Não posso ir para o seu mundo. Não pertenço a ele. Não pertenço a nenhum lugar que não seja aqui. — Ele parecia estar implorando a ela, meio bravo, meio desesperado.

Dylan passou a língua entre os dentes e o encarou. Pela primeira vez ele se parecia com um garoto de dezesseis anos, pequeno e inseguro. No entanto, em vez de assustá-la, a sua incerteza lhe deu coragem.

— Então por que você veio? — ela o desafiou.

Tristan deu de ombros, parecendo um adolescente desajeitado.

— Tristan? Por que você veio?

— Porque... porque... — ele soltou uma respiração exasperada. — Porque eu te amo. — Ele baixou a cabeça para o chão enquanto dizia isso, perdendo a surpresa e a alegria que estremeceram pelo rosto de Dylan. Em um piscar de olhos, ele ergueu o olhar de novo. — Quero que você tenha certeza, Dylan. Mas você não tem.

— Você me prometeu que ia tentar — ela o lembrou. — Tenha fé.

Ele deu uma risada sombria.

— Você tem? — perguntou ele.

— Eu tenho esperança. — Ela corou. — E amor. — Dylan o contemplou, seus olhos verdes se incendiando. — Confia em mim.

Ela tinha percorrido um caminho muito, muito longo para ter essa oportunidade, e não iria desistir agora. Não sem ao menos tentar. Além disso, eles não podiam ficar ali. Tristan estava ferido. O que quer que tivesse acontecido com ele não importava, agora a terra desolada o estava *ferindo*. Ele não estava no lugar certo, ali não era o lugar ao qual ele pertencia. Ele precisava sair. Dylan disse isso a si mesma e tentou não ouvir as vozes sussurrantes no fundo de sua mente sugerindo que suas feridas, suas agonias, estavam acontecendo porque ela estava tentando *fazê-lo* sair da terra desolada. Ajeitando os ombros, ela se dirigiu para o escuro. Tristan não tinha escolha além de seguir; ela se recusava a soltar sua mão.

No início, o escuro era desorientador, e seus passos ecoavam nas paredes fechadas. O ar cheirava a umidade. Dylan estremeceu.

— Tem espectros aqui? — sussurrou. O ar estava silencioso, mas com certeza eles espreitariam em um lugar tão abandonado e úmido.

— Não — respondeu Tristan. — Eles não são autorizados a ficar tão perto do seu mundo. Estamos seguros.

Aquilo era um pequeno conforto, mas não o suficiente para espantar o arrepio que passava pelos braços de Dylan e fazia seus dentes bater.

— Você consegue ver alguma coisa? — perguntou ela, incomodada com o silêncio. — Estamos chegando no trem?

— Quase — disse Tristan. — É ali em frente. Só mais uns metros.

Dylan diminuiu a velocidade. Estava tão escuro que ela mal conseguia ver sua mão na frente do rosto, e ela não queria dar de cara no para-choque do trem.

— Pare! — gritou Tristan. Ela obedeceu de imediato. — Estenda a mão. Você chegou.

Dylan sentiu com a ponta dos dedos. Antes de seu braço se estender por completo, sua mão entrou em contato com algo frio e rígido. Era o trem.

— Me ajuda a achar a porta — ordenou ela.

Tristan segurou em seus ombros e a guiou por alguns metros.

— Aqui — ele disse, pegando sua mão e colocando-a no ar, bem na altura de seu ombro. Dylan tateou ao redor e sentiu a textura da sujeira e da borracha sob seus dedos. O trilho no piso da porta aberta. Era mais alto, ela se deu conta. Eles teriam que subir.

— Pronto? — perguntou ela. Não houve resposta, mas ela ainda conseguia sentir sua mão em seu braço. — Tristan?

— Pronto — sussurrou ele de volta.

Dylan se aproximou, pronta para dar impulso para cima. Seus dedos puxaram a mão de Tristan de seu ombro e a prenderam em sua palma. Ela não arriscaria nada, não o soltaria. Não se preocupava com o quão desconfortável seria. Ela não seria enganada outra vez.

— Espera. — Ele a puxou com força o suficiente para fazê-la virar. O outro braço de Tristan passou pela sua cintura e ele a puxou para si. O chão do túnel era irregular e, então, pela primeira vez, seu rosto estava na mesma altura do dela. Ela sentia a respiração de Tristan fazer cócegas em sua bochecha. — Olha eu... — ele começou, e então ficou em silêncio. Ela o ouviu respirar fundo uma vez, e mais uma vez. Ele segurou seu queixo, levantou-o por uma fração de segundos. — Só por via das dúvidas — sussurrou.

Tristan a beijou como se estivesse se despedindo. Sua boca pressionou ansiosamente os lábios dela e ele a apertou com tanta força que era difícil respirar. Soltando seu rosto, ele passou os dedos pelo cabelo dela, puxando-a ainda mais para perto. Dylan fechou os olhos com força e tentou lutar contra as lágrimas que saltavam. Não era um adeus, não era. Aquela não seria a última vez que ela sentiria o calor de seu abraço, cheirava-o, segurava-o. Não seria.

Eles compartilhariam um milhão de outros beijos como aquele.

— Pronto? — ela perguntou de novo, sem ar desta vez.

— Não — Tristan sussurrou de volta no escuro. Sua voz estava rouca, ele parecia quase assustado. Dylan sentiu o estômago retorcer de nervosismo.

— Nem eu. — Ela tentou sorrir, mas sua boca não quis funcionar. Ela alcançou cegamente sua mão. Não iria perdê-lo.

Ainda o segurando, ela se ergueu pela porta semiaberta e, então, virou-se para ajudar Tristan a subir. Foi difícil, e ela bateu a mão contra a porta trancada, fazendo suas articulações doerem, mas, enfim, eles alcançaram a entrada, cegos e sem ar.

— Dylan — murmurou Tristan no pé de seu ouvido. — Espero que você esteja certa.

Dylan sorriu para o nada. Ela esperava estar, também.

— Não sei como fazer isso — disse ela em voz baixa. — Acho que temos que me encontrar. Eu estava em algum lugar no meio, eu acho.

Com cuidado, ela se lançou para frente. O vagão estava vazio, mas seu pulso batia tão alto em seus ouvidos que ela mal conseguia ouvir o som da respiração de Tristan, que estava apenas um passo atrás dela. Seu estômago revirava. E se não funcionasse? E se seu corpo estivesse machucado e irreversivelmente partido?

O que estava deitado no chão, entre sua alma e seu corpo? O que eles teriam de escalar? Sangue? Partes de corpos? As sacolas daquela mulher idiota? Dylan riu, ofegante. Ela se virou para compartilhar a piada com Tristan e sentiu o tênis pisar com facilidade demais. Algo úmido estava sob si. E não era suco derramado, tinha certeza. Enojada, ela tentou erguer o pé, mas alguma coisa pegou o seu calcanhar. Desequilibrada, ela tentou compensar com o outro pé, mas havia algo no caminho. Seu peso caiu para trás, inclinando--a de forma arriscada e, então, pendendo um pouco demais.

Dylan só teve tempo de respirar profundamente uma vez e, então, estava caindo. Ela lançou os braços para frente, desesperada para se impedir dar de cara no chão, que era um cemitério. Alcançou-o com duas mãos. Duas mãos vazias.

CAPÍTULO TRINTA E UM

Gritos.

Deveria haver silêncio. Um silêncio tranquilo, fúnebre e solene.

Mas havia apenas gritos.

Dylan abriu os olhos e ficou instantaneamente cega. Uma luz branca brilhante perfurava o seu cérebro. Ela tentou se virar, mas a luz a seguia, movendo-se em uma fração de segundo e, então, eclipsando a escuridão atrás dela. Dylan observava tudo boquiaberta, pasma.

Com a mesma velocidade que surgiu, o brilho desapareceu. Ela ficou perplexa, vendo pontos dançantes de cor, até que um rosto entrou no seu campo de visão. Preencheu-o. Estava pálido, coberto com um brilho de suor e sujo de vermelho. Era um homem com barba por fazer cobrindo os arredores da boca, seus lábios se movendo com urgência. Dylan tentou focar no que ele dizia, mas havia um zunido alto em seus ouvidos e ela não conseguia escutar mais nada.

Ela balançou a cabeça, forçou a mente a se concentrar nos lábios do homem. Devagar, compreendeu que ele repetia a mesma frase, de novo e de novo.

— Você consegue me ouvir? Olha pra mim. Você consegue me ouvir? Você consegue me ouvir?

Agora que ela sabia o que ele estava dizendo, Dylan percebia que *conseguia* ouvi-lo. Na verdade, ele estava gritando, sua voz rouca e desgastada. Como ela não tinha conseguido ouvir antes?

— Sim — murmurou, cuspindo um líquido quente e grosso demais para ser saliva. Ela engoliu, sentindo o sabor de algo metálico na língua.

O homem parecia aliviado. Por um momento, ele piscou a pequena lanterna clínica em seu rosto, fazendo-a fechar os olhos contra o ataque de brancura e, então, passou-a pela extensão de seu corpo. Dylan o observou tatear suas pernas, com uma expressão ansiosa. Ele ergueu os olhos de volta para ela.

— Você consegue mexer os braços e as pernas? Consegue sentir isso?

Dylan se concentrou. O que ela conseguia sentir?

Fogo. Dor. Agonia. Tortura. Ela parou de respirar, assustada até mesmo com o mínimo movimento de seu peito se erguendo. O que havia de errado com ela?

Tudo doía. Apenas… tudo. Sua cabeça estava latejando, suas costelas presas em um punho de ferro que apertava com muita força. No lugar de seu estômago havia uma piscina de lava derretida, queimando como ácido. E embaixo dele? Ela fechou seus olhos, tentando sentir suas pernas. Onde estavam? Talvez ela só não conseguisse senti-las por causa das ondas de dor excruciante que vinham de todos os outros lugares do seu corpo. Entrando em pânico, ela sentiu seu coração começar a bater rápido, e todas as dores ficaram mais fortes, em conjunto com os batimentos furiosos. Ela tentou mover os pés, mudar de posição; estava tão desconfortável.

— Mmm! — Era um som entre um suspiro e um choro. Ela havia movido as pernas apenas um pouquinho, um centímetro, talvez, mas a explosão de agonia que jorrou por ela havia sido suficiente para deixá-la sem fôlego.

— Tudo bem, querida? — O homem estava franzindo a testa, a lanterninha presa entre os dentes, as mãos se movendo em algum lugar abaixo da cintura de Dylan. Ele parou o que estava fazendo e limpou as mãos no casaco. Dylan ergueu seus olhos para o contraste feio entre o amarelo fluorescente e o verde-musgo de seu casaco. Havia um emblema costurado em seu ombro, mas ela não conseguia focar no detalhe. Aquilo era sangue, o que ele tinha acabado de limpar? Sangue de onde ele estivera tocando suas pernas? Arfadas entrecortadas começaram a escapar de seus lábios, cada inspiração uma pontada em seus pulmões.

— Querida? — O homem estava segurando seu ombro, balançando-o. Dylan se obrigou olhar para ele, tentou pensar, enfrentando o terror. — Qual é o seu nome?

— Dylan — soluçou ela.

— Dylan, vou ter que sair. Só por um minuto. Mas eu volto num instantinho, prometo.

Ele sorriu, levantou-se e começou a desviar, passando pelo vagão. Conforme Dylan o observava ir, ela percebeu que o vagão estreito estava lotado de homens e mulheres em casacos: bombeiros, policiais, paramédicos. A maioria deles inclinados sobre assentos ou em espaços recém-criados, falando, cuidando, confortando, e seus rostos sombrios.

Apenas Dylan parecia estar sozinha.

— Espera — murmurou ela, tarde demais. Ela ergueu a mão, estendendo-a na direção em que ele desaparecera, mas o pequeno esforço a exauriu. Ela deixou o braço se dobrar, largando a mão no rosto. Estava molhada. Seus dedos tatearam e encontraram uma mistura de lágrimas, suor e sangue. Tirando a mão, ela encarou a mistura brilhante, reluzindo sob a luz artificial de luzes e lâmpadas de emergência.

O que havia acontecido? Onde estava Tristan?

Ela se lembrou de cair, se segurar, braços estendidos, seu único pensamento era de não cair sobre os corpos no chão.

Ela o soltara. Ela o soltara para se salvar, para manter o rosto longe do sangue, dos restos de morte.

Ela o soltara.

Os pulmões de Dylan doíam, mas ela não conseguia se impedir de tossir e tentar cuspir. Seus olhos ardiam e sua garganta se fechava de forma dolorosa. Quaisquer ferimentos que ela tivesse ficaram em segundo plano, e lágrimas corriam pelo seu rosto.

Ela o soltara.

— Não — sibilou pelos lábios rachados. — Não, não, não.

Em frenesi, Dylan mudou de posição no chão e levou a mão até o bolso, ignorando a dor lancinante que disparava a cada movimento, seus dedos tateando em desespero. Seu coração parou por um momento doloroso. Estava ali. A flor. Se ela tinha atravessado…

Mas onde ele estava? Onde ele estava? Por que não estava deitado ao lado dela?

Ela o perdera quando soltou sua mão?

— Certo, ela é esta aqui. Dylan? — Seu nome a distraiu por um momento. — Dylan, nós vamos colocar você nesta mesa, querida, o.k.? Nós precisamos levar você pra fora, dar uma boa olhada nos seus ferimentos. Quando a colocarmos na ambulância, vamos te dar algo para a dor. Você consegue me entender? Dylan, mexa a cabeça se puder me entender, meu bem.

Ela fez que sim com a cabeça, obedientemente. Ela entendia. Uma ambulância. Analgésicos seriam bons, eles ajudariam a apagar o fogo queimando em sua barriga. Mas eles não serviriam para o buraco aberto em seu peito, a agonia de estar tão vazia. O que ela havia feito?

Levou um tempo para os homens a colocarem na maca amarela feia. Um colar cervical alto de plástico foi fixado ao redor de seu pescoço, forçando-a a encarar o teto. Os homens foram gentis, tranquilizando-a constantemente, preocupados com não a ferir mais. Dylan mal os ouvia. Era tudo que ela podia fazer, responder as perguntas, sinalizar sim ou não com os lábios. Ela ficou feliz quando começaram a erguê-la, quando ela não tinha que ouvir, e não tinha que falar mais.

Tirá-la do vagão pareceu demorar bastante tempo, mas uma vez que eles a removeram e seus pés esmagaram as pedras do piso do túnel, ela sentiu que eles se moviam em uma caminhada rápida. Eles pareciam ansiosos para levá-la para fora o mais rápido possível. Dylan não tinha energia suficiente para ficar alarmada com o fato.

O ar mudou enquanto ela era tirada do túnel. Sopros de brisa quebravam pela umidade estagnada e uma fina névoa de gotas de chuva molhou as pontas de sua franja bagunçada, esfriando o calor em sua testa. Dylan tentou olhar para trás, ao redor, para onde o paramédico a levava para fora do túnel, mas o colar cervical e as correias ao redor de seus ombros não a deixavam se mexer muito, e até o movimento de virar os olhos provocava dores excruciantes em seu crânio. Ainda assim, ela viu uma auréola borrada de luz natural antes de colapsar de volta para a posição original na maca, arfando com aquele minúsculo exercício. Ela estava quase desmaiando.

Apressando-se, um passo cuidadoso por vez, os dois homens levaram Dylan para dentro do cinza sombrio de um fim de tarde de outono. Ela observou o arco de pedra, cortado de forma elegante na lateral da montanha, cuspi-la e recuar lentamente, o abismo aberto reduzido a uma silenciosa escuridão. A cerca de dez metros de distância do túnel, eles a viraram e começaram a jornada balançante de subida pelo aterro íngreme. E foi então que ela o viu.

Ele estava sentado à esquerda da entrada do túnel, suas mãos enroscadas ao redor dos joelhos. Ele a encarava. Daquela distância, tudo que ela conseguia enxergar é que ele era um garoto, provavelmente um adolescente com um cabelo cor de areia que balançava ao vento e cobria todo seu rosto.

— Tristan — respirou ela. Alívio e alegria preencheram seu peito. Ela transbordou ao vê-lo ali, em seu mundo.

Ele tinha conseguido.

Alguém pisou entre eles, bloqueando sua visão. Era um bombeiro. Dylan observou enquanto alguém se abaixava e passava um cobertor ao redor dos ombros de Tristan. A pessoa disse algo, fez uma pergunta, e Dylan viu Tristan balançar a cabeça. Devagar, um pouco desajeitadamente, ele se levantou da grama. Dizendo uma palavra final ao bombeiro, ele começou a caminhar na direção dela e, pouco antes de chegar ao seu lado, sorriu.

— Oi — murmurou, estendendo a mão para acariciar de leve a manta que a cobria. Passando os dedos pela lateral de seu corpo, ele pegou a mão dela.

— Oi — ela murmurou de volta. Seus lábios se curvaram em um sorriso trêmulo. — Você está aqui.

— Estou aqui.

CONTINUA...

AGRADECIMENTOS

Um imenso e sincero obrigada às pessoas que trouxeram *O barqueiro* à vida:

Ao meu marido, Chris, por acreditar em mim e ser meu "crítico" oficial. Eu amo você. Sou eternamente grata a Clare e Ruth por lerem tudo tão rápido e me dizerem que amaram! Amor e gratidão aos meus pais, Cate e John, por me apoiarem e me ensinarem a amar histórias.

A Ben Illis, meu agente, por segurar minha mão e me elogiar aos quatro ventos. A Helen Boyle e a todos da Templar, por terem fé no meu livro e por terem me ajudado a torná-lo algo muito maior, que eu jamais conseguiria sozinha.

Se você é do GOW e está lendo isso — olá, sinto sua falta. Sejam bons (e não se esqueçam de guardar suas cadeiras!). Obrigada por me ensinar como levar os outros para o mundo de faz de conta.

E, enfim, obrigada a Dylan e Tristan, por aparecerem na minha mente e insistirem para que eu os colocasse no papel.

Este livro, composto na fonte Fairfield,
foi impresso em papel Pólen Soft 70 g/m² na gráfica RR Donnelley.
São Paulo, Brasil, outubro de 2018